Luna de miel

books4pocket

James Patterson y Howard Roughan

Luna de miel

Traducción de Isabel Margelí Bailo

EDICIONES URANO

Argentina - Chile - Colombia - España
Estados Unidos - México - Uruguay - Venezuela

Título original: *Honeymoon*

Aribau, 142, pral. – 08036 Barcelona
www.edicionesurano.com
www.books4pocket.com

Diseño de la colección: Opalworks
Imagen y diseño de portada: Opalworks

Impreso por Novoprint, S.A.
Energía 53
Sant Andreu de la Barca (Barcelona)

Fotocomposición: Books4pocket

ISBN: 978-84-96829-97-8
Depósito legal: B-22.643-2008

Impreso en España – *Printed in Spain*

Para Suzie y Jack.
Con amor, Jim

Para mi bella Christine.
Con amor, Howard

Índice

PRÓLOGO

Qué y quién

«Las cosas no siempre son lo que parecen.»

Hasta hace un minuto me encontraba perfectamente. De repente, estoy sufriendo una terrible agonía, hecho un ovillo y sujetándome el estómago. ¿Qué diablos me está pasando? No tengo la menor idea. Lo único que sé es lo que siento, y lo que siento es difícil de creer. Es como si de pronto la cara interior de mi estómago se estuviera cayendo a tiras con un escozor corrosivo. Estoy gritando y gimiendo, pero sobre todo estoy rezando... rezando para que esto acabe.

Pero no lo hace.

El ardor continúa, se está abriendo un orificio abrasador por el que la bilis gotea de mi estómago y cae crepitando sobre mis entrañas. El olor de mi propia carne al derretirse impregna el aire. «Me estoy muriendo», me digo a mí mismo. Pero no, es peor que eso. Mucho peor. Me estoy despellejando vivo, desde dentro hacia fuera. Y esto sólo es el principio. Como fuegos artificiales, el dolor asciende y estalla en mi garganta. Me deja sin aliento y lucho por respirar.

Entonces me desplomo. Mis brazos, inútiles, son incapaces de detener la caída. Golpeo el duro suelo de madera con la cabeza y me abro una brecha en el cráneo. La sangre, espesa y de un rojo ciruela, brota por encima de mi ceja derecha. Parpadeo unas cuantas veces, pero eso es todo. Ni siquiera me importa el boquete. Los doce puntos de sutura que necesito son lo último que me preocupa en este momento.

El dolor es cada vez peor, continúa extendiéndose. Atraviesa mi nariz. Se derrama por mis oídos. Se estampa contra mis ojos, donde puedo sentir los vasos reventando como burbujas.

Intento ponerme en pie, pero no puedo. Cuando finalmente lo consigo, intento correr; sin embargo, sólo logro avanzar a trompicones. Mis piernas son de plomo. El cuarto de baño está a unos tres metros. Como si estuviera a quince kilómetros.

No sé cómo pero lo hago. Lo alcanzo y cierro la puerta detrás de mí. Mis rodillas se doblan y me desplomo contra el suelo una vez más. Los fríos azulejos reciben mi mejilla con un horrible ¡crac! y mi molar posterior se parte en dos.

Veo el inodoro pero da vueltas, como todo lo que hay en el baño. Todo gira y agito los brazos para intentar agarrarme al lavabo y poder sostenerme. Imposible. Mi cuerpo empieza a estremecerse como si mil voltios sacudieran mis venas. Intento arrastrarme.

Ahora el dolor ya está en todas partes, incluidas las uñas, que hundo en el hueco que queda entre los azulejos para impulsarme poco a poco hacia delante. Con desespero, me aferro a la base del inodoro y con gran esfuerzo asomo la cabeza por encima del borde.

Por un momento, mi garganta se abre y respiro de forma entrecortada. Empiezo a tener convulsiones y los músculos de mi pecho se estiran y se retuercen. Uno a uno, se desgarran como si los estuvieran descuartizando con cuchillas de afeitar.

Alguien llama a la puerta. Rápidamente, vuelvo la cabeza. Cada vez llama con más insistencia. Ahora ya la está aporreando. Ojalá fuese la temible parca, que viniese a liberarme de este sufrimiento atroz.

Pero no lo es —todavía no, al menos—, y en este instante comprendo que tal vez no sepa lo que me ha matado esta noche, pero, por todos los diablos, sí sé quién lo hizo.

PRIMERA PARTE

Parejas Perfectas

1

Nora podía sentir cómo la miraba Connor.

Siempre hacía lo mismo cuando ella preparaba las maletas para irse de viaje. Apoyaba su figura de casi dos metros en la puerta de su dormitorio, con las manos sepultadas en los bolsillos de sus pantalones y el ceño fruncido. Odiaba la idea de separarse de ella.

Aun así, no solía decir nada. Se limitaba a quedarse ahí, en silencio, mientras Nora llenaba la maleta y tomaba de vez en cuando un sorbo de Evian, su agua favorita. Aquella tarde, sin embargo, no pudo evitarlo.

—No te vayas —dijo él con su profunda voz.

Nora se giró con una cariñosa sonrisa.

—Sabes que tengo que hacerlo. Sabes que también lo odio.

—Ya te estoy echando de menos. Di que no, Nora, no te vayas. Al diablo con ellos.

Desde el primer día, a Nora le cautivó lo vulnerable que Connor se permitía ser con ella. Algo que contrastaba sobremanera con su personaje público de rico inversor que triunfaba con su propia compañía en Greenwich y que tenía otra oficina en Londres. Sus ojos de cachorrillo se contradecían con el poder y el orgullo de aquel hombre leonino.

En efecto, a la edad relativamente joven de cuarenta años, Connor era el rey de casi todo lo que su vista abarcaba. Y en Nora, de treinta y tres, había encontrado a su reina, su alma gemela, su compañera perfecta.

—Sabes que podría atarte y evitar que te marcharas —dijo él, bromeando.

—Suena divertido —dijo Nora siguiéndole el juego. Levantó la parte superior de la maleta, que estaba abierta encima de la cama. Buscaba algo—. Pero ¿podrías ayudarme primero a encontrar mi cárdigan verde?

Connor se rió entre dientes. Siempre se lo pasaba muy bien con ella, no importaba que los chistes fueran buenos o malos.

—¿Te refieres al de los botones de perla? Está en el armario grande.

Nora soltó una carcajada.

—Te has estado poniendo mi ropa otra vez, ¿verdad?

Se dirigió al hondo vestidor. Cuando volvió, con el jersey verde en la mano, Connor se había sentado a los pies de la cama y la observaba con ojos burlones y brillantes.

—Oh, oh —dijo ella—. Conozco esa mirada.

—¿Qué mirada?

—La que dice que quieres un regalo de despedida.

Nora lo pensó un momento antes de sonreír. Guardó el jersey en la maleta y caminó despacio hacia Connor, deteniéndose a propósito a apenas unos centímetros de su cuerpo. Tan sólo llevaba puesta la ropa interior.

—De mí, para ti —susurró en su oído al inclinarse hacia él.

No había mucho que quitar, pero de todos modos Connor se tomó su tiempo. Besó con delicadeza el cuello y los hombros de Nora; luego trazó con los labios una línea imaginaria que descendía hacia las curvas prominencias de sus pequeños pechos respingones. Allí se detuvo, acariciándole el brazo con una mano y extendiendo la otra para quitarle el sujetador.

Nora se estremeció y sintió un cosquilleo por todo el cuerpo. «Guapo, divertido y realmente bueno en la cama. ¿Qué más podría pedir una chica?»

Connor se arrodilló y besó a Nora en el estómago, dibujando sutiles círculos con la lengua alrededor de su ombligo. Entonces, con un pulgar apoyado a cada lado de sus caderas, empezó a bajarle las bragas, acompañando el avance con un beso tras otro.

—Eso... está... muy bien —murmuró Nora.

Ahora le tocaba a ella. Mientras el cuerpo esbelto y musculoso de Connor se alzaba ante sus ojos, empezó a desnudarlo. Deprisa, hábil y sensualmente. Durante unos segundos se quedaron quietos, desnudos, mirándose el uno al otro y fijándose en cada detalle. Dios, ¿qué podía ser mejor que eso?

De repente, Nora se rió. Le dio a Connor un travieso y súbito empujón y él cayó de espaldas sobre la cama. Estaba excitado. Un prodigioso reloj de sol humano sobre el edredón. Nora metió la mano en su maleta abierta, sacó un cinturón negro Ferragamo y lo tensó con las manos.

¡Flap!

—¿Qué decías de atar a alguien? —preguntó.

2

Media hora más tarde, mientras se ponía un albornoz rosa, Nora bajó la amplia escalinata de la mansión de Connor, una casa de estilo neoclásico colonial, de tres pisos y 3.500 metros cuadrados. Era una vivienda impresionante, incluso para Briarcliff Manor y las otras poblaciones cercanas del refinado Westchester.

Además, estaba impecablemente amueblada y cada habitación constituía una espléndida combinación de forma y función, estilo y confort. Lo más selecto de los anticuarios de Nueva York junto a lo mejor de Connecticut, como Eleish van Breems, Antigüedades del Nuevo Canaán, *El bolso de seda* o *La bodega*. Obras firmadas por Monet, Magritte o el destacado pintor de la escuela del río Hudson Thomas Cole. En la biblioteca, un secreter Jorge III que una vez había pertenecido a J. P. Morgan. Un humedecedor, que en su origen le regaló Richard Nixon a Castro, junto con documentación sobre su procedencia. Una bodega con capacidad para cuatro mil botellas que estaba casi llena.

Sí, Connor había contratado a una de las mejores decoradoras de Nueva York. De hecho, había quedado tan impresionado con ella que le había pedido una cita. Seis meses después, aquella mujer lo estaba atando a la cama.

En toda su vida, jamás se había sentido más feliz, vivo e ilusionado. Cinco años atrás había encontrado el amor. Pero su prometida, Moira, que significaba para él más que nada en el mundo, había muerto de cáncer. Nunca creyó que pudiera volver a enamorarse, pero de repente ahí estaba ella, la asombrosa Nora Sinclair.

Nora atravesó el vestíbulo de mármol y pasó por el comedor. Antes de marcharse, tenía el tiempo justo para saciar el apetito que había despertado en Connor. Entró en la cocina, su estancia favorita de la casa. Antes de matricularse en la escuela de diseño interior de Nueva York, había pensado en convertirse en chef. Incluso había seguido algunos cursos en Le Cordon Bleu de París.

Aunque había cambiado los platos por la decoración de interiores, la cocina seguía siendo una de sus grandes pasiones. La relajaba y la ayudaba a aclararse las ideas, incluso cuando preparaba algo tan sencillo como la comida favorita de Connor: una hamburguesa doble grande y jugosa con queso y cebolla... y caviar en el centro.

Quince minutos más tarde, le llamó:

—¡Ya casi está, cariño! ¿Bajas?

En pantalón corto y camiseta, él bajó la escalera y se acercó despacio por detrás de Nora, que seguía cocinando.

—No querría estar...

—... en ningún otro lugar —dijo ella, tomando el relevo.

Aquella frase era una especie de mantra, una de las muchas complicidades que compartían. Pequeñas muestras de que aprovechaban al máximo los momentos en que estaban juntos, siempre escasos debido a lo agitado de sus trabajos.

Inspeccionó por encima del hombro de Nora, mientras ella cortaba una cebolla enorme.

—Nunca te hacen llorar, ¿verdad?

—No, supongo que no.

Connor se sentó a la mesa de la cocina.

—¿Cuándo pasará el coche a recogerte?

—En menos de una hora.

Él sacudió la cabeza mientras jugueteaba con una servilleta.

—¿Y dónde está ese cliente tuyo que te hace trabajar en domingo?

—En Boston —respondió ella—. Es un jubilado que acaba de comprar y reformar una casa inmensa de ladrillos rojos en Back Bay.

Nora partió un panecillo y metió dentro la humeante hamburguesa doble con queso y cebolla. Sacó del frigorífico una Amstel Light para Connor y otra agua Evian para ella.

—Mejor que en Smith y Wollensky —dijo él tras el primer mordisco—. Y con un chef mucho más atractivo, debo añadir.

Nora sonrió.

—También te he comprado un Graeter's. Con trocitos de frambuesa.

Graeter's era el mejor helado que había probado nunca, lo bastante bueno como para traerlo a propósito desde Cincinnati. Nora bebió un sorbo de agua y observó cómo él se comía a toda velocidad lo que le había cocinado. Siempre lo hacía. ¡Qué apetito tan saludable! Mejor para él.

—Diablos, te quiero —soltó él de repente.

—Y yo a ti. —Nora hizo una pausa y fijó la mirada en sus ojos azules—. De veras. En realidad, te adoro.

Él levantó las manos hacia el cielo.

—Entonces, ¿a qué estamos esperando?

—¿A qué te refieres?

—Me refiero a que aquí ya hay más ropa tuya que mía.

Nora parpadeó varias veces.

—¿Es ésta tu idea de una proposición?

—No —respondió—. Mi idea de una proposición es ésta. —Metió la mano en el bolsillo de sus pantalones y sacó una caja azul y pequeña de Tiffany's. Con una rodilla doblada, Connor la depositó en su mano—. Nora Sinclair, me haces increíblemente feliz. No puedo creer que te haya encontrado. ¿Quieres casarte conmigo?

Aturdida, Nora abrió la caja y vio un diamante enorme. Sus ojos verdes se llenaron de lágrimas.

—¡Sí, sí, sí! ¡Mil veces sí! —gritó—. ¡Me casaré contigo, Connor Brown! ¡Te quiero tanto!

Y el champán hizo ¡pop! Era un Dom Perignon del 85 que él había guardado en el frigorífico previamente. También había comprado una botella de Jack Daniel's, para bebérsela él si Nora rechazaba su proposición.

Servidas las dos copas, Connor levantó la suya y propuso un brindis.

—Por que seamos felices para siempre —dijo.

—Por que seamos felices para siempre —repitió Nora—. ¡Por el sí!

Brindaron, bebieron y se cogieron las manos. Enamorados hasta la médula, se abrazaron y se besaron entusiasmados. Sin embargo, una bocina en el camino de entrada interrumpió la celebración. El coche de Nora había llegado.

Instantes después, mientras la limusina empezaba a alejarse, Nora le gritó a Connor por la ventanilla de atrás:

—¡Soy la chica más afortunada del mundo!

3

Nora no pudo dejar de mirar aquella joya deslumbrante en todo el trayecto hasta el aeropuerto de Westchester. Connor se había portado bien. El diamante, una brillante piedra circular, era de al menos cuatro quilates y de color D o E, y estaba flanqueado por junquillos. Todo ello montado con gran elegancia sobre platino. «Me sienta de maravilla —pensó—. Como tiene que ser.»

—¿Necesitará que la recoja a la vuelta, señorita Sinclair? —preguntó el chófer mientras la ayudaba a salir del Lincoln Town Car, delante de la terminal.

—No, no será necesario —contestó—. Gracias.

Le entregó al hombre una generosa propina, extrajo el tirador de su maleta y se dirigió hacia el interior de la terminal. Pasó ante la larguísima cola para facturar el equipaje y se encaminó hacia el mostrador de primera clase. Con cada paso que daba le parecía oír la voz de Connor pronunciando otro de los mantras que compartían: «Vale la pena pagar más...», diría él; «... para vivir mejor», respondería ella.

Tras despegar con suavidad y ascender a la altura de crucero, por fin Nora apartó la mirada de su anillo de compromiso. Abrió el último número de *Casa y jardín*. Una de las fotografías mostraba una casa que ella había decorado para un cliente de Connecticut. «Lujoso y atrevido», rezaba el titular. Las imágenes eran magníficas y el artículo que las acompañaba se deshacía en elogios. Lo único que se echaba en falta era la mención de su nombre.

Precisamente como ella quería.

Una hora y media después, el avión tomó tierra en el aeropuerto Logan. Nora recogió su coche de alquiler, un Chrysler Sebring descapotable. Con el techo bajado y las gafas de sol puestas, emprendió su camino hacia Back Bay, en Boston.

Las emisoras de radio programadas la llevaron a sacar dos conclusiones: la primera, que en Beantown había demasiados canales de tertulia, y la segunda, que el conductor anterior no era el adecuado para alquilar un coche como ése. Un descapotable exigía música.

Pulsó el botón de búsqueda y encontró una melodía de su agrado. Con el cabello al viento y su piel canela absorbiendo el sol de mediados de junio, se puso a cantar el clásico que estaba sonando. *I Only Have Eyes For You*, de los Flamingos.

Poco después, Nora se detuvo ante una antigua y magnífica casa de ladrillos rojos de la avenida Commonwealth, más abajo del parque. La relativa tranquilidad de una tarde estival de domingo le trajo suerte: encontró un sitio justo enfrente. «Estupendo.»

Después de aparcar dedicó unos segundos a arreglarse un poco el pelo. ¿Con pasador o sin él? ¡Con pasador! Antes de dirigirse a la puerta echó un vistazo al reloj. La hora del espectáculo.

4

Mientras caminaba hacia la espectacular puerta de entrada, Nora buscó en su bolso la llave que le había dado Jeffrey Walker cuando la contrató. En un espacio tan amplio y con un timbre algo temperamental, le había pedido que entrara directamente. Una voz susurró en su cabeza: «Cariño».

—¿Hola? ¿Hay alguien en casa? —gritó Nora al entrar—. ¿Hola? ¿Señor Walker?

Se detuvo a escuchar en el centro del vestíbulo. Entonces oyó el sonido distante de Miles Davis y su magnífica trompeta descendiendo desde el segundo piso. Volvió a llamar. Esta vez, oyó pisadas sobre su cabeza.

—¿Eres tú, Nora? —dijo una voz desde la parte superior de la escalera.

—¿Es que esperas a alguien más? —respondió—. Más te vale que no.

Jeffrey Walker se precipitó hacia el vestíbulo, donde estrechó a Nora entre sus brazos. Durante un minuto entero, se estuvieron besando mientras él la hacía girar en el aire. Luego se besaron de nuevo.

—¡Dios mío, estás guapísima! —dijo él, devolviéndola finalmente al suelo.

Ella le propinó un travieso puñetazo en el estómago con la mano izquierda. El diamante de cuatro quilates de Connor ya había sido reemplazado por el zafiro de seis quilates de Jeffrey, montado junto con dos diamantes en un diseño de tres piedras.

—Seguro que eso se lo dices a todas tus esposas —dijo ella.

—No, sólo a las que son tan magníficas como tú. ¡Dios, te he echado de menos, Nora! ¿Quién no lo haría?

Ambos se rieron y volvieron a besarse, profunda y apasionadamente.

—¿Cómo ha ido el vuelo? —le preguntó él.

—Bien. Aunque era un vuelo regular. ¿Qué tal el nuevo libro?

—No es exactamente *Guerra y paz*. Ni *El código Da Vinci*.

—Siempre dices lo mismo, Jeffrey.

—Porque es cierto.

A sus cuarenta y dos años, Jeffrey Walker escribía novelas históricas que ocupaban los primeros puestos de las listas de ventas internacionales. Sus fans se contaban por millones. Mujeres en su mayoría, les atraía su estilo y sus sólidos personajes femeninos, aunque la ruda belleza masculina que exhibía Jeffrey en las contraportadas también tenía su importancia. Nunca un pelo rubio enmarañado y una barba de tres días habían resultado tan atractivos.

De repente, se apoderó de Nora y se la cargó sobre el hombro. Ella chillaba mientras subían por la escalera. Jeffrey se dirigía al dormitorio, pero Nora se agarró al marco de una puerta y le obligó a volverse hacia la biblioteca. Clavó la mirada en la silla favorita de él, la que utilizaba para escribir.

—Siempre dices que ahí es donde haces tus mejores trabajos —dijo ella—. ¿Vamos a comprobarlo?

La dejó en el asiento marrón tapizado y puso algo de música. Nora Jones, una de sus favoritas. Mientras la voz ronca y robusta de la cantante se elevaba lentamente inundando la habitación, Nora se inclinó hacia atrás y levantó las piernas. Jeffrey le quitó las sandalias, los pantalones Capri y las bragas, y la ayudó con su cárdigan verde mientras ella se agachaba hacia los vaqueros de él.

—Mi apuesto y brillante esposo —murmuró al bajarle los pantalones.

5

Aquella noche, Nora preparó macarrones con una salsa de vodka hecha por ella misma, una buena ensalada y una botella de Brunello de la bodega personal de Jeffrey. La cena estaba servida. Todo perfecto. Como a él le gustaba.

Comieron y hablaron de la nueva novela, ambientada en la Revolución francesa. Hacía sólo unos días que Jeffrey había vuelto de París. Era muy estricto con la autenticidad de sus obras y había insistido en viajar para documentarse. Con lo ocupada que estaba Nora con su trabajo, pasaban más tiempo separados que juntos. De hecho, se habían casado un sábado en Cuernavaca, México, y habían regresado a casa el domingo. Sin líos ni ceremonias; sin registrarse siquiera en Estados Unidos. Un enlace muy moderno.

—¿Sabes, Nora? He estado pensando —dijo, clavando el tenedor en el último macarrón de su plato—. Creo que deberíamos hacer un viaje juntos.

—Tal vez puedas concederme la luna de miel que me prometiste.

Él se puso la mano sobre el corazón y sonrió.

—Cariño, cada día que paso a tu lado es una luna de miel.

Nora le devolvió la sonrisa.

—Buen intento, señor Escritor Famoso, pero no te librarás de mí con una frase bonita.

—Está bien. ¿Adónde quieres ir?

—¿Qué te parece el sur de Francia? —propuso ella—. Podríamos alojarnos en el Hotel du Cap.

—¿O Italia? —dijo él sosteniendo su copa de vino—. ¿La Toscana?

—¡Eh, ya lo tengo! ¿Por qué no los dos?

Jeffrey echó atrás la cabeza y soltó una carcajada.

—Muy propio de ti —dijo, señalando al aire con el dedo índice—. Siempre lo quieres todo. ¿Y por qué no?

Terminaron de cenar mientras hablaban de otros posibles destinos para la luna de miel. Madrid, Bali, Viena, Lanai... Lo único que habían decidido cuando compartían un tarro de helado de cereza era que consultarían a una agencia de viajes.

Hacia las once ya estaban acurrucados en la cama. Marido y mujer. Una pareja de enamorados.

6

Al día siguiente, pocos minutos después de mediodía, en la esquina de la Cuarenta y dos con Park Avenue, ante la estación Grand Central, se oyó el grito de una mujer. Otra volvió la cabeza para mirar y también gritó. El hombre que había junto a ella murmuró: «Santo Dios». Después, todos corrieron para ponerse a cubierto. Algo muy malo estaba sucediendo. Un incidente, por llamarlo de algún modo, justo a la salida de una de las estaciones más famosas del mundo.

La reacción en cadena de miedo y confusión barrió rápidamente de la acera a todos los transeúntes. A todos, excepto a tres.

Uno de ellos era un hombre obeso con patillas gruesas, escaso cabello y bigote negro. Llevaba un traje que no era de su talla, de color marrón y con solapas anchas, aunque no tanto como su corbata azul brillante. En el suelo, junto a sus pies, tenía un maletín de tamaño mediano.

Al lado del hombre obeso había una mujer joven y atractiva, de unos veinticinco años. Su melena pelirroja le caía sobre los hombros y tenía la cara cubierta de pecas. Llevaba una falda corta a cuadros y una camiseta de tirantes blanca. Una mochila trillada le colgaba de uno de sus hombros.

Aquel hombre y aquella mujer no podrían haber sido más diferentes. Sin embargo, en aquel momento había algo que los unía: un arma.

—¡Si te acercas más la mato! —exclamó el hombre obeso con un marcado acento del Medio Este. Apretó el frío acero del cañón contra la sien de la joven—. Lo juro, voy a disparar. Lo haré ahora mismo, no me cuesta nada.

La amenaza iba dirigida a la tercera y última persona que quedaba en la acera, un tipo que estaba de pie a unos tres metros y que llevaba pantalones militares de color gris y camiseta negra. Tenía aspecto de ser el típico turista. Del lejano Oeste, tal vez. ¿Oregón? ¿El estado de Washington? En cualquier caso, estaba en buena forma, incluso tal vez fuese deportista.

Y entonces fue él quien empuñó un arma.

El Turista dio un paso adelante, con su pistola apuntando a la frente del hombre obeso con bigote. Justo en el centro, ni más ni menos. Al Turista no parecía importarle que la joven estuviera en su línea de fuego.

—A mí tampoco me importa ella —dijo.

—¡He dicho que basta! —dijo el hombre obeso—. No te acerques más. Quédate donde estás. —El Turista no le hizo caso. Dio otro paso adelante—. ¡Lo juro, voy a matarla, maldita sea!

—No, no lo harás —dijo el Turista con calma—. Porque si tú le disparas a ella, yo te dispararé a ti. —Dio otro paso adelante y se detuvo—. Piénsalo, amigo. Sé que no puedes permitirte perder lo que hay en ese maletín. Pero ¿vale la pena pagar con tu vida?

El hombre obeso entornó los ojos; de pronto, parecía sufrir un intenso dolor. Tal vez estuviera reflexionando sobre lo que el Turista había dicho. O tal vez no. A su rostro afloró una sonrisa digna de un maníaco y amartilló su pistola.

—Por favooooor —rogó la joven, temblando—. Por favooooor.

Las lágrimas brotaban de sus ojos. Apenas podía sostenerse en pie.

—¡Cállate! —chilló el hombre obeso en su oído—. ¡Cállate, maldita sea! ¡No puedo pensar!

El Turista se mantenía firme, con sus impenetrables ojos azules fijos en un solo punto: el índice de la mano derecha de aquel hombre, y no le gustaba lo que veía. ¡Se estaba moviendo! Aquel gordo bastardo iba a matar a la chica, ¿cierto? Y eso era sencillamente inaceptable.

7

—Está bien —anunció el Turista con la mano en alto—. Tranquilízate, tío—. Dio un paso atrás y se rió para sí mismo—. ¿A quién quiero engañar, eh? No soy tan buen tirador. No puedo estar seguro de darte a ti, y no a la chica.

—Exacto —dijo el hombre obeso, apresando a la joven aún con más fuerza con su voluminoso brazo derecho—. Vamos, dime, ¿quién manda ahora?

—Tú mandas —dijo el Turista con expresión deferente—. Dime sólo lo que quieres que haga, amigo. Mierda, si quieres dejo la pistola en la acera, ¿vale?

El hombre miró al Turista con dureza. Su estrabismo reapareció.

—Vale, pero hazlo despacio —dijo.

—Por supuesto. Despacito y con cuidado. No pensaba hacerlo de otro modo.

Cuando el Turista empezó a bajar el arma, oyó un grito ahogado detrás de una cabina telefónica cercana. Otro llegó desde detrás de una furgoneta de reparto aparcada en la calle Cuarenta y dos. Los curiosos que se habían puesto a cubierto, aunque sin querer perderse ni un detalle del suceso, pensaban lo mismo: «No lo hagas, tío. No sueltes la pistola. ¡Va a matarte! ¡Y a ella también!».

El Turista flexionó las rodillas y se agachó. Con cuidado, depositó el arma en la acera.

—¿Lo ves? Así de fácil —dijo—. ¿Qué quieres que haga ahora?

El hombre obeso se echó a reír; su bigote mullido y descuidado se agrupaba en pequeños mechones debajo de su nariz.

—¿Que qué quiero que hagas? —preguntó.

La risa se hizo aún más intensa. Apenas podía contenerse. De repente, dejó de reír y su rostro se volvió rígido. El hombre apartó la pistola de la sien de la muchacha y apuntó al frente.

—Lo que quiero es que te mueras.

Entonces movió ficha.

No él, sino el Turista. En un abrir y cerrar de ojos, con un solo gesto rápido y eficiente, levantó una pernera de su pantalón y sacó una Beretta de 9 milímetros de una pistolera que llevaba en la espinilla. Al instante apuntó hacia delante y disparó. La descarga retumbó antes de que nadie supiera lo que había pasado. Ni siquiera el hombre obeso.

El agujero de su frente era del tamaño de una moneda de diez centavos, y por un momento se quedó congelado como la estatua de un enorme Buda. Los curiosos gritaron, la chica de la mochila cayó de rodillas al suelo y, con un horrible ruido sordo, el hombre obeso se derrumbó sobre la sucia y mugrienta acera. Su sangre manaba a chorros como de una fuente.

En cuanto al Turista, devolvió la Beretta a su pistolera y la otra arma a la riñonera. Se levantó y se encaminó hacia el maletín; lo cogió y se lo llevó a un Ford Mustang azul aparcado en doble fila. El motor había estado encendido todo el tiempo.

—Que tengan un buen día, damas y caballeros —dijo a las personas que le habían observado en silencio—. Eres una chica con suerte —se despidió de la muchacha, que abrazaba con fuerza la mochila contra su pecho.

Luego, el Turista se puso al volante del Mustang y se alejó con el maletín.

8

El semáforo cambió a verde y el taxista de Nueva York pisó el acelerador como si quisiera aplastar a un gusano. Lo que estuvo a punto de aplastar fue a un mensajero en bicicleta, esa curiosa raza de suicidas temerarios que consideran los semáforos en rojo y las señales de «Stop» como meras sugerencias absurdas, una especie de chiste con poquísima gracia.

El taxista dio un frenazo en mitad del cruce al mismo tiempo que el ciclista viraba bruscamente y seguía adelante, después de que su veloz bicicleta pasara a sólo unos centímetros del parachoques del taxi.

—¡Gilipollas! —gritó el ciclista por encima del hombro.

—¡Eso lo serás tú! —chilló el taxista con el dedo corazón levantado.

Miró a Nora, que estaba en el asiento de atrás, y sacudió molesto la cabeza. Luego volvió a pisar el acelerador como si nada hubiera pasado.

Nora sacudió la cabeza y sonrió.

«Qué bien volver a estar en casa.»

El taxista continuó su alocada carrera hacia el sur tomando la Segunda Avenida para llegar a la parte baja de Manhattan. Tras unos metros de relativo silencio, encendió la radio. Las Noticias 1010.

Un hombre de voz profunda y meliflua se disponía a dar por finalizada la información sobre la crisis presupuestaria municipal cuando anunció que había noticias de última hora en el centro de la ciudad. Dio paso a una periodista que estaba en el lugar de los hechos.

«Hace sólo media hora, una escena muy tensa, por no decir extraña, se ha desarrollado en la esquina de la Cuarenta y dos con Park Avenue, frente a la estación Grand Central.»

La periodista explicó que un hombre había tomado a una joven como rehén a punta de pistola, pero que fue abatido más tarde por otro hombre, un agente secreto, según los testigos presenciales.

«Cuando finalmente la policía ha hecho acto de presencia, se ha sabido que el hombre en cuestión no forma parte del Departamento de Policía de Nueva York. En realidad, nadie parece conocer su identidad. Después de disparar se ha dado a la fuga, pero antes se ha apoderado de un maletín de gran tamaño que pertenecía al fallecido.»

La reportera prometió ofrecer más información sobre los hechos a medida que éstos se desarrollaran. El taxista soltó un largo suspiro y echó un vistazo al espejo retrovisor.

—Justo lo que esta ciudad necesita, ¿eh? —dijo—. Otro justiciero suelto.

—Dudo que se trate de eso.

—¿Por qué lo dice?

—Por el maletín. Haya pasado lo que haya pasado, y por el motivo que sea, obviamente tiene que ver con su contenido.

El taxista se encogió de hombros y luego suspiró.

—Sí, tal vez tenga razón. ¿Y qué piensa que podría ser?

—No lo sé —dijo Nora—. Pero le aseguro que no era ropa sucia.

9

Alguien dijo una vez en algún lugar una frase que a Nora le encantaba y en la que creía con toda su alma: «La verdadera vida de una persona casi nunca es la que lleva». Desde luego, la suya no era la que llevaba.

En la esquina de Mercer con Spring, en el SoHo, pagó al taxista, cogió su maleta y entró en el lujoso vestíbulo de dos plantas revestido de mármol del edificio donde vivía, un antiguo almacén reformado. Una contradicción en cualquier parte, excepto en Nueva York.

Su apartamento estaba en el ático y ocupaba la mitad de la superficie del piso. En una palabra, era inmenso. Y refinado. Muebles George Smith, suelos de madera pulimentada de Brasil, cocina diseñada por Poggenpohl... Tranquilo, sereno y elegante, éste era su santuario. El único lugar del que realmente podía decir que «no querría estar en ningún otro». Lo cierto era que a Nora le encantaba enseñárselo a las contadas personas que de verdad le interesaban.

En la entrada principal se encontraba su centinela personal, una escultura de arcilla de seis pies, representando un desnudo masculino y realizada por Javier Marín. Había dos zonas de estar, ambas muy íntimas: una de ellas, en suntuosa piel blanca; la otra era su complemento en negro. Todo ello estaba diseñado por Nora.

Adoraba todo lo que había en aquel lugar. Había rastreado anticuarios, mercadillos y galerías de arte desde el SoHo hasta el Pacific Northwest, de Londres a París, pasando por pueblecillos de Italia, Bélgica y Suiza.

Sus piezas de colección llenaban el espacio. Varios tesoros de Hermès y al menos una docena de cuencos de plata, que le encantaban. Cristal decorado del francés Gallé y cajas de ópalo en blanco, verde y turquesa. Cuadros de un selecto grupo de prometedores artistas de Nueva York, Londres, París y Berlín...

Y, por supuesto, el dormitorio, con sus intensas paredes de color vino oscuro, perfectas para activar las ondas beta. Apliques y espejos dorados y, sobre la cabecera de la cama, un fragmento de pergamino antiguo con una inscripción: «Atrévete a resolver mi misterio, si puedes».

Nora cogió una botella de Evian del frigorífico y luego hizo unas cuantas llamadas, una de ellas a Connor, para no descuidar lo que ella denominaba su «mantenimiento marital». Poco después hizo otra llamada parecida, esta vez a Jeffrey.

Aquella misma noche, cuando acababan de dar las ocho, Nora entraba en el Babbo, en el corazón de Greenwich Village. Sí, definitivamente, se alegraba de estar en casa.

A pesar de que era lunes, el Babbo estaba a rebosar. Los sonidos de los cubiertos de plata, los vasos, los platos y la gente más moderna de la ciudad se confundían y colmaban los dos niveles del restaurante de un zumbido vibrante.

Nora divisó a Elaine, su mejor amiga, sentada junto a Alison, a la que también estaba muy unida. Estaban en la mesa que había junto a la pared del primer piso, el más informal. Pasó ante la camarera y siguió adelante. Besos en las mejillas para todas. Dios, adoraba a esas chicas.

—Alison se ha enamorado del camarero —anunció Elaine cuando Nora se unió a ellas.

Alison puso en blanco sus grandes ojos castaños.

—Sólo he dicho que era mono. Se llama Ryan, Ryan Pedi. Hasta su nombre es mono.

—Eso me suena a amor —dijo Nora, siguiendo el juego.

—¡Ahí lo tienes, otro testigo que lo corrobora!

Elaine era abogada mercantil y trabajaba en Eggers, Beck y Schmiedel, una de las firmas más prestigiosas de la ciudad, especializada en cobros y facturas.

Hablando del rey de Roma. El camarero, alto, joven y moreno, hizo su aparición para preguntar si Nora quería algo de beber.

—Agua, por favor —respondió—. Con gas.

—No, esta noche vas a beber con nosotras, Nora. No se hable más. Tomará un Cosmopolitan.

—Enseguida.

Asintió con la cabeza, se volvió y se alejó.

Nora se cubrió la boca por un lado con la mano y susurró:

—Sí, es muy mono.

—Ya te lo dije —contestó Alison—. Lástima que casi no tenga ni edad de beber.

—Yo diría más bien de conducir —dijo Elaine—. ¿O es que nosotras nos estamos haciendo tan viejas que ellos nos parecen más jóvenes? —Bajó la cabeza—. Vale, ya me he deprimido.

—¡Cambio de tema urgente! —declaró Nora, y se volvió hacia Alison—: Dinos, ¿qué novedades nos traerá este otoño?

—De algo puedes estar segura: se va a llevar el negro.

Alison era periodista de moda en *W*, o, como a ella le gustaba llamarla, la única revista que podría llegar a romperte un dedo del pie si te cayera encima. La dinámica del negocio era muy simple: «Las grandes fotos con modelos flacuchas llevando ropa de diseño nunca pasan de moda».

—¿Y tú qué nos cuentas, Nora? —preguntó Alison—. Siempre pareces estar fuera de la ciudad. Eres una chica fantasma.

—Lo sé, es de locos. Acabo de regresar hoy mismo. Las segundas residencias causan furor.

Alison lanzó un suspiro.

—Ya tengo bastantes problemas para pagar la primera. Ah, por cierto, eso me recuerda... ¿os he hablado del tío que se ha mudado a mi rellano?

—¿El escultor que pone esa estrambótica música *new age*? —preguntó Elaine.

—No, ése no. Ése se marchó hace meses —dijo con un ademán despectivo—. El que digo acaba de comprar el apartamento de la esquina.

—¿Y cuál es el veredicto? —preguntó la abogada que Elaine llevaba dentro.

—Soltero, adorable y oncólogo —dijo Alison, y se encogió de hombros—. Supongo que hay cosas peores que casarse con un médico rico.

En cuanto pronunció aquellas palabras, Alison se llevó una mano a la boca con gesto apremiante. Se hizo el silencio.

—Chicas, no pasa nada —dijo Nora.

—Lo siento mucho, cariño —dijo Alison, avergonzada—. Lo he dicho sin pensar.

—De veras, no tienes por qué disculparte.

—¡Cambio de tema urgente! —declaró Elaine.

—Sois unas bobas. Escuchadme: que Tom fuese médico no significa que nunca más podamos volver a hablar de ellos. —Nora cubrió la mano de Alison con la suya—. Cuéntanos algo más sobre tu oncólogo.

Alison le hizo caso y las tres siguieron charlando, conscientes de que, después de tanto tiempo de amistad, no podían permitir que un instante embarazoso se interpusiera entre ellas.

El joven camarero llegó con el Cosmopolitan de Nora y recitó las sugerencias del menú. Las tres amigas bebieron, comieron, rieron y chismorrearon. Nora parecía estar realmente a gusto. Cómoda y relajada. Tanto, que ni Alison ni Elaine se dieron cuenta de dónde tuvo la cabeza durante el resto de la velada: en la muerte de su primer marido, el doctor Tom Hollis.

O, más bien, en su asesinato.

10

Un gran vaso de agua y una aspirina. Era su receta preventiva tras tomarse unas copas después de cenar con Elaine y Alison. Nora nunca se emborrachaba, pues detestaba la idea de perder el control. Pero, gracias al buen humor y a la buena compañía de Elaine y Alison, se había achispado un poco.

Dos vasos de agua y dos aspirinas.

Luego se puso uno de sus pijamas de algodón favoritos y abrió el cajón inferior de su enorme vestidor. Enterrado bajo varios jerséis de cachemira de Polo había un álbum de fotografías. Nora cerró el cajón y apagó todas las luces, excepto la lamparilla de noche. Se metió en la cama y abrió el álbum por la primera página.

—Donde todo comenzó —murmuró para sí misma.

Las fotografías estaban en orden cronológico, como un recorrido en imágenes por su relación con el primer amor de su vida, el hombre al que llamaba «doctor Tom». Su primer fin de semana juntos en los Berkshires, un concierto en Tanglewood, instantáneas de los dos en la suite del Gables Inn, en Lenox...

Después de éstas, imágenes de la boda, celebrada en el invernadero del jardín botánico de Nueva York. A estas páginas las seguían las de su luna de miel en Nevis. Fueron días maravillosos, una de las mejores semanas de su vida.

Además, había otros recuerdos de su vida juntos: fiestas, cenas y muecas divertidas posando para la cámara, como la de Nora tocándose la nariz con la lengua o la de Tom torciendo el labio superior para parecerse a Elvis. ¿O era a Bill Clinton?

Ahí terminaban las fotografías. En su lugar había recortes de prensa. En aquellas últimas páginas del álbum no había más que noticias de periódicos. Varios artículos y una nota cronológica, amarilleada por el paso del tiempo. Nora lo había guardado todo.

«Prestigioso doctor de Manhattan muere por negligencia médica», rezaba el *New York Post*. «Víctima de su propia medicina», declaraba el *Daily News*. En cuanto al *New York Times*, no publicó ninguna hipérbole; sólo una sencilla nota necrológica con un titular que se ceñía a los hechos: «El doctor Tom Hollis, reconocido cardiólogo, ha muerto a la edad de cuarenta y dos años».

Cerró el álbum y se tumbó en la cama, a solas con sus pensamientos sobre Tom y lo que había ocurrido. El principio de todo; el inicio de su vida. La mente de Nora saltó de forma natural hacia Connor y Jeffrey. Bajó la mirada hacia su mano izquierda, que en aquel momento no lucía ninguno de sus anillos. Sabía que debía tomar una decisión. Instintivamente, Nora comenzó a elaborar una lista mental. Metódica y concisa. Todo lo que le gustaba de cada uno de ellos en comparación con el otro.

Connor frente a Jeffrey.

Ambos eran muy divertidos. La hacían reír y sentirse especial. Y, la verdad, no se podía negar que eran maravillosos en la cama... o allí donde decidieran practicar el sexo. Eran altos, estaban en una excelente forma física y eran tan atractivos como una estrella de cine. No; en realidad, eran aún más atractivos que las estrellas de cine que ella conocía. A Nora le gustaba por igual estar con Connor que con Jeffrey, y eso hacía más difícil tomar una decisión.

¿A cuál de los dos tendría que matar?

Al primero.

11

«Bien, aquí es donde el asunto empieza a ponerse delicado. Por no decir peliagudo.»

El Turista se sentó a la mesa de un Starbucks de la Treinta y dos oeste, en Chelsea. Casi todas las mesas estaban ocupadas por holgazanes y vagabundos, pero el entorno parecía seguro. Tal vez precisamente porque había tantos vagabundos y colgados; y qué diablos, por tres dólares y pico te daban algo con el café, una ventaja añadida.

El maletín del que se había apropiado en la estación Grand Central reposaba en el suelo, entre sus piernas; ya sabía un par de cosas sobre él. La primera, que no estaba cerrado con llave. La segunda, que contenía ropa de hombre, la mayor parte arrugada, y un kit de aseo de piel marrón.

La tercera, que el kit de aseo contenía las habituales porquerías para afeitarse, pero había además una cosa interesante: una memoria Flash. Seguro que aquel dispositivo era el causante de todos los problemas. Resultaba irónico que fuese más pequeño que su dedo, pero aquel minúsculo cabrón podía contener una gran cantidad de información. Y era obvio que la contenía.

El Turista ya había sacado su Mac. Era el momento de la verdad. Si tenía huevos. Y, a juzgar por cómo iban las cosas, los tenía.

«¡Allá vamos!»

Enchufó el Flash Drive al Mac. ¿Por qué aquel gordo miserable se arriesgaría a morir por eso en la calle Cuarenta y dos? Apareció el icono de arranque: una E. El Turista empezó a rastrear los archivos almacenados en la memoria Flash.

«Allá vamos de una vez. Allá vamos, uno, dos y tres.»

Un par de minutos después, el Turista ya estaba en disposición de echar un vistazo al archivo. Pero entonces se detuvo. Una muchacha bastante atractiva, aunque con el pelo negro y rojo en punta, intentaba ver algo desde la mesa contigua. El Turista miró en su dirección.

—Ya conoces la frase: «Podría enseñártelo, pero luego tendría que matarte».

La muchacha sonrió.

—¿Y qué hay de la frase «Tú me enseñas el tuyo y yo te enseño el mío»?

El Turista le devolvió la sonrisa.

—Tú no tienes un portátil.

—Peor para ti. —Se encogió de hombros, se levantó de la mesa y comenzó a alejarse—. Eres muy guapo para ser tan gilipollas.

—Ve a cortarte el pelo —dijo el Turista burlonamente.

Por fin, volvió a mirar la pantalla del ordenador.

«¡Allá vamos!»

Lo que vio entonces tenía cierto sentido... si es que algo lo tenía en ese mundo de locos. El archivo contenía nombres, direcciones y bancos en Suiza y las islas Caimán. Cuentas en paraísos fiscales. Montones de ellas. El Turista realizó un breve cálculo mental.

Una cifra aproximada, aunque bastante precisa.

Casi un billón y medio.

12

Dicen que Nueva York es la ciudad que nunca duerme, pero a las cuatro de la madrugada había ciertas zonas que definitivamente apenas estaban despiertas. Entre ellas, un sótano mal iluminado de un aparcamiento en la parte baja del East Side. A cinco pisos por debajo del nivel del suelo, era un ejemplo de quietud. Un mundo aparte. El único sonido era el monótono zumbido del fluorescente del techo.

Eso y el impaciente golpeteo de un dedo corazón sobre el volante; el dedo de un hombre en un Ford Mustang azul con el motor apagado. En el interior del Mustang, el Turista echó un vistazo al reloj y sacudió la cabeza. El golpeteo continuó. Con el dedo corazón. Su contacto llegaba tarde. Dos días, para ser exactos. Un fracaso de cita. ¿Problemas a la vista? Sin duda.

Diez minutos después, un par de faros iluminaron el muro desde la rampa hasta el siguiente piso. Una furgoneta blanca hizo su aparición. En el lateral lucía el anuncio de una floristería: «Las flores de Lucille».

«¡Oh, vamos! —pensó el Turista para sí—. ¿Una furgoneta de reparto?»

El vehículo se acercó al Mustang lentamente y se detuvo a siete metros de distancia. El motor se paró y un hombre alto y delgado salió de su interior. Llevaba traje gris, camisa blanca y corbata. Se encaminó hacia el coche. Había alguien más en la furgoneta, pero se quedó dentro.

El Turista salió y se reunió con el Hombre Delgado a medio camino.

—Llegas tarde —le dijo.

—Y tú tienes suerte de estar vivo —respondió el contacto.

—¿Sabes? Hay quien lo consideraría una virtud.

—Debo reconocer que has hecho un buen trabajo. En medio de la frente, según me han dicho.

—El tipo tenía una frente despejada. Un blanco fácil. ¿La chica está bien?

—Asustada. Pero se recuperará. Es una profesional. Lo mismo que tú.

El Hombre Delgado metió la mano en el bolsillo de su americana. ¡Mala señal! Sacó un paquete de Marlboro y le ofreció uno al Turista.

—No, gracias, lo dejé en Navidad. La de hace quince años.

El hombre encendió una cerilla. Luego la apagó a sacudidas.

—¿Qué dice la policía? —preguntó el Turista.

—La policía no sabe una mierda. Digamos que tienen que apañárselas con testigos contradictorios.

—Enviaste a alguien allí, ¿verdad?

—A dos testigos. Ambos aseguran que llevabas perilla y una bufanda alrededor del cuello.

El Turista sonrió mientras se frotaba la barbilla, bien afeitada.

—Buena idea. ¿Qué hay de la prensa?

—Todos están pendientes del asunto. Lo único que les intriga más que tu identidad es lo que había en el maletín. Y hablando de eso...

—Está en el maletero.

Ambos se dirigieron hacia la parte de atrás del Mustang. El Turista abrió el maletero, cogió el maletín y lo dejó en el suelo. El otro hombre lo observó unos instantes.

—¿Has tenido la tentación de abrirlo? —preguntó.

—¿Cómo sabes que no lo he hecho?

—No lo has hecho.

—No, pero ¿cómo lo sabes?

El hombre expulsó un anillo de humo.

—Porque entonces estaríamos manteniendo una conversación muy distinta.

—¿Se supone que debo saber lo que eso significa?

—Claro que no. Tú no estás metido en el ajo.

El Turista lo dejó correr.

—¿Y ahora qué?

—Ahora te esfumas. Tendrás algún otro asunto, ¿no?

—¿Algún asunto? Sí, ya tengo algo interesante entre manos. ¿Quién es el del coche?

—Lo has hecho muy bien. Me ha pedido que te lo dijera. No hagas más preguntas.

—No es que lo haya hecho bien; soy bueno en esto. Por eso me lo encargaron a mí.

Se dieron la mano y el Turista observó cómo el Hombre Delgado se dirigía con el maletín hacia la furgoneta y luego se alejaba. El Turista se preguntaba si serían capaces de imaginar que había visto el contenido del Flash Drive. De alguna manera, ahora ya estaba en el ajo. Aunque deseara con todas sus fuerzas no estarlo.

13

Nora tuvo una mañana muy atareada. Primero, se fue de compras durante una deliciosa hora al Sentiments, en la Sesenta y uno este, y ahora tenía que realizar el encargo de un cliente en el ABC Carpet and Home, cerca de Union Square. Luego tenía que ir a la sala de exposiciones D&D Building y, por fin, a Devonshire, una tienda inglesa de flores y plantas.

Realizaba unas compras para Constance McGrath, una de sus principales clientes. Constance —definitivamente no era el tipo de mujer a la que la gente llamaba Connie— acababa de mudarse de su exquisito apartamento de dos habitaciones en East Side a otro aún más exquisito en Central Park oeste. En el edificio Dakota, donde se rodó *La semilla del diablo* y fue asesinado John Lennon. Constance, que en su juventud había sido actriz de teatro, aún conservaba aptitudes para el drama. Así es como explicó a Nora que se mudaba a Central Park: «El sol se pone por el oeste; lo mismo haré yo en mi nuevo hogar». A Nora le caía bien Constance. Era una mujer franca, luchadora y aficionada a invocar la frase preferida de todo decorador: «El dinero no es problema». También había sobrevivido a dos maridos.

—¡Que el diablo me lleve! —gritó una voz masculina.

Nora se dio la vuelta y vio a Evan Frazer con los brazos abiertos, dispuesto a darle un buen abrazo. Evan era el representante de Antigüedades Ballister Grove, que ocupaba gran parte del quinto piso.

—¡Evan! —exclamó Nora—. Qué alegría verte.

—Lo mismo digo —respondió él. Besó a Nora en ambas mejillas—. Dime, ¿para qué cliente fabulosamente rico vienes hoy a comprar?

Nora casi podía ver los símbolos del dólar brillando en las pupilas del hombre.

—No te diré su nombre, por supuesto, pero, por suerte para ti, quiere deshacerse de algunas filigranas francesas para adoptar un estilo británico tradicional.

—Entonces has venido al lugar adecuado —dijo, mostrando los dientes al sonreír—. Pero tú siempre lo haces.

Durante una hora más o menos, Evan guió a Nora a través de sus abundantes existencias de mobiliario británico. Sabía cómo hacerlo, lo que tenía que decir y lo que tenía que callar. Especialmente lo que no debía mencionarle a Nora Sinclair. Ésta odiaba que un vendedor le dijera de un objeto que era bonito. Como si eso pudiera influir en su opinión. Ella tenía su propio sentido de la estética y del gusto, que en parte era innato y en parte se había desarrollado y depurado mediante la experiencia. Y Nora confiaba a ciegas en él.

—¿Es de doble hoja? —preguntó a Evan mientras se inclinaba sobre una mesa de madera de haya ribeteada de caoba.

—Viene con una sola —dijo—. Pero admite dos, y se puede encargar la segunda sin problemas.

—Con una es mejor.

Echó un vistazo al precio. Aunque, como siempre, se trataba de un gesto superfluo cuando compraba para Constance McGrath. Tras dar un paso atrás para un último examen,

Nora ofreció su particular versión del «me lo llevo»: ¿por qué pronunciar tres palabras si podía resultar mucho más enfática con una sola?

—¡Hecho! —declaró.

Evan despegó inmediatamente una etiqueta de «Vendido» de una hoja y la estampó en la mesa. Era la cuarta y última de la mañana. Nora quedó satisfecha con esa adquisición, que se añadía a la de un armario con estantes, una cómoda alta y un canapé.

Los dos se sentaron en un gran sofá mientras Evan preparaba la factura. No se pronunció ni una sola palabra relativa al diez por ciento que Nora se llevaba como comisión. Se daba por sobrentendido.

Tras despedirse de Evan, Nora se detuvo para comer algo rápido en el restaurante La Mercado. Cayó en la cuenta de que, después de todo, ya no necesitaba ir a D&D ni a Devonshire, pues había hecho todos sus recados en Sentiments y Ballister Grove. Ante una ensalada Cobb y una *crêpe* de dulce de leche de postre, conectó el teléfono móvil.

Llamó a Constance para contarle las mil maravillas de las compras de la mañana. También devolvió las llamadas de Jeffrey y de Connor, para cumplir con el «mantenimiento marital» del día.

14

Ahora tenía algo importante que hacer en el despacho de un abogado de la calle Cuarenta y nueve este, cerca de East River.

—¿En qué puedo ayudarla, señorita Sinclair? —preguntó el señor Steven Keppler.

Nora le dedicó una cálida sonrisa.

—Por favor, llámeme Olivia.

—Olivia, entonces. —Desde el otro lado del enorme escritorio, Keppler devolvió a Nora una sonrisa quizá demasiado amplia—. ¿Sabe?, tengo un barco que se llama así.

—¡No me diga! —dijo Nora fingiendo interés—. Lo consideraré un buen presagio.

Pero aún le pareció más prometedor el modo en que Steven Keppler —un abogado de mediana edad y tarifas modestas que se cubría la calva con unos cuantos pelos largos— se la comía con los ojos, mirándole los pechos y las piernas. Al menos, eso garantizaba una buena travesía.

Los demás abogados varones de la lista de Nora no podían darle cita hasta al cabo de dos o tres semanas. Lo mismo hubiera ocurrido con Steven Keppler de no ser porque un cliente se había puesto enfermo inesperadamente y había cancelado la visita. Una feliz casualidad para ella. En menos de veinticuatro horas, Nora consiguió su cita. O, mejor dicho, «Olivia» consiguió su cita: para llevar a cabo su propósito necesitaba tomar prestado el nombre de su madre.

Continuó:

—Verá, Steven, quisiera que me ayudara a constituir un negocio.

«Y, por cierto, no está dentro de mi sujetador.»

—Resulta que ésa es mi especialidad —dijo el abogado.

Nora sintió vergüenza ajena cuando el hombre terminó la frase combinando un guiño con un doble chasquido que hizo con el lateral de la boca.

—¿Dónde estará situado ese negocio? —preguntó.

—En las islas Caimán.

—Oh —dijo, haciendo después una pausa.

Un ligero atisbo de preocupación asomó a su rostro. Su más que atractiva clienta con blusa de seda y falda corta sin duda estaba intentando burlar la ley y evitar pagar sus impuestos.

—Espero que eso no sea un problema —dijo Nora.

Las desagradables miradas incitantes de Keppler empezaban a excederse.

—Pues... no, no veo por qué... eh... debería serlo —tartamudeó—. La cuestión es que establecer un negocio allí requiere la cooperación de lo que nosotros llamamos un delegado. Simplificando, se trata de un residente en las islas Caimán que, a título exclusivamente nominativo, actúa como representante de su empresa. ¿Me explico? —Nora ya sabía todo eso, aunque no lo dio a entender, así que asintió con la cabeza como una estudiante aplicada—. Pero la suerte ha querido —añadió Keppler— que precisamente tenga empleado a un agente de esas características.

—Sí, a eso se le llama suerte —dijo Nora.

—Supongo que ahora también necesitará que le abra una cuenta corriente allí, ¿cierto?

Bingo.

—Sí, creo que sería una buena idea. ¿Puede hacerlo por mí?

—En realidad, se supone que debe usted hacerlo personalmente —dijo él.

De nuevo, Nora cambió de postura.

—Vaya, eso es un gran inconveniente —dijo.

—Lo sé, lo sé. —Se inclinó sobre el escritorio—. Tal vez yo podría mover algunos hilos y ahorrarle el viaje.

—¡Eso sería estupendo! Me ha salvado usted la vida.

Buscó en un archivador y sacó unos formularios.

—Sólo necesito que me dé un poco de información sobre usted, Olivia.

15

El Lincoln Town Car dejó la atestada carretera 9 y avanzó a gran velocidad por la pintoresca Scarborough Road, hasta la igualmente bella Central Avenue; finalmente se metió por el camino de piedra que daba a la casa de Connor, un poco antes de la puesta de sol de aquel viernes. Cuando el chófer se disponía a abrir la portezuela del coche a Nora, Connor se le adelantó. Era evidente que estaba ansioso por verla.

—¡Ven aquí! —le dijo al tiempo que le hacía una seña—. Casi me vuelvo loco pensando en ti.

Nora sacó un pie fuera del vehículo y se echó en los brazos de él al instante. Se besaron mientras el conductor —un italiano robusto y entrado en años— abría el maletero y cogía la maleta de Nora. Intentó no mirar, pero no pudo evitarlo. Con el sol poniéndose después de un hermoso día, y frente a una de las casas más impresionantes que había visto en su vida, estaba esa encantadora pareja, evidentemente enamorada de la cabeza a los pies. «Si eso no es tocar el cielo, no sé qué puede serlo», pensó.

—Aquí tiene —dijo Connor.

Metió la mano en el bolsillo de sus pantalones y sacó algo de dinero. Deslizó al chófer una propina de veinte dólares.

—Gracias, señor —dijo el hombre con un marcado acento—. Es usted demasiado amable.

—¡Y demasiado guapo! —canturreó Nora mientras abrazaba a Connor por la cintura. «Es realmente guapo, ¿no?», pensó sin poder evitarlo.

El chófer respondió con una franca sonrisa y regresó con rapidez al coche.

—¡Que tengan una noche agradable, jóvenes! —gritó al tiempo que volvía la cabeza.

Nora y Connor se rieron, mientras observaban unos instantes cómo el Lincoln se alejaba hasta desaparecer. Nora se separó de Connor.

—¿Qué tal el trabajo? —preguntó—. Aunque, pensándolo mejor, no quiero hablar de eso.

—Ni yo —dijo él—. «Además, mucho trabajo y poca diversión... ¡nos vuelve asquerosamente aburridos!»

Éste era uno de sus primeros mantras, y aún estaba entre sus favoritos.

—Deberíamos hacerlo aquí mismo —dijo ella guiñándole un ojo—. ¡Aquí mismo, sobre el césped! Al infierno con los vecinos. Que miren si quieren. A lo mejor los inspira.

Connor la cogió de la mano.

—En realidad, tengo una idea mejor.

—¡Vaya! ¿Mejor que hacer el amor conmigo? ¿Qué puede ser?

—Es una sorpresa —respondió—. Sígueme.

16

—¿Quieres hacerlo en el garaje? —preguntó Nora en tono travieso.

Connor apenas podía contener la risa.

—No —dijo—. Ésa no es la sorpresa. Aunque tu idea no es tan mala.

Había llevado a Nora por uno de los lados de la casa y se había detenido a unos tres metros del garaje de cinco plazas. Todas las puertas estaban cerradas. Nora estaba de pie junto a él, sin saber qué debía esperar.

—¿Estás preparada? —preguntó.

Metió la mano en el otro bolsillo de sus pantalones —donde no llevaba las monedas— y sacó el mando a distancia para abrir las puertas del garaje. Tenía cinco botones y apretó el del medio. Despacio, la puerta empezó a elevarse.

—¡Dios mío! —gritó Nora.

Detrás de la puerta, mirándolos de frente, había un flamante Mercedes SL500 descapotable de color rojo brillante, con un gran lazo blanco atado por encima de la capota.

—¿Y bien? —dijo Connor.

Nora se había quedado sin palabras.

—Verás, si vas a ser mi esposa necesitarás tu propio vehículo, ¿no crees?

Nora seguía sin palabras, cosa que a él le causaba un gran placer.

—¿Debo suponer que estás sorprendida?

Nora se echó en sus brazos. Por fin encontró las palabras, y las dijo muy alto:

—¡Eres increíblemente asombroso! ¡Gracias, gracias, gracias! —Levantó su mano izquierda—. Primero un anillo precioso y ahora...

—Y ahora, una llave —dijo él como si se tratara de otro de sus mantras—. Que, por cierto, está esperando en el contacto.

Connor llevó a Nora dentro del garaje y la sentó con delicadeza en el asiento del conductor. Luego rodeó el vehículo, a la par que le quitaba el lazo, hasta llegar al otro lado.

—¡Métele! —gritó como un colegial, saltando por encima de la puerta del copiloto.

Nora admiraba el interior del coche mientras deslizaba los dedos por la tersa piel del volante.

—¿Qué te parece? ¿Lo estrenamos? —preguntó.

—Desde luego. Para eso está.

Ella le miró, dibujando una traviesa sonrisa con las comisuras de la boca. De pronto, sus manos ya no estaban en el contacto, sino jugueteando entre las piernas de Connor.

—Oh... —dijo satisfecho, con voz profunda y ronca.

Con gran agilidad, Nora pasó de su asiento al de Connor. Se sentó encima de él con las rodillas dobladas y empezó a acariciar su espeso pelo negro mientras le besaba con suavidad en la frente, en ambas mejillas y, finalmente, en la boca. Le desabrochó la camisa.

—¿Hasta dónde crees que pueden abatirse estos asientos? —preguntó ella.

—Tendré que comprobarlo.

Buscó con la mano por debajo de su asiento, que de inmediato comenzó a reclinarse con un zumbido grave. Empezaron a desnudarse el uno al otro como si su ropa ardiera. La camisa de él, la blusa y el sujetador de Nora. Pantalones y falda, calzoncillos y bragas.

—Te quiero —dijo Connor mirándola a los ojos.

Era imposible no creerle y no sentir algo por él.

—Y yo a ti —respondió ella.

Y allí mismo, en el garaje, Nora cabalgó en su coche nuevo.

17

—¿Te das cuenta de que sólo queda una habitación en toda la casa donde nunca hayamos hecho el amor? —preguntó Connor.

Parecía estar realizando cálculos mentales.

—Bueno, supongo que la noche todavía es joven —dijo Nora.

La apretó aún más fuerte entre sus brazos.

—Eres insaciable.

—Y tú un tipo con suerte.

Por fin habían salido del garaje y ahora estaban de pie en la cocina, sosteniendo su ropa, abrazados el uno al otro.

—Y hablando de ser insaciable...

Nora contuvo la risa.

—¿Por qué sabía que ibas a decir eso? Muy bien, chico nudista. ¿Qué me dices de una tortilla?

—Me parece perfecto. ¿Salimos fuera? ¿Llamo al Inn de Pound Ridge? ¿O al Iron Horse?

Nora negó con la cabeza.

—¿De qué quieres la tortilla? Me apetece cocinar para ti.

—Sorpréndeme —dijo él—. De hecho, éste será el tema de la velada: las sorpresas.

Y por primera vez, Nora sintió una punzada en el estómago. «Tú lo has dicho.»

Connor salió de la estancia para darse una ducha rápida, no sin antes recoger la maleta de Nora, que se había quedado en el camino de entrada. Nora la abrió en la cocina y sacó unos vaqueros cuidadosamente doblados y una camiseta blanca de algodón.

Entonces, como si se tratara de un viejo amigo, oyó una vocecilla dentro de su cabeza: «Vamos, Nora, no te eches atrás».

Se vistió y comenzó a preparar la tortilla. En el cajón de las verduras encontró media cebolla Vidalia, un pimiento verde y un poco de jamón de Virginia cortado muy grueso. Tenía lo necesario para hacer una tortilla del Oeste.

«La decisión ya está tomada. Sólo son nervios, nada más. Sabes que puedes hacerlo... No es la primera vez.» A lo largo del antepecho de la cocina había una banda magnética para sostener los cuchillos grandes. Nora los miró. Estaban dispuestos en una hilera perfecta y muy bien afilados. Cogió el más grande de todos y lo agarró con fuerza; sus dedos se adaptaron a la suave curva del mango antes de oprimirlo con firmeza.

«Olvida el coche. Y el anillo. Sobre todo, el anillo.»

Los huevos ya estaban batidos y el pimiento verde, troceado. Nora estaba cortando el jamón en tacos. Se encontraba de pie, frente a la tabla de cortar, junto al fregadero, dando la espalda a la entrada de la cocina. Entonces oyó a Connor.

—Estoy tan hambriento que podría comerme un restaurante entero.

Su voz se aproximaba y cada una de sus palabras se oía un poco más fuerte.

«¡Hazlo, Nora!»

Avanzaba directamente hacia ella.

«¡Hazlo ahora!»

Cortó otro trozo de jamón con la mirada fija en el cuchillo; lo agarró aún más fuerte y sus nudillos se volvieron completamente blancos. La luz caía a plomo desde el techo y se reflejaba sobre la hoja de acero. Todavía quedaba tiempo para cambiar de idea.

Los pasos de Connor se escuchaban detrás de ella, y se acercaban cada vez más. Nora sintió su cálido aliento en la nuca. Estaba ahí mismo, a su alcance. Se dio la vuelta, de repente, con la mano alzada en el aire.

18

—¿Está bueno? —preguntó ella.

Connor abrió la boca para comerse el trozo de jamón que había cogido con los dedos. Masticó durante unos segundos.

—Delicioso.

—Estupendo, porque no sabía cuánto hacía que lo tenías —dijo—. ¿Qué tal la ducha?

—Mmm... Me ha sentado de maravilla. Aunque no tanto como tú.

Nora acabó de trocear el jamón y empezó a cortar la cebolla en aros. «Aún tienes tiempo de cambiar de idea.»

Connor, que tan sólo vestía unos pantalones de deporte y llevaba el pelo mojado y peinado hacia atrás, se dirigió al frigorífico y cogió una Amstel.

—¿Quieres una? —preguntó.

—No, gracias. Tengo mi agua. —Levantó una botella de Evian para que él la viera—. Tengo que cuidar mi línea... para ti.

Él abrió la cerveza y bebió un trago. Miró a Nora de soslayo.

—Cielo, ¿estás bien?

Nora se volvió hacia él con una lágrima solitaria deslizándose por su mejilla.

—¡Oh! —dijo al darse cuenta de ello. Se la secó y se obligó a sonreír antes de apartar la mirada—. Creo que las cebollas sí me hacen llorar, después de todo.

Nora cocinó ligeramente la tortilla del Oeste, sin dejar que se quemara por fuera, tal como a Connor le gustaba, y la puso delante de él, en la mesa de la cocina. Connor la espolvoreó con sal y pimienta y le hincó el tenedor.

—¡Fantástica! —declaró—. Ésta podría ser tu mejor tortilla.

—Me alegro de que te guste.

Se sentó junto a él, que siguió comiendo unos cuantos bocados mientras ella le observaba.

—Dime, ¿qué quieres hacer mañana? —le preguntó Connor.

—No lo sé. Tal vez podríamos salir a dar una vuelta en mi coche nuevo.

—¿Quieres decir fuera de los límites del garaje?

Se rió y pinchó otro pedazo con el tenedor. Pero cuando éste estaba a medio camino de la boca, Connor se quedó inmóvil.

En un abrir y cerrar de ojos, palideció por completo. Estaba blanco como la leche. La cabeza empezó a darle vueltas. El tenedor se cayó encima del plato dando un sonoro golpe.

—Connor, ¿qué te ocurre?

—No... —Apenas podía hablar—. No lo sé —dijo forzando la voz—. De repente me siento muy...

Se sujetó el estómago como si le hubieran dado un puñetazo brutal. O un navajazo. Se le pusieron los ojos en blanco. Dio varias sacudidas en la silla antes de caer al suelo con un ruido sordo.

—¡Connor! —Nora saltó de su silla e intentó ayudarle a levantarse del suelo—. Vamos —le dijo—, intenta ponerte en pie.

Se levantó con gran dificultad, pero sus piernas parecían de goma. Ella le llevó hasta el cuarto de baño de la entrada. Connor volvió a caerse al suelo, a punto de perder el conocimiento. Nora levantó el asiento del inodoro y él intentó arrastrarse hasta allí.

—Voy... voy... a vomitar —farfulló entre bocanadas de aire.

Estaba empezando a hiperventilar.

—Voy a ver si encuentro algo que te puedas tomar —dijo ella, con la voz del todo alterada por el pánico—. Enseguida vuelvo.

Corrió hacia la cocina mientras Connor batallaba por asomarse al borde del inodoro. Ya no se trataba sólo de su estómago, ahora todo su cuerpo ardía como si estuviera en el infierno. Estaba sudando a chorros por cada uno de sus poros.

Nora volvió con un vaso en la mano. En su interior había un líquido claro y efervescente, parecía Alka-Seltzer.

—Toma, bébete esto —dijo ella.

Connor cogió el vaso con manos temblorosas. Apenas podía llevárselo a la boca, por lo que Nora tuvo que ayudarle. Bebió un sorbo y luego otro.

—Bebe más —ordenó ella—. Termínatelo.

Tomó otro sorbo antes de sujetarse el estómago de nuevo. Connor cerró los ojos con fuerza y apretó los dientes; los músculos de su mandíbula estaban tan tensos que parecía que iban a reventar por debajo de la piel.

—¡Ayúdame! —suplicó—. ¡Nora!

Segundos más tarde, sus plegarias fueron escuchadas. El espantoso temblor empezó a disminuir. Remitía tan deprisa como había empezado.

—Creo que la medicina está haciendo su efecto, cariño —dijo Nora.

Connor volvía a respirar con normalidad. Recuperó el color y abrió los ojos, primero muy despacio y luego por completo. Soltó un gran suspiro de alivio.

—¿Qué me ha pasado? —preguntó.

Y comenzó de nuevo. Diez veces peor. Ahora, el temblor se había transformado en una serie de espasmos que sacudían su cuerpo. Los jadeos se convirtieron en una súbita y horrible asfixia. El rostro de Connor se volvió azul y sus ojos se inyectaron en sangre.

El vaso se le cayó de las manos y se hizo añicos. Su cuerpo sufrió violentas convulsiones y se retorcía de dolor. Se llevó las manos al cuello, desesperado por inhalar un poco de aire. Trató de gritar, pero no pudo. Su boca se negaba a emitir sonido alguno.

Intentó agarrarse a Nora, pero ésta dio un paso atrás. No quería mirar pero al mismo tiempo no podía darse la vuelta. Lo único que podía hacer era esperar que las sacudidas y las convulsiones cesaran de nuevo, como así ocurrió. Aunque esta vez para siempre.

Connor yacía muerto en el suelo de uno de los baños de su mansión colonial de 3.500 metros cuadrados.

19

Lo primero que hizo Nora fue recoger los trozos de cristal del suelo del cuarto de baño.

Lo segundo fue tirar los restos de tortilla al triturador y ponerlo en marcha. Luego lavó a conciencia el plato y el tenedor.

Lo tercero fue prepararse un buen trago. Medio vaso de Johnny Walker Blue Label, que se bebió de un sorbo en medio segundo. Se sirvió un poco más y se sentó a la mesa de la cocina. Puso en orden sus ideas, repasó el guión que se había aprendido, respiró hondo y expulsó el aire despacio.

Era la hora del espectáculo.

Nora se dirigió con calma hacia el teléfono, marcó un número y se recordó a sí misma que los mejores mentirosos nunca dan detalles. Después de que sonaran dos tonos, una mujer descolgó y dijo: «Teléfono de emergencias».

—¡Oh, Dios mío! —gritó Nora al auricular—. ¡Por favor, ayúdeme, no respira!

—¿A quién se refiere, señora?

—No sé lo que ha ocurrido, estaba comiendo y de repente...

—Señora —la interrumpió la operadora—. ¿A quién se refiere?

Nora sollozó, respirando agitadamente.

—¡Mi novio! —gimió.

—¿Se está ahogando?

—No —gritó—. Ha empezado a sentirse mal y... y... entonces ha... —Nora se interrumpió.

Pensó que las frases sin terminar debían de resultar más convincentes en las grabaciones del teléfono de emergencias.

—¿Dónde está usted, señora? ¿Dígame cuál es su dirección? —preguntó la operadora—. Necesito una dirección.

Nora alternó los balbuceos con un llanto renovado hasta que por fin se decidió a dar la dirección de Connor en Briarcliff Manor.

—Muy bien, señora, quédese donde está. Intente mantener la calma, la ambulancia llegará enseguida.

—¡Por favor, dense prisa!

Nora colgó el teléfono. Calculó que disponía de unos seis o siete minutos más. Tiempo de sobra para un último repaso.

Decidió que la botella de Johnny Walker se quedaba ahí, junto con el vaso en el que se lo había servido. Después de todo, ¿quién iba a culparla por tomarse una copa en un momento como aquél? En cambio, el frasco con los comprimidos tenía que desaparecer.

Lo volvió a guardar en su maleta, enterrado en el fondo de su botiquín, que, a su vez, estaba oculto bajo varias prendas de ropa. Si alguien llegaba alguna a vez a encontrarlo y leer la etiqueta, vería que se trataba de Zyrtec, de 10 miligramos, para las alergias estacionales. Sin embargo, no sería aconsejable que ese alguien se tomara uno.

Nora cerró la cremallera de la maleta y la subió al dormitorio principal. Allí se aplicó los últimos retoques ante un espejo de cuerpo entero: se sacó la camiseta de algodón por fuera de los vaqueros y tiró varias veces del cuello. A continuación se restregó los ojos con fuerza hasta enrojecerlos. Con una serie de pestañeos forzó la caída de unas cuantas lágrimas para acabar de estropear su maquillaje.

Bien, bastaba con aquello. Estaba lista para el siguiente acto.

20

En el fondo era bastante excitante. Como una droga. El tercer acto de la obra era el más importante.

Destellos de luces y el sonido ascendente de una sirena se aproximaban por el camino de entrada. Nora salió corriendo por la puerta principal, gritando como una histérica.

—¡Dense prisa! ¡Rápido, por favor! ¡Por favor!

Los enfermeros —dos hombres jóvenes con el pelo muy corto— cogieron sus bolsas y entraron en la mansión a toda prisa. Nora los condujo de inmediato hasta el cuarto de baño del vestíbulo, donde la larga silueta de Connor yacía tendida en el suelo.

Se arrodilló, llorando descontroladamente, y apoyó su cara enrojecida en el pecho de Connor. Uno de los enfermeros, el más bajo, tuvo que arrastrarla hacia el recibidor para dejar espacio para él y su compañero.

—Por favor, señora. Tenemos que hacer nuestro trabajo. Puede que todavía esté vivo.

Durante los cinco minutos siguientes, se hizo todo lo posible por devolver a Connor Brown a la vida, pero todos los intentos fueron en vano.

Finalmente, ambos enfermeros intercambiaron aquella mirada que ya conocían, el reconocimiento silencioso de que ya no había nada que hacer.

El de más edad se volvió para mirar por encima de su hombro a Nora, que permanecía de pie junto a la entrada, tan aturdida que parecía encontrarse en estado de *shock*. La cara del hombre lo decía todo sin necesidad de palabras, pero, a pesar de ello, pronunció el innecesario «Lo siento».

A modo de respuesta, Nora rompió a llorar.

—¡No! —gritó—. ¡No, no, no! ¡Oh, Connor, Connor!

La policía de Briarcliff Manor llegó unos minutos más tarde. Era el procedimiento rutinario, y Nora lo sabía. Habían telefoneado tras confirmar la defunción de Connor. Otra sirena y más destellos de luces en el camino de entrada.

Algunos vecinos se habían reunido para curiosear. Tan sólo una hora antes, Nora y Connor habían bromeado sobre la posibilidad de hacer el amor a la vista de todos ellos.

El agente de policía que llevaba la voz cantante se llamaba Nate Pingry. Era mayor que su compañero, el agente Joe Barreiro, y sin duda el más veterano. Su propósito era simple: detallar un informe sobre las circunstancias que rodeaban la muerte de Connor Brown y los hechos que habían tenido lugar antes de la defunción. En otras palabras, «el inevitable papeleo».

—Sé lo duro que debe de ser para usted, señora Brown, así que intentaremos resolver este asunto cuanto antes —dijo Pingry.

Nora se sujetaba la cabeza entre las manos. Estaba sentada en la otomana del salón, adonde los enfermeros la habían llevado prácticamente a cuestas. Levantó la vista hacia los policías Pingry y Barreiro.

—No estábamos casados —dijo entre sollozos. Vio que los agentes miraban fugazmente su mano izquierda, donde lucía el anillo de cuatro quilates que le había regalado Connor—. Sólo estábamos... —Hizo una pausa y volvió a dejar caer la cabeza entre sus manos—. Nos acabábamos de prometer.

El agente Pingry iba con pies de plomo. Por mucho que odiara esta parte de su trabajo, sabía que tenía que hacerla. De entre las muchas habilidades que requería, la más importante era tener toda la paciencia necesaria.

Poco a poco, Nora les contó a él y a su compañero lo que había ocurrido. Su llegada al anochecer, la tortilla que había hecho para Connor y el momento en que éste había empezado a encontrarse mal. Describió cómo le había ayudado a llegar hasta el cuarto de baño y la agonía por la que parecía haber pasado.

Nora divagaba y de vez en cuando se corregía a sí misma. En otras ocasiones hablaba con claridad. Según había leído en libros de psicología forense, las personas que habían sufrido un impacto emocional cambiaban a menudo de estado de ánimo y de grado de lucidez.

Nora incluso les confesó a los agentes que ella y Connor acababan de hacer el amor. En realidad, se aseguró de mencionarlo. El forense tardaría aproximadamente un día en tener listo su informe, pero ella ya sabía lo que diría la autopsia. Connor había muerto de un paro cardíaco.

Podría haberlo desencadenado el sexo, aun a los cuarenta años de edad. Era un motivo razonable. El estrés derivado de su trabajo podría ser otro. Tal vez hubiera en su familia antecedentes de enfermedades cardíacas. La cuestión era que nadie iba a encontrar una respuesta segura. Precisamente lo que ella quería.

Cuando el agente Pingry hubo terminado con sus preguntas, volvió a leer las notas que había tomado. En aquel resumen de lo que Nora le había dicho estaba todo lo que necesitaba saber... a excepción, por supuesto, de que ella había envenenado a Connor y luego le había visto morir en el suelo del cuarto de baño.

—Creo que ya tenemos todo lo que necesitamos, señorita Sinclair —dijo el agente Pingry—. Si no le importa, nos gustaría echar un último vistazo a la casa.

—Está bien —respondió suavemente—. Hagan lo que tengan que hacer.

Los dos policías se alejaron por el pasillo y Nora permaneció en la otomana, que había adquirido por algo más de siete mil dólares en Antigüedades Nuevo Canaán. Transcurrido un minuto, se levantó. Pingry y su compañero habían sido amables y la observaban con sincera preocupación, pero la hora de la verdad aún estaba por llegar. ¿Qué pensaban en realidad?

Con pasos furtivos, Nora siguió a los policías mientras avanzaban de habitación en habitación. Lo bastante cerca para oír lo que decían y lo bastante lejos para no ser vista. Cuando estaba en el pasillo del segundo piso, consiguió lo que andaba buscando. Los dos hombres se habían detenido en la sala de estar de Connor. Los primeros análisis de su actuación tuvieron lugar allí.

—Joder, mira ese equipo —dijo Pingry—. Creo que sólo el televisor ya vale más de lo que gano yo en un mes.

—Esa chica ha estado a punto de convertirse en millonaria —dijo su compañero, Barreiro.

—No bromees, Joe. Está bien jodida.

—Ni que lo digas. Ha estado así de cerca de conseguir el anillo de bodas.

—Sí, y en ese preciso instante se le ha caído a los pies.

Nora regresó por el pasillo muy despacio y bajó otra vez la escalera sin hacer ruido. Tenía los ojos enrojecidos y estaba hecha un desastre, pero por dentro se sentía reconfortada. «¡Bravo, Nora! Eres buena, muy buena.»

La policía no sospechaba nada en absoluto. Había cometido el crimen perfecto. Una vez más.

21

Las idas y venidas de extraños —la mayoría de ellos con expresión solemne— con la consiguiente confusión y alboroto que causaban duraron casi dos horas. Pero el sentido de la ironía nunca abandonaba a Nora: «Las cosas cobran vida cuando alguien muere de repente».

Finalmente, todo aquello acabó. Los enfermeros, la policía local, el coche fúnebre... todos se marcharon. Por fin, Nora se quedó sola en la casa. Era el momento de ponerse manos a la obra. Eso era lo que la policía necesitaba saber, aunque nunca lo averiguaría.

El estudio de Connor estaba en el otro extremo de la casa, prácticamente en un ala aparte. De acuerdo con las instrucciones que él le había dado cuando se vieron por primera vez, Nora lo había decorado como si se tratara de un club masculino privado: sofás de piel almohadillados, estanterías de madera de cerezo, pinturas al óleo que representaban escenas de caza y que causaban furor entre los chicos... En una esquina había una armadura medieval completa. En la otra, una vitrina que contenía una colección de cajas antiguas para rapé. «Un montón de basura sobrevalorada, y yo lo sabía.»

Nora se había reído al terminar el estudio: «Esta habitación es tan masculina que fumar un puro aquí dentro sería una redundancia». Pero ahora, irónicamente, sólo se encontraba ella en la estancia. Y empezaba a echar de menos a Connor.

Se sentó en la silla Gainsborough que había detrás del escritorio y puso en marcha el ordenador, un equipo de tres pantallas que permitía seguir varios mercados financieros a la vez. Aunque por su apariencia se hubiera dicho que hasta podía lanzar misiles. O al menos hacer aterrizar unos cuantos aviones.

El primer código que Nora introdujo era para acceder a la conexión de internet. El segundo, para descodificar el RPV (o Red Privada Virtual) encriptado de 128 bits. O, dicho de una forma más sencilla, era el camino más seguro entre dos puntos del ciberespacio.

El primer punto era el ordenador de Connor.

El segundo, el Banco Internacional de Zúrich.

A Nora le había llevado cuatro meses localizar el código RPV. Sabiendo lo que sabía ahora, se daba cuenta de que podría haberle bastado con cuatro minutos. Pero nunca imaginó que lo guardara en un lugar tan obvio como su agenda electrónica. En la N de «números de cuenta», nada menos.

Por supuesto, no fue tan elocuente a la hora de detallar qué cuentas correspondían a cada código. Eso exigió varias sesiones de pruebas y errores a altas horas de la madrugada, mientras él estaba en la cama, durmiendo.

Sorprendía la sencillez y discreción de la página de operaciones del Banco Internacional de Zúrich, teniendo en cuenta la complejidad de una operación como introducirse en la cuenta de Connor, y todo lo que eso implicaba en términos de riqueza y privilegios. Nada de letras con filigranas o música relajante de Honegger. Sólo tres opciones, escritas en caracteres simples, aparecían en la pantalla: «Ingresos. Reintegros. Transferencias».

Nora hizo clic en «Transferencias» e inmediatamente saltó a otra página, tan simple como la anterior, con una relación de los saldos de las cuentas de Connor. También aparecía un espacio para indicar la cantidad de dinero que se quería transferir.

Nora introdujo la cifra. En total había 4,3 millones de dólares. Cogería algo menos; 4,2 millones, para ser exactos. Sólo quedaba indicar el destino de la transferencia.

Connor no era el único que tenía una RPV. Nora introdujo el código de su cuenta privada y numerada en las islas Caimán. Gracias al calenturiento abogado financiero Steven Keppler, estaba a punto de ser inaugurada por todo lo alto.

Apretó la tecla de ejecutar y se recostó en la silla de Connor. En la pantalla, una barra horizontal indicaba la progresión de la transferencia oscureciéndose gradualmente. Puso los pies sobre la mesa y observó cómo avanzaba poco a poco.

Dos minutos más tarde, ya era oficial. Nora Sinclair era 4,2 millones más rica.

El segundo golpe que daba ese día.

22

A la mañana siguiente, se levantó, arrastrando los pies y con un gran bostezo, y bajó la escalera, dispuesta a preparar una cafetera. No se sentía mal. En realidad, Nora no solía sentir nada.

Después de tomarse la primera taza, sus pensamientos se centraron en las cosas importantes que tenía que hacer aquel día, como unas cuantas llamadas a personas que necesitaban saber que Connor había muerto. Y tenía que cumplir con Jeffrey.

La primera llamada fue para Mark Tillingham. Era el abogado y albacea testamentario de Connor. También era uno de sus mejores amigos. Cuando Nora telefoneó, Mark estaba a punto de salir por la puerta para ir a jugar su partido de tenis de los domingos por la mañana. Hasta podía imaginárselo, vestido de blanco, mientras escuchaba la noticia conmocionado. En cierto sentido, Nora se sentía celosa de esas emociones.

Los siguientes eran sus parientes directos. Sin embargo, la lista no podría haber sido más corta. Los padres de Connor ya no vivían, así que sólo quedaba una persona: su hermana pequeña, Elizabeth, a la que él llamaba Lizzie o, a veces, Lizard. Estaban muy unidos en todos los sentidos, excepto el geográfico: ella vivía a 4.800 kilómetros de distancia, en Santa Bárbara, y tenía su propia carrera, pues era una arquitecta reputada. Apenas viajaba hacia la costa este; la última vez había sido antes de que Nora y Connor se conocieran.

Nora se sirvió otra taza de café y pensó cuál sería la mejor manera de decirle a una mujer a la que nunca había visto, y con la que ni siquiera había hablado, que su hermano había muerto a los cuarenta años. Sabía que no tenía por qué hacer esa llamada. Podría haberle pedido a Mark Tillingham que la hiciera. Pero Nora también sabía que alguien que hubiera amado a Connor de verdad habría telefoneado personalmente. Así pues, después de encontrar el número de teléfono en la agenda electrónica, lo marcó.

—¿Diga? —dijo una mujer con voz vacilante, por no decir contrariada.

Pasaban tan sólo unos minutos de las siete de la mañana en California.

—¿Elizabeth?

—Sí.

—Me llamo Nora Sinclair...

Sorprendentemente, la hermana de Connor no lloró, al menos no por teléfono. Se limitó a guardar silencio, abatida, y a continuación formuló algunas preguntas con voz queda. Nora le contó lo mismo que había explicado a la policía, siguiendo el guión palabra por palabra.

—Aunque supongo que no sabremos nada con seguridad hasta que terminen de realizarle la autopsia —señaló.

De nuevo, Lizzie respondió con su aturdido silencio. Nora pensó que tal vez se sintiera culpable por no haber visto a su hermano en tanto tiempo. O tal vez se tratara de la repentina soledad de saberse la única superviviente de toda su familia. Tal vez sufriera una conmoción, como le había ocurrido a Mark Tillingham.

—Cogeré un avión mañana por la mañana —dijo Elizabeth—. ¿Has hecho planes para el funeral?

—Primero quería hablar contigo. Me imaginaba que...

Elizabeth se echó a llorar.

—Espero que no te parezca horrible, pero eso es lo último que... No creo que pueda... ¿Te importaría encargarte de ello?

—Claro que no —dijo Nora. Estaba empezando a despedirse cuando Elizabeth reprimió unos sollozos y preguntó—: ¿Cuánto tiempo has estado comprometida con Connor?

Nora hizo una pausa. Quiso fingir que lloraba, pero lo pensó mejor. En lugar de eso, dijo solemnemente:

—Una semana.

—Lo siento. Oh, lo siento mucho —dijo Elizabeth.

A raíz de su conversación telefónica con Elizabeth, Nora pasó la tarde concentrada en los preparativos del funeral. Algunos asuntos se podían solucionar por teléfono, como las flores o la comida. Sin embargo, había ciertas cosas en la vida —y más aún en la muerte— que uno debía hacer en persona. Elegir la funeraria era una de ellas.

Incluso en esa ocasión, Nora sacó partido de su destreza como decoradora. Eligió el ataúd como hubiera seleccionado el mobiliario de un cliente. Para Connor, el nogal más regio con asas de marfil labradas. En cuanto el encargado de la funeraria se lo mostró, Nora supo que debía ser ése.

—¡Hecho! —dijo.

23

—Nora, sé que probablemente no es el mejor momento —empezó a decir Mark Tillingham—. Pero hay una cuestión de la que tenemos que hablar, y cuanto antes mejor.

Esta conversación tenía lugar minutos antes de las exequias, el martes por la mañana. El aparcamiento de la parroquia de Santa María, en Albany Post Road, Scarborough, estaba completo. Nora miró al abogado de Connor a través de los cristales oscuros de sus gafas Chanel, que hacían conjunto con el traje negro de Armani y los imprescindibles zapatos Manolos. Estaban de pie bajo un gran acebo, junto al camino de grava.

—Se trata de la hermana de Connor. Está destrozada, por supuesto: ella y Connor estaban muy unidos. Elizabeth tiene algunas dudas sobre tus intenciones.

—¿Mis intenciones?

—Con respecto a las propiedades.

—¿Qué te ha dicho Elizabeth? No, déjame adivinar. Teme que yo impugne el testamento de Connor, ¿verdad?

—Digamos que está un poco preocupada —respondió él—. El Estado no reconoce el derecho de las prometidas a reclamar, pero eso no le ha impedido a mucha gente...

Nora sacudió la cabeza.

—¡No lo impugnaré, Mark, por Dios! No tengo ningún interés en esas propiedades. Era a Connor a quien quería.

Voy a dejarlo muy claro: sus propiedades no me interesan. Puedes decírselo a «Lizzie».

El rostro de Mark era el bochorno personificado.

—Por supuesto —dijo—. Déjame decirte de nuevo que siento haber tenido que sacar el tema.

—¿Así que por eso me ha estado evitando?

—No, creo que se debe a que está muy afectada. Ella y Connor crecieron muy unidos. Sus padres murieron cuando los dos eran muy jóvenes.

—Por curiosidad... ¿qué le ha dejado Connor?

Mark bajó la mirada y la clavó en sus mocasines negros con borlas.

—Se supone que no debo revelar una información como ésa, Nora.

—También se supone que en el funeral no deberías ofender a la mujer a la que Connor amaba.

Su sentimiento de culpa venció a su ética profesional.

—Básicamente, Elizabeth se queda con dos tercios de las propiedades, incluida la casa —dijo en voz más baja—. Como ya te he dicho, estaban muy unidos.

—¿Y el resto?

—Sus primos de San Diego se llevan un buen pellizco. El resto es para distintas obras benéficas.

—Eso está bien —dijo Nora con un tono más dulce.

—Sí, así es —replicó Mark—. Connor era muy bueno en este sentido. Diablos, era bueno en muchos sentidos.

Nora asintió.

—Connor era maravilloso, Mark. Deberíamos entrar, ¿no crees?

24

El funeral fue hermoso, triste y muy emotivo. La capilla, con el ostentoso y cuidado club de campo Sleepy Hollow como escenario, era el lugar perfecto.

Al menos eso es lo que todo el mundo dijo a Nora. Puesto que no se organizó una fila para recibir el pésame, la gente se las arregló por su cuenta para acercarse a ella. A algunos de los amigos y socios de Connor ya los conocía; de otros había oído hablar. El resto se presentaron ellos mismos, con torpes expresiones de simpatía.

Tanto en la iglesia como en el cementerio, Elizabeth Brown se mantuvo a distancia. No es que Nora estuviera ansiosa por que desapareciera la tensión existente entre ambas; lo cierto era que la hermana de Connor le había hecho un favor. Sin darse cuenta, había reforzado la idea de que la última persona que querría ver muerto a Connor era la mujer que se habría hecho millonaria casándose con él.

En la casa de Westchester, donde los asistentes al funeral se habían reunido para comer y compadecerse, por fin Elizabeth se acercó a ella.

—Me he dado cuenta de que no bebes. Ni siquiera en un día como hoy —dijo Elizabeth.

Nora tenía un vaso de agua con gas en la mano.

—Oh, sí que bebo. Pero hoy prefiero beber agua.

—Lo cierto es que no hemos tenido ocasión de hablar esta mañana, ¿verdad? —dijo Elizabeth—. Quiero darte las gracias por organizarlo todo. Creo que yo no hubiera podido.

Sus ojos se inundaron de lágrimas.

—No hay de qué. Supongo que es lo lógico, puesto que vivo aquí. No me refiero a aquí, en la casa, sino...

—Lo sé, Nora. De hecho, hay algo de lo que quería hablarte.

Un hombre, uno de los socios de Connor en Greenwich, pasó por delante de ella. Elizabeth se interrumpió para que no la oyera.

—Ven —dijo Nora—. Salgamos un momento.

Condujo a Elizabeth a través de la puerta principal hacia los grandes escalones de piedra de la entrada. Por fin estaban las dos solas. ¿Había llegado el momento de sincerarse?

—Verás —dijo Elizabeth—, he hablado con Mark Tillingham. Parece ser que Connor me ha dejado la casa.

Nora tuvo una reacción brillante.

—¿De veras? Bueno, así debe ser. Me alegro de que la familia pueda conservarla. Especialmente por ti, Lizzie.

—Oh, eres muy amable. Sin embargo, no tengo intención de vivir aquí —dijo Elizabeth. Hizo una pausa y dejó caer la cabeza, incapaz de terminar la frase. Las lágrimas resbalaban por sus mejillas—. No podría.

—Lo comprendo —declaró Nora—. Deberías ponerla a la venta, Lizzie.

—Supongo que sí. Pero no tengo prisa. De eso es de lo que quería hablarte —dijo—. En primer lugar, quiero que te sientas libre de utilizar la casa todo el tiempo que lo desees. Sé que es lo que Connor hubiera querido.

—Eso es muy generoso de tu parte —dijo Nora—. No tienes por qué hacerlo. Me siento abrumada...

—Le he pedido a Mark que pague todos los gastos de mantenimiento con el dinero del testamento. Es lo menos que podemos hacer —dijo Elizabeth—. Y Nora, quiero que conserves todos los muebles. Son lo que os unió a Connor y a ti por primera vez.

Nora sonrió. El sentimiento de culpabilidad de Elizabeth se reflejaba en cada una de sus palabras. Inmediatamente después de la muerte de Connor, había pensado que su prometida se estaba preparando para sacar tajada. Pero ahora que creía lo contrario se mostraba generosa para admitir su equivocación. Y lo había hecho, pensaba Nora. Al menos, técnicamente.

«Yo ya he sacado mi tajada.»

Siguieron hablando de pie delante de la mansión hasta que Elizabeth se dio cuenta de la hora que era. Su vuelo de vuelta a California salía en menos de tres horas.

—Será mejor que me vaya —dijo—. Es el día más triste de mi vida, Nora.

Ésta asintió.

—Sí, y el de la mía. Por favor, no dejes de llamar.

Elizabeth se despidió —nada menos que con un abrazo— y se dirigió a su coche de alquiler, estacionado en el camino de entrada. Nora la observó con los pies muy juntos y los brazos cruzados sobre la cintura. Sin embargo, más allá de su inamovible aspecto, su corazón latía aceleradamente debido al entusiasmo. ¡Lo había conseguido! El crimen y el dinero.

Nora giró sobre sus manolos y se dirigió al interior de la casa. Dio dos pasos y luego se detuvo: le pareció haber oído algo. Un sonido procedente de las cercas y los árboles. Una especie de «clic».

Miró a su alrededor y escuchó con atención... Nada. Decidió que debía de tratarse de un pájaro. En cuanto dio el primer paso hacia el interior de la casa, una cámara digital Nikon D1-X sonó unas cuantas veces más desde su escondrijo entre los rododendros.

Clic, clic, clic...

Nora Sinclair no era la única que tenía un buen plan.

SEGUNDA PARTE

El agente de seguros

25

«Las cosas no siempre son lo que parecen, hijo.»

Era una frase que a mi padre le encantaba repetirme cuando yo era pequeño. Por supuesto, también le encantaba decirme que sacara la basura, que recogiera las hojas con el rastrillo, que apartara la nieve con la pala, que no arrastrara los pies y que me pusiera derecho. Pero en cuanto a dejar una impresión significativa, todo lo demás quedaba en un segundo plano, muy por detrás de esa pequeña advertencia. Tan sencilla como cierta, según me ha enseñado la experiencia.

Pues bien, yo estaba sentado en mi recientemente obtenido despacho, más parecido a un armario de la limpieza con pretensiones de despacho. Era tan estrecho que hasta Houdini se habría quejado. En mi ordenador estaban las fotos que había tomado con la cámara digital. Una tras otra. Nora Sinclair, muy elegante, vestida de negro de pies a cabeza. Nora en la iglesia de Santa María. En el cementerio de Sleepy Hollow. De nuevo en la modesta casita de Connor Brown. Las últimas fotos eran de ella en la escalera de entrada, hablando con la hermana del pobre tipo, Elizabeth. Elizabeth era alta y rubia y parecía una nadadora californiana. Nora era morena y no tan alta, pero más hermosa. Las dos estaban deslumbrantes, incluso ataviadas para un funeral. Parecían estar llorando, y luego se habían abrazado.

¿Qué buscaba yo exactamente? No lo sabía, pero cuanto más observaba esas fotografías, mejor oía la voz de mi padre resonando en mi cabeza. «Las cosas no siempre son lo que parecen.»

Descolgué el teléfono y marqué el número de mi jefa. Línea directa. Dos tonos más tarde...

—Susan —anunció con decisión. Ni «Hola», ni el apellido; sólo Susan.

—Soy yo, hola. Necesito hacer una prueba de sonido —dije—. Así que dime, ¿cómo sueno?

—Como si quisieras venderme un seguro.

—¿No es demasiado neoyorquino?

—¿Quieres decir demasiado agresivo? No.

—Bien.

—Pero habla un poco más, sólo para asegurarnos —dijo ella.

Pensé durante un segundo.

—Muy bien; es un tipo que se muere y sube al cielo —empecé a decir con la misma voz, que para mi oído rezumaba estilo neoyorquino—. Párame si ya lo has oído.

—Ya lo he oído.

—No, no lo has oído; créeme, te vas a reír.

—Supongo que siempre hay una primera vez.

A estas alturas debería decir, por si aún no resulta evidente, que mi jefa y yo tenemos una relación bastante estrecha. Por supuesto, algunos hombres se sienten verdaderamente acomplejados cuando están a las órdenes de una mujer. De hecho, cuando Susan se puso al frente del departamento, hubo cuatro o cinco tíos que le hicieron la vida imposible desde el primer día. Por eso, cuando llegó el segundo día, los despidió. De veras. Así es Susan.

—Como decía, el tipo llega a las puertas del Paraíso y enseguida ve dos letreros —continué—. El primero dice: «Hombres que estaban controlados por sus esposas». El tío mira y ve que la cola mide quince metros de largo.

—Naturalmente.

—Sin comentarios. Así que entonces mira el segundo letrero. Dice: «Hombres que no estaban controlados por sus esposas». Y mira tú por dónde, en esa cola sólo hay un tío. El otro se dirige poco a poco hacia él y le dice: «Oye, tú, ¿por qué estás aquí?». El tío le mira y responde: «No lo sé, me lo ha dicho mi mujer». —Escuché, y estoy casi seguro de que oí una risita al otro lado del teléfono—. ¿Qué te había dicho? Próxima parada, el *show* de Letterman.

—Tiene su gracia —dijo Susan—. Pero yo aún no daría por terminada la jornada de trabajo.

Me reí entre dientes.

—Eso sí es gracioso, teniendo en cuenta que, en teoría, hoy ni siquiera es mi día de trabajo.

—¿Detecto cierto nerviosismo?

—Yo lo llamaría aprensión.

—¿Por qué? Estás acostumbrado a este tipo de cosas. Tienes un... —Susan se interrumpió antes de terminar la frase—. Oh, ya veo. Es porque se trata de una mujer, ¿verdad?

—Sólo digo que es un poco diferente, eso es todo.

—No te preocupes, lo harás bien. No importa quién o qué resulte ser Nora Sinclair: eres el mejor para este trabajo —afirmó—. Así pues, ¿cuándo es la presentación?

—Mañana.

—Bien. Excelente. Mantenme al corriente.

—Lo haré —dije—. Ah, Susan...

—¿Sí?

—Gracias por el voto de confianza.

—Vaya.

—¿Qué?

—Aún no estoy acostumbrada a que tú y la humildad estéis en la misma habitación.

—Lo intento. Dios sabe que lo intento.

—Lo sé —dijo—. Buena suerte.

26

El centro psiquiátrico Pine Woods, una institución a cargo de la Administración de Nueva York, se encontraba en Lafayetteville, a una hora y media en coche al norte de Westchester. Aunque no para Nora y su flamante Mercedes descapotable, por supuesto. Conduciendo a casi ciento treinta kilómetros por hora por las curvas de Taconic, una carretera flanqueada por bosques, el hospital apareció mucho antes.

Nora encontró una plaza de aparcamiento y volvió a cerrar la capota con sólo apretar un botón. «Listo.» Echó un rápido vistazo al espejo que llevaba en el bolso y se arregló el pelo. No fue necesario retocar el maquillaje. Para empezar, apenas llevaba. Entonces, por alguna absurda razón, le vino a la mente la hermana de Connor, «la rubia de hielo». Se sentía inquieta por el hecho de que la relación entre ellas todavía no hubiera quedado zanjada.

Nora se quitó esa idea de la cabeza. Cerró el coche con llave, incluso allí, en el quinto pino. Vestía vaqueros y una sencilla blusa blanca. Bajo el brazo llevaba una bolsa de una librería. Cuando se dirigía hacia la entrada del edificio principal, de ladrillos rojos, no se veía un alma a su alrededor.

Conocía el camino de memoria. Una visita mensual durante los últimos catorce años bastaba para asegurar que fuese así. Primero vino el registro obligatorio en el mostrador de recepción. Tras enseñar una tarjeta de identificación con su fotografía, Nora firmó y le dieron un pase. Después se dirigió hacia los ascensores, a la izquierda del mostrador. Uno de ellos aguardaba con la puerta abierta.

Durante el primer año de visita al centro, pulsaba el botón del segundo piso. Sin embargo, doce meses después, su madre fue trasladada a una planta superior. Aunque nadie lo admitiera ante Nora, ella sabía que cuanto más arriba estuviera la habitación de un paciente, menos posibilidades tenía de que lo dejaran marchar.

Nora entró en el ascensor y pulsó el botón número ocho. El piso más alto.

27

La enfermera jefe Emily Barrows tenía uno de esos días. Vaya sorpresa. El sistema informático no funcionaba, la espalda la estaba matando, la fotocopiadora se había quedado sin tóner, tenía la cabeza a punto de estallar, alguien del turno de noche había derramado café en el registro de medicaciones... Y eso que aún no era mediodía. Además, por la que parecía ser la milésima vez, y en realidad tal vez lo fuese, estaba enseñando a una nueva enfermera. Ésta era de las que sonríen demasiado. Se llamaba Patsy, un nombre demasiado alegre.

Las dos mujeres estaban sentadas en el puesto de las enfermeras que se ocupaban del octavo piso. Uno de los ascensores, situados enfrente de ellas, abrió sus puertas. Emily levantó la vista de la hoja de registro manchada de café. Un rostro familiar se dirigía hacia ella.

—Hola, Emily.

—Hola, Nora. ¿Qué tal?

—¿Cómo se encuentra?

—Está bien.

Cada mes, ella y Nora mantenían idéntica conversación, que siempre terminaba del mismo modo. La madre de Nora siempre estaba igual.

Emily miró a Patsy de reojo. La nueva enfermera, que sonreía de forma insípida, la miraba y escuchaba la conversación.

—Patsy, ésta es Nora Sinclair —dijo Emily—. Su madre es Olivia, la señora de la 809.

—Oh —dijo Patsy con un ligero titubeo.

Un error de novata.

Nora la saludó con la cabeza.

—Me alegro de conocerte, Patsy.

Le deseó buena suerte a la enfermera antes de empezar a alejarse por el pasillo. Patsy susurró con voz intrigada:

—Olivia Sinclair... es la que asesinó a su marido, ¿verdad?

La respuesta de Emily, también en susurros, se ciñó a los hechos.

—Eso dijo el jurado. Hace mucho tiempo.

—¿Usted no cree que lo hiciera?

—Oh, claro que lo hizo.

—No lo entiendo. ¿Cómo acabó aquí?

Emily escudriñó el pasillo. Quería asegurarse de que Nora no pudiera oírla.

—Por lo que me han contado, y esto se remonta a mucho tiempo atrás, Olivia se mantuvo muy entera durante los primeros años de su reclusión. Era una prisionera modélica. Pero, de repente, perdió el juicio.

—¿Cómo?

—Perdió el sentido de la realidad. Empezó a hablar en un idioma inventado y sólo comía alimentos que empezaran con la letra P.

—¿Con la letra P?

—Podría haber sido peor. Podría haber elegido la X, por ejemplo. Al menos la P incluye pan, peras, pescado...

Patsy la interrumpió como si estuviera en un concurso de preguntas y respuestas:

—¿Pastel de queso?

Emily pestañeó unas cuantas veces.

—Mmm... supongo que sí. En fin, entonces Olivia intentó suicidarse, y después de aquello la mandaron aquí. —Se quedó pensativa unos segundos—. O quizá fue primero el intento de suicidio y luego empezó a comportarse como una loca. Es igual; lo único que sé es que, veinte años después, Olivia Sinclair ni siquiera sabe cómo se llama.

—Vaya, eso es muy triste —dijo Patsy, quien, para asombro de Emily, era capaz de mostrar preocupación sin perder la sonrisa—. ¿Qué cree que le ocurrió?

—Ni idea. Es una mezcla de autismo y Alzheimer. Todavía puede hablar un poco y hacer cosas por sí misma, sólo que ninguna de ellas tiene mucho sentido. Por ejemplo, ¿has visto que Nora llevaba un paquete bajo el brazo? —Patsy negó con la cabeza—. Cada mes, Nora le trae una novela. Sin embargo, cuando la veo leerlo, el libro siempre está al revés.

—¿Lo sabe Nora?

—Sí, por desgracia.

Patsy suspiró.

—Bueno, es una suerte para su madre tenerla a ella.

—Estaría de acuerdo contigo, de no ser por un detalle —dijo la enfermera jefe—. Su madre ni siquiera reconoce a Nora.

28

—Hola, mamá. Soy yo.

Nora atravesó la pequeña habitación y cogió la mano de su madre. Le dio un suave apretón, pero no recibió ninguna respuesta. Aunque tampoco la esperaba. Nora estaba acostumbrada a no sentir nada durante esas visitas.

Olivia Sinclair estaba tumbada en la cama, sobre la colcha, y recostada sobre dos almohadas finas. Su mirada vidriosa y su aspecto marchito hacían que pareciera una mujer de ochenta años, aunque sólo tenía cincuenta y siete.

—¿Te encuentras bien? —Nora vio a su madre girarse lentamente hacia ella—. Soy yo, Nora.

—Estás muy guapa.

—Gracias. He ido a la peluquería. Tenía un funeral.

—Ya sabes que me gusta leer —dijo Olivia.

—Sí, lo sé. —Nora metió la mano en la bolsa y sacó la última novela de John Grisham—. Mira, te he traído un libro.

Se lo tendió a su madre, pero ésta no lo cogió. Nora lo dejó en la mesilla de noche y se sentó en la silla que había al lado.

—¿Comes bien?

—Sí.

—¿Qué has desayunado?

—Huevos con tostadas.

Nora forzó una sonrisa. Éstos eran los momentos más dolorosos, cuando parecía mantener una conversación con su madre. Sin embargo, no se engañaba. De manera inevitable y casi autodestructiva, ponía a su madre a prueba para asegurarse.

—¿Sabes quién es el presidente?

—Sí, claro que lo sé. Jimmy Carter.

No tenía ningún sentido corregirla, y Nora lo sabía. En lugar de eso, le habló de su trabajo y de algunas casas que había decorado y la puso al día sobre sus amigas de Manhattan. Elaine trabajaba demasiado en el bufete de abogados y Alison seguía siendo un barómetro de la moda en *W*.

—La verdad es que me cuidan mucho, mamá.

—Toc, toc —dijo una voz. La puerta se abrió y apareció Emily con un carrito—. Es la hora de la medicina, Olivia. —La enfermera se movía con gestos secos, como un robot. Cogió una jarra de agua de la mesilla de noche y llenó un vaso—. Aquí tienes, Olivia. —La madre de Nora cogió la pastilla y se la tragó sin rechistar—. Vaya, ¿es la última de Grisham? —preguntó Emily al ver la novela sobre la mesa.

—Acaba de salir —afirmó Nora.

Su madre sonrió.

—Ya sabes que me gusta leer.

—Claro que sí —dijo Emily.

La madre de Nora cogió la novela. La abrió por una página cualquiera y se puso a leer. Con el libro al revés. Emily se volvió hacia Nora, siempre tan valiente y hermosa.

—Ah, por cierto... —dijo Emily antes de marcharse—, el coro del instituto local está actuando en la cafetería. Hemos llevado abajo a todos los de esta ala. Si quieres venir, ya lo sabes, Nora.

—No, gracias, estaba a punto de marcharme. Últimamente estoy muy ocupada. —Emily se fue y Nora se puso en pie. Se acercó a su madre y la besó en la frente con suavidad—. Te quiero —susurró—. Ojalá lo supieras.

Olivia Sinclair no dijo una palabra. Se limitó a mirar cómo su hija salía por la puerta. Momentos después, cuando ya no había nadie con ella, Olivia quitó la cubierta de su nueva novela y le dio la vuelta. Con el libro del derecho y la cubierta al revés, comenzó a leer.

29

Acababa de limpiar el objetivo de mi cámara por tercera vez en veinte minutos.

En los intervalos, contaba el número de puntadas que había en el volante de cuero (trescientas doce), reprogramé la posición del asiento del conductor (un punto hacia arriba y algo más inclinado hacia delante) y memoricé de una vez por todas la presión óptima para los neumáticos del BMW 330i («treinta PSI delante y treinta y cinco detrás», indicaba el manual que había en la guantera). Definitivamente, el aburrimiento había hecho acto de presencia.

Quizá debería haberla llamado primero. No, decidí que no. Debía hacerlo en persona. Cara a cara. Aun a riesgo de morirme de asco mientras esperaba en el coche. De haber sabido que aquello se iba a convertir en una sesión de vigilancia hubiera traído unos donuts. De Dunkin, de Krispy Kreme o de cualquier otra marca.

—¿Dónde estará?

Diez minutos más tarde vi un Mercedes rojo descapotable que se acercaba desde el otro lado de Central Avenue y se metía en el camino de entrada del difunto Connor Brown. Se detuvo enfrente de la casa y ella salió del interior.

Nora Sinclair. Y supongo que debería añadir: ¡uauh!

Se inclinó, buscó en lo que pasaba por ser el asiento trasero y sacó una bolsa de la compra. Cuando se dirigía hacia la casa jugueteando con las llaves, yo ya estaba en mitad del césped. La llamé en voz alta:

—Perdone... Esto... ¡Perdone!

Se giró. El conjunto negro que llevaba en el funeral se había convertido en unos vaqueros y una blusa blanca. Las gafas de sol eran las mismas. Tenía un pelo precioso: denso, brillante y castaño. Sé que me repito, pero... ¡uauh! Por fin estaba de pie frente a ella. Tuve cuidado de no pasarme con el acento.

—¿Es usted Nora Sinclair, por casualidad?

Con gafas de sol o sin ellas, podía jurar que me estaba examinando.

—Eso depende. ¿Quién es usted?

—Oh, caramba, lo siento. Debería haberme presentado primero. —Le tendí la mano—. Soy Craig Reynolds.

Nora sostuvo la bolsa con el otro brazo y me dio la mano.

—Hola —dijo; su voz delataba que seguía en guardia—. Es usted Craig Reynolds... ¿y?

Busqué en mi chaqueta y saqué con torpeza una tarjeta de presentación.

—Trabajo en Seguros de Vida Centennial One —dije, entregándole la tarjeta. Ella la miró—. Siento mucho su pérdida.

Se relajó un poco.

—Gracias.

—Así pues, es usted Nora Sinclair, ¿no es así?

—Sí, soy Nora.

—Supongo que debía de estar muy unida a Connor Brown.

Debió de considerar que ya se había relajado bastante y volvió a hablar con recelo.

—Sí, estábamos prometidos. Y haga el favor de decirme de qué va todo esto.

Ahora me tocaba a mí mostrarme confundido.

—¿Quiere decir que no lo sabe?

—¿El qué?

Hice una pequeña pausa.

—Que el señor Brown tenía contratada una póliza de seguros por valor de un millón novecientos mil dólares, para ser exactos. —Se quedó mirándome sin comprender nada. Yo no esperaba menos—. Entonces deduzco que tampoco sabe, señorita Sinclair —dije—, que usted consta como la única beneficiaria.

30

Nora supo mantener la calma de una forma increíble.

—¿Puede repetirme su nombre? —preguntó.

—Craig Reynolds... está escrito en la tarjeta. Dirijo la oficina que Centennial One tiene en la ciudad.

Nora apoyó el peso de su cuerpo en una pierna, con un gesto muy bien ejecutado, debo decir, y volvió a mirar mi tarjeta. La bolsa con los alimentos empezó a escurrirse de su brazo, así que yo me lancé hacia delante y la agarré antes de que se cayera al suelo.

—Gracias —dijo mientras trataba de volver a sostener la bolsa—. Se habría armado una buena.

—Le diré lo que haremos: ¿por qué no deja que le lleve esto? Necesito hablar con usted.

Me di cuenta de que estaba sopesando la situación. Un tipo al que nunca había visto antes le pedía que le dejara entrar en su casa. Un extraño. Y uno que venía con un caramelo en la mano, nada menos. Aunque en mi caso se trataba de una suculenta cantidad de dinero. Una vez más, volvió a mirar mi tarjeta.

—No se preocupe, estoy bien enseñado —bromeé.

Ella sonrió levemente.

—Lo siento, no quiero parecerle demasiado desconfiada. Es que han sido...

—Unos días muy duros para usted, sí, me lo puedo imaginar. No tiene por qué disculparse. Si lo prefiere, podemos hablar de la póliza otro día. ¿Preferiría pasar por mi oficina?

—No, está bien. Por favor, entre.

Nora se dirigió hacia la casa y yo la seguí. Todo iba sobre ruedas. Me pregunté si debía de bailar bien. Sin duda, caminaba espléndidamente.

—¿Vainilla con avellanas? —pregunté.

Volvió la cabeza y me miró por encima de su hombro.

—¿Cómo?

Hice un gesto hacia el café molido que asomaba por la bolsa de la compra.

—Aunque hace poco probé uno de esos cafés a la crema que hacen ahora y huelen exactamente igual.

—No, es vainilla con avellanas —dijo—. Estoy impresionada.

—Preferiría haber sido bendecido de otra forma; por ejemplo, con la capacidad de lanzar una pelota a ciento cincuenta kilómetros por hora. En lugar de eso, tengo un olfato privilegiado.

—Mejor eso que nada.

—Veo que es usted optimista —dije.

—No últimamente.

Me di una palmada en la frente.

—Vaya, qué estúpido he sido al decir eso. Lo siento mucho.

—No pasa nada —dijo, y casi sonrió.

Subimos la escalinata principal y entramos en la casa. El vestíbulo era mucho más grande que mi apartamento. La araña que colgaba sobre nuestras cabezas valía al menos mi sueldo de un año. Las alfombras orientales, los jarrones chinos... ¡caramba, cuánto lujo!

—Por aquí está la cocina —dijo mientras me hacía doblar una esquina.

Cuando entramos en ella, también resultó ser más grande que mi apartamento. Señaló la encimera de granito que había junto al frigorífico.

—Puede dejar la compra ahí, gracias.

Dejé la bolsa y empecé a vaciarla.

—No es necesario que haga eso.

—Es lo menos que puedo hacer después de mi comentario sobre el optimismo.

—De veras, no hace falta. —Se acercó y cogió el paquete de café de vainilla con avellanas—. ¿Puedo ofrecerle una taza?

—Por supuesto.

Me aseguré de hablar solamente de cosas sin importancia mientras se hacía el café. No quería precipitarme, pues corría el riesgo de que ella me hiciera demasiadas preguntas. Me imaginaba que ya tendría un par preparadas para mí.

—Hay una cosa que no entiendo —dijo unos minutos después. Estábamos sentados a la mesa de la cocina, con sendas tazas de café en la mano—. Connor tenía mucho dinero y no tenía hijos ni ex mujer. ¿Por qué preocuparse por un seguro de vida?

—Ésa es una buena pregunta. Creo que la respuesta está en el modo en que se contrató la póliza. Verá, el señor Brown no vino a nosotros, sino que nosotros fuimos a él. O mejor dicho, a su empresa.

—No estoy segura de entenderlo.

—En Centennial One se contratan cada vez más pólizas como recompensa para los empleados de las empresas. Nuestro método para incentivar a las compañías consiste en ofrecer a los altos cargos seguros de vida sin determinar plazos fijos.

—Es un buen regalo.

—Sí, y a nosotros nos garantiza muchos contratos.

—¿Por cuánto ha dicho que era la póliza de Connor?

Como si lo hubiera olvidado.

—Por un millón novecientos mil —respondí—. Es el máximo para su tipo de empresa.

Una arruga surcó su frente.

—¿De veras me nombró su única beneficiaria?

—Sí, así es.

—¿Cuándo lo hizo?

—¿Quiere decir cuándo contrató la póliza? —Ella asintió—. Pues resulta que lo hizo recientemente. Hace cinco meses.

—Supongo que eso lo explica todo. Aunque por aquel entonces llevábamos juntos desde hacía muy poco.

Sonreí.

—Es evidente que sus sentimientos por usted fueron obvios desde el principio.

Intentó devolverme la sonrisa, pero las lágrimas empezaron a correr por sus mejillas y se lo impidieron. Se las enjugó mientras se disculpaba. Yo le aseguré que no pasaba nada y que lo comprendía. De hecho, la escena fue bastante emotiva. ¿Realmente era tan buena?

—¡Connor me dio tanto en vida! Y ahora esto. —Se enjugó otra lágrima—. Con lo que yo daría por volver a tenerle... —Nora bebió un largo sorbo de café. Yo hice lo mismo—. Así pues, ¿qué ocurrirá ahora? Supongo que tendré que firmar algo antes de que el pago se haga efectivo, ¿no es cierto?

Me incliné hacia delante y me aferré a mi taza con las dos manos.

—Pues verá, por eso estoy aquí, señorita Sinclair. Hay un pequeño problema...

31

Hablaba como un agente de seguros, pero a Nora no le pareció que lo fuese. Para empezar, se dio cuenta de que no vestía tan mal. La corbata conjuntaba con el traje, y éste había estado de moda en alguna temporada de la última década.

Además, era una persona agradable. Los pocos empleados de seguros a los que había conocido hasta entonces parecían tener tanto carisma como una caja de cartón. De hecho, bien mirado, Craig Reynolds era un hombre atractivo. En conjunto no estaba nada mal. También conducía un coche bastante bueno. Pero estaban en Briarcliff Manor, pensó Nora, y no en el Bronx. Para dirigir la oficina de una gran compañía de seguros en aquellos parajes se necesitaba tener buena presencia. Aun así, no pensaba bajar la guardia.

Había estado observando a Craig Reynolds con atención mientras tomaba notas mentales, desde el momento en que apareció por primera vez hasta que rodeó la taza de café con sus manos y anunció que había «un pequeño problema» con la póliza de Connor.

—¿Qué clase de problema? —preguntó ella.

—A fin de cuentas, no creo que represente ningún obstáculo. La cuestión es que, debido a que el señor Brown era relativamente joven, han decidido investigar el caso.

—¿Quiénes?

—Los de la oficina central de Chicago. Ellos mueven todos los hilos.

—¿Y usted no tiene nada que decir?

—No mucho, en este caso. Como ya le he dicho, el señor Brown contrató su póliza en nuestra división corporativa, que está administrada por la oficina central. Sin embargo, este servicio se basa en la proximidad con el cliente. Es decir, que de no ser por la investigación en curso, sería yo quien se encargaría del asunto.

—Entonces, si no lo hace usted, ¿quién va a hacerlo?

—Aún no he sido informado, pero apostaría que será John O'Hara.

—¿Le conoce?

—De oídas.

—Oh, oh...

—¿Qué?

—Al decir eso ha fruncido el ceño.

—No, no hay de qué preocuparse. Dicen que O'Hara es un cabrón, y perdone la expresión, pero eso es normal tratándose del investigador de una compañía de seguros. Por lo que sé, no será más que una investigación rutinaria.

Cuando Craig Reynolds volvió a coger su taza de café, Nora tomó otro apunte mental: no llevaba anillo de casado.

—¿Qué le parece la vainilla con avellanas? —le preguntó.

—Sabe aún mejor de lo que huele.

Ella se recostó en su silla. Enjugadas ya todas sus lágrimas, le dedicó a Reynolds una agradable sonrisa. Parecía ser un tipo considerado y afectuoso. Y lo mejor era que, al sonreír, se le formaban unos graciosos hoyuelos en las mejillas. «Qué lástima que no tenga dinero.» Aunque Nora no se quejaba. Desde su posición, el agente de seguros Craig Reynolds valía 1,9 millones de dólares. Era un golpe de suerte que no pensaba dejar escapar. La única pega era la investigación. Parecía rutinaria, pero no dejaba de inquietarla, aunque tampoco más de lo debido. Tenía un buen plan, concebido para resistir cualquier indagación. De la policía, de la oficina forense o de todo aquel o aquello que pudiera interponerse en su camino. Y, por supuesto, eso incluía a la compañía de seguros.

Sin embargo, aquella noche, después de que Craig Reynolds se hubo marchado, decidió que tal vez fuese una buena idea desaparecer unos días. De todos modos, se suponía que debía ver a Jeffrey ese fin de semana. Tal vez se marchara un día antes para darle una sorpresa.

Al fin y al cabo, era su marido.

32

A la mañana siguiente, el viernes, Nora salió de la casa de Westchester y abrió el maletero de su Mercedes descapotable, que estaba estacionado enfrente. Metió su maleta dentro. El hombre del tiempo había anunciado un día soleado y apacible, con temperaturas de hasta veinticinco grados. Un día perfecto para conducir sin capota.

Nora apretó el botón del control remoto y observó cómo el techo del coche empezaba a retroceder. En ese instante, otro coche llamó su atención. «¿Qué diablos...?»

En Central Avenue, aparcado bajo un arce y un roble altísimos, estaba el mismo BMW del día anterior. Y sentado delante con las gafas de sol puestas estaba Craig Reynolds, el agente de seguros. ¿Qué hacía otra vez allí?

Sólo había un modo de averiguarlo. Nora comenzó a caminar hacia el coche. Le había parecido muy simpático cuando se conocieron, pero ahora, vigilándola desde el coche... era escalofriante. O peor aún, era sospechoso. Razón por la que se recordó a sí misma que había que mantener la calma.

Cuando Craig la vio acercarse, salió rápidamente de su BMW y se dirigió hacia ella, vestido con su traje claro de verano, mientras le dedicaba un gesto amistoso. Se encontraron a medio camino.

Nora inclinó la cabeza y sonrió.

—Si no supiera lo que sé, creería que me está espiando.

—Si fuera ése el caso, habría elegido un escondite mejor, ¿no cree? —Él le devolvió la sonrisa—. Le pido disculpas, esto no es lo que parece. En realidad, si hay que culpar a alguien es a los Mets.

—¿A todo el equipo de béisbol?

—Sí, incluido el director general. Estaba a punto de entrar en su casa cuando El Fan ha dado paso a la publicidad anunciando que el club está a punto de entrar en negociaciones con Houston. Así que estaba esperando oírlo.

Ella le miró sin comprender nada.

—¿El Fan?

—Es una emisora de radio donde sólo dan deportes.

—Ya veo. ¿Así que no estaba espiando?

—Pues no. No soy James Bond, sólo un sufrido y antiguo socio de los Mets.

Nora asintió. Consideró que Craig Reynolds decía la verdad, a menos que fuese un mentiroso nato.

—¿Para qué quería verme? —preguntó.

—Le traigo buenas noticias. A John O'Hara, el tipo de la oficina central del que le hablé, le han encargado la investigación sobre la muerte del señor Brown.

—Creía que eso no era precisamente bueno.

—No, pero esta parte sí lo es: he hablado con él esta mañana temprano y me ha dicho que no cree que haya ningún problema.

—Eso está bien.

—Mejor aún: he conseguido que me asegure que será una investigación rápida. Me ha soltado su sermón sobre no dar tratos especiales a nadie, pero se lo he pedido como favor personal. En cualquier caso, pensé que le gustaría saberlo.

—Se lo agradezco, señor Reynolds. Es una agradable sorpresa.

—Por favor, llámeme Craig.

—En ese caso, llámeme Nora.

—De acuerdo, Nora. —Miró hacia el descapotable rojo que estaba en la entrada de la casa, con el maletero aún abierto—. ¿Te vas de viaje?

—Sí, la verdad es que sí.

—¿A algún lugar interesante?

—Eso depende de lo que opines del sur de Florida.

—Como se suele decir, es un buen lugar para ir de visita, pero no me gustaría votar allí.

Ella se rió entre dientes.

—Tendré que usar esa frase con mi cliente de Palm Beach. O tal vez no.

—¿A qué te dedicas? Si no te importa que te lo pregunte...

—Soy decoradora de interiores.

—¿Estás bromeando? Debe de ser divertido. Quiero decir que no hay muchos trabajos en los que uno pueda gastarse el dinero de los demás, ¿verdad que no?

—No, supongo que no. —Ella miró su reloj—. Vaya, alguien llegará tarde al aeropuerto.

—Es culpa mía. No quiero entretenerte más.

—En fin, gracias de nuevo, señor Reyn... —se corrigió a sí misma—. Craig. Gracias por venir, ha sido muy agradable.

—De nada. Te avisaré cuando haya alguna novedad sobre la investigación.

—Te lo agradeceré.

Se dieron la mano y Craig se dispuso a marcharse.

—Ah, espera... —dijo—. Acabo de caer en la cuenta: si te vas de viaje, quizá deberías dejarme el número de tu móvil.

Nora dudó durante medio segundo. Aunque darle su número era una de las últimas cosas que quería hacer, no deseaba que el agente de seguros sospechara de ella.

—Claro —dijo—. ¿Tienes un bolígrafo?

33

Llamé a Susan en cuanto volví al coche. Mis dos primeros encuentros con Nora merecían que informara a mi jefa.

—¿Es igual de guapa en persona?

—¿Eso es lo que más te interesa?

—Por supuesto —dijo Susan—. Esa chica no podría hacer lo que está haciendo si no fuese una belleza. ¿Lo es?

—¿Hay alguna forma de contestar a eso y parecer profesional al mismo tiempo?

—Sí. Se le llama ser honesto.

—En ese caso, sí —dije—. Nora Sinclair es una mujer muy atractiva. No exageraría si dijera que es impresionante.

—Eres un cerdo. —Me reí—. ¿Qué impresión te ha dado?

—Aún es demasiado pronto para decirlo. O no tiene nada que ocultar o es una mentirosa nata.

—Me juego diez dólares a que es lo segundo.

—Ya veremos si es una buena apuesta —dijo.

—Contigo trabajando en ello, seguro que saldremos de dudas.

—¿Sabes? Si sigues poniéndome por las nubes acabaré por darme con la cabeza en el techo.

—Es posible, pero sé que no me fallarás.

—Oh, ya veo. El libro de instrucciones aconseja estimular mi autoestima.

—Créeme: no hay ningún libro de instrucciones que diga cómo tratar contigo —respondió—. ¿Dónde estás ahora?

—Frente a la casa del difunto Connor Brown.

—¿Ya has pasado a la segunda parte?

—Sí.

—¿Cuánto ha tardado en verte?

—Unos minutos.

—¿Los Mets o los Yankees?

—Los Mets —dije—. Los fichajes de Steinbrenner para este año; al menos, hasta el final de la temporada.

—¿Crees que está al corriente de eso?

—No, pero toda precaución es poca.

—Amén —dijo Susan—. ¿Te ha creído?

—Estoy casi seguro de ello.

—Bien. ¿Lo ves? Sabía que eras el mejor para hacer este trabajo.

—¡Ay!

—¿Qué?

—Nada, mi cabeza, que se ha dado con el techo.

—Infórmame sobre todo lo que ocurra.

—Así se hará, jefa.

—No seas condescendiente.

—No volverá a ocurrir, jefa.

Susan me colgó el teléfono.

34

Apenas había recorrido un kilómetro y medio cuando una molesta e irritante sensación se apoderó de Nora. Justo en medio de la carretera que transcurría junto al campo de golf Trump National, hizo chirriar los neumáticos de su Mercedes dando una vuelta de ciento ochenta grados. El volante giraba entre sus manos como una ruleta. Si se daba prisa, pensó, aún podría alcanzarle.

Había algo raro en Craig Reynolds, y no se trataba solamente de su sentido del humor.

Nora pisó el acelerador y comenzó a desandar el camino que había recorrido desde la casa de Connor. Cruzó a toda velocidad una estrecha calle flanqueada por árboles y luego otra, y viró bruscamente para adelantar a un Volvo que circulaba despacio por el mismo camino. Un poco más abajo, una anciana que paseaba a su cocker spaniel le dedicó una mirada de desaprobación.

Por un instante, Nora se preguntó por qué actuaba de aquella manera. ¿No estaba pecando de paranoica? ¿Era necesario actuar así? Pero aquella molesta sensación pudo más que cualquier otra duda, por persistente que ésta fuese, así que pisó aún más fuerte el acelerador. Ya casi había llegado.

«¿Qué diantre...?»

Nora dio un frenazo. Al llegar a la esquina de la calle de Connor, tuvo que reaccionar con rapidez. El BMW negro seguía allí. Craig Reynolds no se había marchado.

«¿Por qué no? ¿Qué está haciendo ahora?»

Dio marcha atrás y retrocedió siguiendo la acera. Unos setos y pinos bastante crecidos resultaron muy oportunos, pues ocultaban gran parte del coche y, al mismo tiempo, le proporcionaban una vista más o menos decente. Sin embargo, desde aquella distancia Craig Reynolds era poco más que una silueta. Nora entornó los ojos. No podía asegurarlo, pero le pareció que hablaba por el teléfono móvil. Aunque no por mucho tiempo: al cabo de un minuto, las luces traseras del BMW brillaron en medio de una descarga de humo salido de un silenciador. El Agente de Seguros por fin se marchaba.

Nora no tenía ni idea de adónde se dirigía, pero estaba decidida a averiguarlo. El plan para sorprender a Jeffrey en Boston había sido reemplazado por otro. Y éste se llamaba «Investigar al verdadero Craig Reynolds».

35

El tipo se largó.

Nora sabía que no podía seguirle de cerca. Él sabía cuál era su coche, y el hecho de que éste fuese de un rojo brillante no ayudaba demasiado. «Qué pena que Mercedes no fabrique descapotables de color verde camuflaje.»

«Briarcliff Manor. Pueblo fundado en 1902.»

Incluso antes de ver el rótulo, Nora se había imaginado que Craig se dirigiría hacia el centro del pueblo. Menos mal. Después de encontrarse con un par de señales de «Stop» y sortear el tráfico de la carretera 9A, ya casi le había perdido de vista. De haberse dirigido hacia cualquier otra localidad menos tranquila que aquélla, probablemente le habría perdido el rastro.

La pequeña población no le era desconocida, pues había estado allí varias veces con Connor. Era una mezcolanza de clase trabajadora y sofisticación, de gente modesta y nuevos ricos. Farolas de aspecto rústico salpicaban la calle principal entre bancos y tiendas especializadas. Jóvenes de pelo azul compartían las aceras con jóvenes supermamás que empujaban lo último y lo más impresionante en cochecitos de bebé. Amalfi's, un restaurante italiano que le encantaba a Connor, estaba muy animado por los clientes del turno de mediodía.

Nora volvió a pensar que había perdido a Craig, pero suspiró aliviada al entrever su BMW negro girando a la izquierda, bastante más adelante. Cuando se dispuso a seguirle, él ya había aparcado y estaba de pie en la acera. Así que se hizo a un lado al instante y le observó mientras entraba en un edificio de ladrillos. Supuso que allí estaría su oficina.

Despacio, pasó por delante con el coche. En efecto, había un letrero encima de las ventanas del segundo piso donde se leía: «Seguros de Vida Centennial One».

«En fin, es una buena señal, y nunca mejor dicho.»

Nora dio otra vuelta y aparcó unos cuarenta metros más arriba de la entrada. Cuanto más lejos mejor. Craig Reynolds parecía ser quien decía que era. Pero aún no se daba por satisfecha: su intuición le decía que había algo más allá de lo que veían sus ojos.

Se puso cómoda para esperarle sin perder de vista el edificio, un insulso bloque de dos pisos. Realmente, no tenía nada que llamara la atención. Ni siquiera estaba segura de que los ladrillos fueran de verdad. Parecían más bien falsos, como los que se fabricaban con aquella técnica que había visto en la televisión.

La espera no duró mucho. Menos de veinte minutos más tarde, Craig salía del edificio y regresaba al coche. Nora se enderezó en su asiento y esperó a quc él empezara a alejarse.

«¿Y ahora adónde, señor Agente de Seguros? Sea a donde sea, no te vas a ir solo.»

36

El destino fue la cafetería Blue Ribbon. Estaba situada a las afueras de la ciudad, unos kilómetros hacia el este, no muy lejos de la carretera de Saw Mill River. Era uno de aquellos restaurantes clásicos de aspecto anticuado: rectangular, con toques cromados y una franja de cristaleras circundando el perímetro.

Nora encontró una plaza en el aparcamiento que había al lado, desde el que se podía ver la puerta. Echó un vistazo al reloj. Eran más de las doce.

Se había saltado el desayuno, estaba muerta de hambre y, por si fuera poco, estaba a sotavento del extractor de la cocina. El olor de las hamburguesas y de los fritos le obligó a remover el contenido de su bolso hasta encontrar medio paquete de caramelos de menta.

Unos cuarenta minutos después, Craig salió tranquilamente de la cafetería. Al verle, Nora registró una nueva impresión: era un hombre atractivo y con muy buena planta. Tenía una pizca de descaro, altivez, arrogancia...

Se reanudó la persecución.

Craig hizo un par de recados y regresó a su oficina. A lo largo de la tarde, Nora pensó una docena de veces en dar la vigilancia por terminada. Y una docena de veces se dijo a sí misma que debía permanecer allí, aparcada a una manzana y media del edificio. Sobre todo sentía curiosidad por lo que traería la noche. ¿Tenía Craig Reynolds vida social? ¿Habría quedado con alguien? ¿Y dónde estaría exactamente su casa?

Alrededor de las seis, empezaron a llegar las respuestas. Las luces de Seguros de Vida Centennial One se apagaron y Craig salió del edificio. Sin embargo, no se dirigió a la barra de ningún bar, ni parecía tener planes para una gran cena, ni una novia con la que quedar. Al menos, no aquella noche. En lugar de eso, se fue a comprar una pizza y luego condujo hasta casa.

Y fue entonces cuando Nora descubrió que Craig Reynolds ocultaba algo, después de todo: no tenía ni mucho menos tanto dinero como quería aparentar.

A juzgar por el lugar donde vivía, era evidente que había invertido todo su dinero en el coche y el vestuario. Su apartamento de Pleasantville era un piso decadente, rodeado por un puñado de viviendas decadentes en lo que parecía un bulevar de viviendas. Unos cuantos edificios con los laterales de vinilo blanco y ventanas con postigos negros, y un pequeño patio o balcón para cada piso. ¿Acaso Craig Reynolds pagaba una pensión alimentaria? ¿Tenía hijos a los que mantener? ¿Cuál era su historia, en definitiva?

Nora consideró la posibilidad de quedarse a la salida de los Apartamentos Ashford Court Garden un poco más. Quizás Craig tuviera planes, más tarde.

O quizá, pensó Nora, empezaba a delirar; no había comido nada en todo el día. Ver cómo la caja de la pizza se balanceaba sobre la mano de Craig bastó para desencadenar una nueva onda de rugidos estomacales. Los caramelos de menta eran un recuerdo lejano. Ya era hora de cenar. ¿Tal vez en el Iron Horse de Pleasantville? Cenar sola. ¡Podía ser divertido!

Puso el coche en marcha y se fue, satisfecha de haber seguido a Craig. Nora sabía que la gente no siempre es lo que aparenta ser. Sólo tenía que mirarse en el espejo. Lo que le recordó otro de sus mantras: «Mejor exagerar que lamentarlo».

37

El anuncio del *Westchester Journal* aseguraba que el apartamento disfrutaba de unas vistas espectaculares. De qué, eso ya no lo sé. La fachada daba a una callejuela de Pleasantville, mientras que la parte de atrás ofrecía una amplia panorámica del aparcamiento, presidido por el mayor contenedor que había visto nunca.

Por dentro era aún peor. Suelo de vinilo por todas partes. Un sillón de piel de imitación de color negro y un sofá que seguramente había sido testigo de muy pocos encuentros interesantes. Si el agua corriente y la electricidad constituían una «cocina puesta al día», entonces no cabe duda de que eso era lo que tenía. Porque, por lo demás, dudaba que las encimeras de formica amarilla volvieran a estar de rabiosa actualidad.

Al menos, la cerveza estaba fría. Dejé la pizza en la mesa y saqué una del frigorífico antes de dejarme caer en el sillón lleno de bultos de mi «espacioso salón». Menos mal que no sufro de claustrofobia.

Descolgué el teléfono y marqué un número. Estaba seguro de que Susan todavía estaría en la oficina.

—¿Te ha seguido? —preguntó de buenas a primeras.

—Durante todo el día —dije.

—¿Te ha visto entrar en el apartamento?

—Sí, señora.

—¿Todavía está ahí fuera?

Bostecé de forma exagerada.

—¿Estás insinuando que tengo que levantarme del sillón y echar una mirada?

—Claro que no —respondió—. Puedes llevarte el sillón contigo.

Sonreí para mis adentros. Siempre me habían gustado las mujeres que te las colaban como ella lo hacía.

La ventana que había junto al sillón tenía una persiana enrollable vieja y raída que siempre estaba bajada. Con cuidado, levanté una de sus esquinas y eché un vistazo.

—Mmm... —murmuré.

—¿Qué ocurre?

Nora había aparcado una manzana más abajo. Pero su coche ya no estaba.

—Supongo que ya ha visto bastante —dije.

—Eso es buena señal. Te cree.

—¿Sabes? Me parece que me habría creído aunque tuviera un apartamento decente. ¿Tal vez algo en Chappaqua?

—¿Acaso te estás quejando?

—Una mera observación.

—No lo entiendes: de esta forma, ella cree que tiene ventaja sobre ti —dijo Susan—. Vestir y conducir por encima de tus posibilidades te hace más humano.

—¿Es que ya no basta con lo de ser agradable?

—Nora parece muy agradable, ¿no?

—Sí. La verdad es que sí.

—A las pruebas me remito.

—¿He mencionado la encimera de formica amarilla?

—Vamos, no puede ser un lugar tan horrible —dijo Susan.

—Para ti es muy fácil decirlo. Tú no tienes que vivir aquí.

—Sólo es temporal.

—Qué suerte la mía. Diablos, ya sé dónde se esconde el porqué de este apartamento —dije—. ¡Es para que trabaje más deprisa!

—Admito que se me ha pasado por la cabeza.

—No se te escapa una, ¿eh?

—No si puedo evitarlo —respondió—. Hablando en serio: hoy has hecho un buen trabajo.

—Gracias.

Susan suspiró con el cansancio acumulado de todo el día.

—En fin, ya es oficial. Nora Sinclair ha entrado en la vida privada de Craig Reynolds. Y ahora, ¿qué?

—Muy fácil —dije—. Ahora me toca a mí.

38

Sólo quedaba un asiento vacío en primera clase. En circunstancias normales, Nora habría lamentado que no fuese el que estaba a su lado. Pero es que normalmente no tenía la suerte de compartir el reposabrazos con un hombre tan atractivo. De perfil se parecía un poco a Brad Pitt, aunque no había ninguna alianza de boda en su dedo, ni ninguna Jennifer colgada de su brazo.

Durante el despegue —ya sin su propio anillo de bodas— observó a su compañero de asiento, sentado junto a la ventana, con mirada furtiva. Estaba casi segura de que él hacía lo mismo. «Por supuesto que sí. ¿Qué hombre no lo haría?» Cuando se apagó la señal de permanecer con el cinturón abrochado, supo que el tipo estaba listo para hacer el primer movimiento.

—Yo soy un apilador —dijo.

Ella se giró con timidez, fingiendo que se acababa de dar cuenta de que no viajaba sola.

—¿Perdone?

—En la mesa del café.

Le obsequió con una amplia sonrisa y señaló con la cabeza el *Architectural Digest* que ella tenía abierto en su regazo. En la página de la derecha había una fotografía de una espaciosa sala de estar.

—¿Lo ve? Las revistas están esparcidas por toda la mesa —dijo—. Es un hecho; en este mundo sólo hay dos tipos de personas: las apiladoras y las esparcidoras. ¿Usted de qué tipo es?

Nora le miró fijamente sin pestañear. Como iniciador de conversaciones, se había ganado varios puntos por su originalidad.

—Bueno, eso depende. ¿Quién quiere saberlo?

—Tiene toda la razón —le dijo riendo ligeramente—. No debería revelarle información personal a un completo desconocido. Me llamo Brian Stewart.

—Nora Sinclair.

Él le tendió la mano, robusta y bien cuidada, y ella se la estrechó.

—Ahora que ya nos conocemos, Nora, creo que me debe una respuesta.

—En ese caso, le alegrará saber que soy una apiladora.

—Lo sabía.

—¿De veras?

—Así es. —Se inclinó ligeramente, aunque no demasiado—. Parece muy centrada.

—¿Es un cumplido?

—Para mí, sí lo es.

Ella sonrió. Tal vez Brad Pitt fuese más guapo, pero Brian Stewart era encantador. Razón suficiente para continuar la conversación.

—Dígame, Brian, ¿quién le espera hoy en Boston?

—Una docena de emprendedores capitalistas. Y un bolígrafo.

—Resulta prometedor. Supongo que el bolígrafo es para que usted firme.

—Algo parecido.

Nora esperaba que él le contara más detalles, pero no lo hizo. Así que sonrió burlonamente.

—¡Pensar que he confesado que soy una apiladora sólo para que se vuelva tímido conmigo!

Él se revolvió en su asiento, divertido.

—Una vez más, tiene usted razón. Está bien: el año pasado vendí mi empresa de software. Y esta noche voy a lanzar otra nueva. A... bu... rri... do.

—No estoy de acuerdo. De todas formas, felicidades. Y esos emprendedores capitalistas... ¿están invirtiendo en usted?

—Tal como yo lo veo, ¿por qué invertir tu dinero cuando otros están deseando invertir el suyo?

—No podría estar más de acuerdo.

—¿Y usted, Nora? ¿Qué va a hacer hoy en Boston?

—He quedado con un cliente —dijo—. Soy decoradora de interiores.

Él asintió con la cabeza.

—¿La casa de su cliente está en la ciudad?

—Así es, pero no es ésa la que voy a decorar. Acaba de construirse un chalé en las islas Caimán.

—Bonito lugar.

—Todavía no lo conozco. Pero pienso visitarlo muy pronto.

Nora abrió la boca como si fuese a decir algo más, pero se detuvo.

—¿Qué iba a decir? —le preguntó él.

Ella puso los ojos en blanco.

—Nada, una tontería.

—Adelante, dígalo.

—Cuando hablé a una de mis amigas de este cliente, dijo que si estaba construyendo en las Caimán seguramente era para poder controlar el dinero que tenía allí escondido para estafar a Hacienda. —Sacudió la cabeza con una convincente ingenuidad—. Quiero decir que no me gustaría verme involucrada en ningún asunto sucio.

Brian Stewart sonrió con mirada de complicidad.

—No es tan horrible como piensa. Se sorprendería de la cantidad de gente que tiene cuentas en paraísos fiscales.

—¿De veras?

Él se acercó un poco más, hasta que su cara quedó muy cerca de la de ella.

—Me declaro culpable —susurró. Luego cogió su copa de champán—. Será nuestro secreto, ¿de acuerdo?

Nora también cogió su copa y ambos brindaron. Brian Stewart empezaba a parecer alguien a quien Nora podía desear conocer mejor.

—Por los secretos —dijo ella.

—Por los apiladores —dijo él.

39

—¿Qué querrá tomar? —preguntó.

Levanté la vista y miré a la azafata. Estaba cansado y aburrido hasta la desesperación, pero intenté ser amable de todos modos. La muchacha y su carrito de bebidas por fin habían llegado junto a mí.

—Tomaré una Coca-Cola Diet —dije.

—Vaya, cuánto lo siento, me he quedado sin diez filas atrás.

—¿Y un ginger ale?

Sus ojos recorrieron rápidamente las latas que había encima del carrito. Se puso de cuclillas y empezó a abrir un cajón tras otro.

—Lo siento, tampoco hay ginger ale.

—¿Por qué no lo intentamos al revés? —dije con una sonrisa forzada—. ¿Qué le queda?

—¿Le gusta el zumo de tomate?

Sólo con mucho vodka y una ramita de apio asomando por el borde del vaso.

—¿Alguna otra cosa?

—Tengo un Sprite.

—No, ya no tiene ninguno.

Le llevó un segundo darse cuenta de que era mi forma de decir: «Sí, por favor».

Sirvió más o menos la mitad del Sprite y me lo ofreció con una bolsa de galletitas saladas. Mientras se marchaba con el carrito sostuve mi vaso de plástico en el aire. Si miraba las burbujas con los ojos medio cerrados, casi parecía el champán que seguramente Nora se estaba tomando en primera clase.

Me puse una galletita en la boca e intenté mover las piernas. Me quedé con las ganas. Con la bandeja bajada, quedaban atrapadas por todos los lados. Sólo era cuestión de tiempo que la circulación de mis extremidades inferiores quedara por completo obstruida.

Sí, ya lo creo. Fue precisamente entonces cuando me di cuenta de cuál era la verdadera amenaza de aquella misión. En una palabra: los apretones. Una oficina apretada, un apartamento apretado y un asiento apretado en la última fila de tercera, donde respiraba todos los aromas que salían del apretado lavabo, que estaba justamente detrás de mi hombro.

Pero no todo era malo.

Seguir a una persona en un avión tenía la ventaja de que no se podía esfumar durante el vuelo. A 35.000 pies de altura, nadie pensaba en escurrirse por una puerta lateral.

Eché una ojeada a la cortina de color azul real que había muy, muy, muy lejos, al final del pasillo. Aunque las probabilidades de que a Nora se le antojara mezclarse con los pobres y despreciables pasajeros de tercera oscilaban entre pocas y ninguna, de todas formas tenía que mantenerme alerta.

Al menos lo intentaría, mientras aún pudiera sentir los pies.

Estaba seguro de que, en el aeropuerto de Westchester, Nora no me había descubierto antes de subir al avión. Bueno, y si me había visto sin duda no me había reconocido. Además de la gorra de béisbol de los Red Sox, las gafas de sol, el chándal y la cadena de oro, me había puesto un bigote falso. Si a eso le añadimos un *Daily News* que nunca estaba a más de treinta centímetros de mi cara, se puede decir que era un maestro en viajar de incógnito.

No, Nora no tenía ni idea de que alguien la acompañaba en aquel vuelo. De eso estaba seguro. Por supuesto, lo que no sabía era la respuesta a la pregunta del día: ¿qué había en Boston?

40

Seguí a Nora y a su elegante maletita con ruedas mientras bajaba la escalera mecánica y pasaba por la zona de recogida de equipajes. Tenía muy buen aspecto, como siempre, tanto de frente como de espaldas. Tenía un modo especial de caminar y una preciosa sonrisa cuando le convenía. Ni una sola vez miró las señales de indicación. Era de suponer que aquél no era su primer viaje desde el aeropuerto Logan.

Salió afuera y se detuvo de forma brusca. Luego miró a su alrededor. Al cabo de unos minutos supe qué buscaba. No se trataba de un taxi ni del coche de un amigo, sino del autobús de la compañía Avis.

En cuanto vi que se subía a él, corrí hacia la hilera de taxis y llamé a uno.

— ¡Lléveme al área de Avis! —ordené a la nuca del conductor.

Éste se volvió hacia mí. Tenía el rostro de un viejo lobo de mar, surcado como un mapa de carreteras por arrugas y pliegues.

—¿Qué?

—Lléveme...

—No, eso lo he oído perfectamente, amigo. Pero resulta que hay un servicio de autobuses para eso.

—No me gusta esperar.

—A mí tampoco. —Y señaló con el dedo la ventana trasera—. ¿Ve esa fila de taxis detrás de nosotros? No he estado esperando ahí para una carrera de tres dólares.

Miré delante de mí y vi que el autobús de Nora se alejaba cada vez más.

—Está bien, diga una cifra —dije.

—Treinta dólares. Es mi última oferta.

—Veinte.

—Veinticinco.

—Hecho. Conduzca.

41

En cuanto el coche arrancó, conecté mi teléfono de inmediato. Tenía memorizados los números de todas las líneas aéreas, cadenas de hoteles y empresas de alquiler de coches. Mi trabajo así lo exigía.

Llamé a Avis. Tras aguardar un minuto de mensajes automatizados, conseguí hablar con una empleada disponible.

—Quiero alquilar un coche —le dije antes de que tuviera tiempo de contestarme.

—¿Y cuándo lo necesitará, señor? —preguntó.

—Dentro de cinco minutos. Quizá menos.

—Oh.

Me prometió que haría todo lo posible. Por si eso no bastaba, le dije al taxista que tal vez tendría que dedicarme un poco más de su valioso tiempo. Por suerte, no fue necesario.

El conductor del autobús de Nora parecía pisar huevos. Con el conductor entreteniéndose al volante, incluso lo adelantamos antes de llegar al aparcamiento. Cuando Nora se subió a un Sebring descapotable de color plateado, yo ya estaba tras el volante de una furgoneta. El vehículo perfecto. Es decir, ¿quién esperaría que le siguieran con una furgoneta?

De todas formas, me aseguré de mantener cierta distancia entre nosotros. Hasta que Nora dejó claro que su estilo no era el del conductor del autobús, sino el de un corredor de Fórmula Uno.

Cuanto más aceleraba yo, más deprisa parecía ir ella. En lugar de camuflarme entre los coches me vi obligado a adelantarlos a todos. Demasiado para mi discreta furgoneta.

«Mierda.» Un semáforo en rojo. Ya me había saltado uno antes, pero éste estaba en un cruce. Nora lo pasó, pero yo no.

Mientras ella se convertía en una manchita en el horizonte, yo no podía hacer más que maldecir y esperar. La idea de haber volado hasta allí sólo para perderla me revolvía el estómago.

«¡Verde!»

Le di al gas y a la bocina al mismo tiempo. Los neumáticos chirriaron. Ahora, el juego consistía en recuperar terreno y yo estaba a punto de perder. Eché un vistazo al cuentakilómetros. Cien, ciento diez, ciento veinte por hora...

¡Por fin! Pude distinguir su coche a lo lejos. Suspiré aliviado e intenté acercarme más. Tenía dos carriles para maniobrar y el tráfico parecía estar de mi parte. Podía avanzar y retroceder sin hacerme demasiado evidente. Las cosas empezaban a mejorar.

Ahora sólo faltaba que yo estuviera a la altura.

42

Debería haber visto la señal que colgaba del puente, la que indicaba que la autopista se bifurcaba. Estaba demasiado ocupado controlando el camión de reparto de una tienda de colchones que había delante de mí, preparándome para adelantarlo. Una mala decisión.

Con el pie derecho tocando el suelo, empecé a adelantar al camión. No podía distinguir a Nora. Mientras seguía avanzando, estiré el cuello para verla.

Pero lo que vi fue otra cosa: grandes bidones amarillo chillón, como los que se llenan de agua y se colocan frente a los separadores para que, en lugar de aplastarse, uno se remoje.

Eché otro vistazo al camión de reparto. Estábamos a la misma altura y el conductor me miraba.

Los enormes bidones amarillos se aproximaban cada vez más y más deprisa. Los carriles estaban a punto de separarse. Yo estaba en el izquierdo y Nora en el derecho. ¡Tenía que adelantar a aquel maldito camión!

En cuanto empecé a sacarle ventaja, el conductor aceleró. Toqué el claxon al tiempo que doblaba la presión sobre el acelerador.

Más adelante, Nora sobrepasaba los bidones y salía a toda velocidad hacia la derecha.

Yo seguía atrapado en el carril de la izquierda y se me estaba acabando el espacio. Muy deprisa.

A la mierda.

Di un frenazo. Si no podía meterme por delante, lo intentaría desde atrás. Las dos toneladas de mi furgoneta comenzaron a vibrar salvajemente mientras veía cómo el camión de los colchones, de al menos diez toneladas, viraba de forma brusca. Entonces comprendí que pretendía meterse en mi carril.

No oí los cláxones detrás de mí. Ni el chirrido de los neumáticos. El único sonido que escuchaba era el de mi corazón, que latía cada vez más fuerte a medida que mi furgoneta rozaba la parte trasera del camión, metal contra metal.

Salieron chispas. Las ruedas estaban fuera de control. Salí disparado de un lado a otro y estuve a punto de volcar. Y lo habría hecho de no ser por un pequeño detalle.

¡Chof!

Mi rostro golpeó el airbag y los bidones amarillos hicieron el resto. Y aunque me dolía horrores, yo sabía que era un hijo de puta con suerte.

El tráfico comenzó a circular de nuevo mientras salía de la furgoneta. Al igual que yo, los demás habían salido ilesos, con apenas unos rasguños. Había agua por todas partes, auténticos charcos, pero eso era todo.

«Idiota.» Estaba furioso conmigo mismo. Recobré la calma e hice una llamada.

—La he perdido.

—¿Qué? —dijo Susan, furiosa.

—He dicho que...

—Te he oído. ¿Cómo has podido perderla?

—He tenido un accidente.

Su tono de voz se tiñó de preocupación.

—¿Estás bien?

—Sí, estupendamente.

—En ese caso, ¿cómo diablos has podido perderla?

—Esa mujer conduce como una maníaca.

—¿Y tú no?

—En serio, tendrías que haberla visto.

—Yo también hablo en serio —exclamó—. No deberías haberla perdido.

Me repetía a mí mismo que tenía que conservar la calma. Sin embargo, Susan no me lo ponía fácil. Aunque sentía tentaciones de coger su ira y lanzársela a la cara, me di cuenta de que haría mejor aguantando el tipo.

—Tienes razón —le dije—. He metido la pata.

Se tranquilizó un poco.

—¿Crees que puede haberte visto?

—No. No es que estuviera intentando despistarme. Simplemente, conduce deprisa.

—¿Cuánto equipaje llevaba?

—Una maleta pequeña con ruedas. La ha subido a bordo.

—Muy bien. Déjalo todo y regresa a Nueva York. Vaya a donde vaya, es de esperar que tarde o temprano regrese a la casa de Connor Brown.

Decidí que cambiar de tema sería una buena idea.

—¿Hemos conseguido el permiso para cavar? —pregunté.

—Sí, es cosa hecha, enseguida lo tendremos —dijo—. Te mantendré al corriente.

Me despedí y supuse que ahí terminaría la conversación. Pero se trataba de Susan. Por si no me había quedado claro que estaba decepcionada, me lanzó otro dardo.

—Feliz vuelo de regreso —dijo—. Ah, y procura no volver a meter la pata en lo que queda de día.

Después de oír cómo colgaba, sacudí la cabeza lentamente. Me puse a caminar arriba y abajo para tratar de calmar mi rabia, pero no lo conseguía. Cuanto más caminaba, peor me sentía. La tensión comenzó a acumularse en mi cuerpo y, antes de que me diera cuenta, salió a través de mi puño.

¡Pam!

Así fue como mi furgoneta alquilada perdió una ventanilla.

43

Nora miró otra vez el retrovisor. Algo había ocurrido ahí atrás, tal vez un accidente. Si era así, se repitió a sí misma, se trataba de una mera coincidencia que nada tenía que ver con aquel cosquilleo que sentía en el estómago, el que la estaba incomodando desde la salida de Avis. La sensación de que «no estaba sola».

Ahora, al llegar al centro de Back Bay, esa sensación empezaba a desaparecer.

El tráfico en la avenida Commowealth pasaba de arrastrarse lentamente a detenerse por completo. Había una manifestación en Newbury y las otras calles lo estaban pagando. Nora se vio obligada a dar tres vueltas antes de encontrar un sitio.

Durante el trayecto en autobús desde el aeropuerto se había vuelto a poner su anillo de casada. Tras la revisión habitual en el espejo que llevaba en el coche, se dispuso a salir. Sacó la maleta y cerró el techo del coche. «Nena, es la hora del espectáculo.»

Como de costumbre, Jeffrey estaba trabajando cuando ella entró. Ya había aprendido que sólo había tres cosas que podían apartarle de su escritorio: la comida, el sueño y el sexo, y no en ese orden necesariamente.

En lugar de llamarle, Nora se dirigió en silencio hacia la parte de atrás de la casa. Entre lo concentrado que estaba y la música de fondo, seguro que no la oiría.

Abrió la puerta que había junto a la antecocina y se metió en el pequeño patio. Las altas espalderas, cubiertas de hiedra y flor de lis, así como de otras plantas estratégicamente colocadas, aislaban aquel acogedor rincón.

Le bastó un minuto para prepararse. Recostada en los almohadones de una *chaise longue* de mimbre, cogió el móvil y llamó. Segundos después, oyó sonar el timbre en el interior. Finalmente, Jeffrey contestó.

—Soy yo, cielo —dijo ella.

—Por favor, no me digas que no vas a venir.

Ella se rió.

—No, no pensaba hacerlo.

—Espera un momento; ¿dónde estás?

—Echa un vistazo afuera.

Miró hacia arriba hasta que vio a Jeffrey aparecer en la ventana de su biblioteca. Él se quedó con la boca abierta y luego empezó a reír, y Nora pudo oír su risa claramente a través del teléfono.

—Oh... mi... —dijo él.

Nora estaba desnuda en la *chaise longue* y sólo llevaba puestos los zapatos de tacón. Le susurró al auricular:

—¿Ves algo que te guste?

—La verdad es que veo muchas cosas. Y ninguna que no me guste.

—Bien. No te hagas daño al bajar corriendo la escalera.

—¿Quién ha dicho que voy a usarla?

Jeffrey abrió la ventana, se colgó del exterior y bajó, vacilante, por las tuberías de cobre. Todo un atleta, la verdad. Como a Nora le gustaba.

Fuera cual fuese el récord mundial de un hombre quitándose la ropa, sin duda quedó superado. Luego, Jeffrey se acercó a ella muy despacio y se subió a la *chaise longue*. Hundió las manos en los almohadones y rodeó la espalda de ella con sus musculosos brazos. Era un hombre muy sexy cuando se conseguía apartarle de su ordenador.

Nora cerró los ojos, y los mantuvo cerrados durante todo el tiempo que estuvieron haciendo el amor. Quería sentir algo por Jeffrey. Lo que fuese. Pero no sentía nada.

«Vamos, Nora, sabes lo que hay que hacer. Has estado otras veces en esta situación.»

Esta vez, la voz que oía dentro de su cabeza no sonaba como la de un viejo amigo. Más bien era como la de un extraño desagradable, alguien a quien casi no conocía. Intentó no hacerle caso, pero no sirvió de nada; sonó aún más fuerte. Más insistente. Más autoritaria.

Después de alcanzar el orgasmo, Jeffrey se apartó de ella, casi sin aliento.

—Qué sorpresa tan agradable. Eres la mejor.

«Pregúntale si tiene hambre, Nora.»

Le entraron ganas de gritar para acallar aquella vocecilla interior. Pero no habría sido más que una pérdida de tiempo. Sólo había una forma de que parase, y ya sabía cuál era.

—¿Adónde vas? —preguntó Jeffrey.

Nora se había levantado de la *chaise longue* sin decir una palabra. Se dirigía hacia el interior de la casa.

—A la cocina —dijo girándose hacia él—. Voy a ver qué puedo preparar para cenar: me apetece cocinar para ti.

44

«Dios mío, ¿qué voy a hacer ahora? Esto es un completo desastre.»

El Turista estaba sentado en una habitación pequeña y sombría y se estaba bebiendo otra Heineken. Ya llevaba cuatro. ¿O era la quinta? En aquel momento, no le parecía que tuviese mucha importancia llevar la cuenta. Ni tampoco el partido televisado de los Yankees. O comerse la pizza de cebolla y salchichas que empezaba a enfriarse en la mesa que había frente a él.

Su portátil mostraba artículos de periódico que hablaban sobre el tiroteo de Nueva York. Había al menos una docena que comentaban la «batalla en el asfalto».

La historia tenía varias lagunas que no sorprendían al Turista. Había dejado a sus espaldas un montón de preguntas sin respuesta. Se habían volcado ríos de tinta a conjeturas y especulaciones, algunas de ellas razonables y la mayoría descabelladas. La breve nota que acompañaba a los artículos lo resumía todo: «El circo está en la ciudad. Mantente al margen. Estaremos en contacto».

Sonrió y volvió a leer las declaraciones contradictorias de todos los testigos. «¿Cómo es posible —escribía un periodista del *News*— que personas que se encontraban a menos de diez metros de distancia describan un mismo hecho de forma tan distinta?»

—¿Cómo es posible? —dijo el Turista en voz alta.

Se recostó en la silla y puso los pies sobre la mesa. Tenía absoluta confianza en que su identidad permanecería en secreto. Había tomado las precauciones necesarias y no había dejado rastro. Podría haberse tratado de un fantasma.

Ahora sólo había una cosa que le preocupara, pero esa cosa le preocupaba mucho: ¿qué pasaba con la lista que se había copiado de la memoria Flash, con todas aquellas cuentas en paraísos fiscales que alcanzaban la cifra de 1,4 billones de dólares?

¿Acaso esa lista valía más que la vida del pobre capullo de la estación Grand Central? Eso parecía. ¿Valía lo que la vida de más personas, como, por ejemplo, la suya? Definitivamente, no. ¿Formaba parte de un gran rompecabezas que tal vez acabara cobrando sentido? Imposible saberlo... pero, por todos los diablos, así lo esperaba.

45

Jeffrey observó a Nora por encima de las velas, al otro lado de la mesa.

—¿Estás segura de que te parece bien?

—Claro que sí —respondió ella.

—No sé, parecías un poco contrariada cuando te he propuesto que saliéramos en lugar de cenar en casa.

—No seas tonto. Esto es maravilloso.

Nora intentó que sus gestos concordaran con sus palabras, lo que requirió una buena dosis de teatro. En esos momentos debería haber estado en casa de él, cocinando su última cena. Ya se había preparado mentalmente para ello.

En cambio, ahora se encontraban en el restaurante favorito de Jeffrey. Nora nunca había estado tan nerviosa. Se sentía como un caballo de carreras, listo para salir al otro lado de una compuerta que se negaba a abrirse.

—Me encanta este sitio —dijo Jeffrey mirando a su alrededor.

Estaban en La Primavera, en el North End de Boston. La decoración era sencilla y elegante: manteles de lino blanco, cristalería reluciente, iluminación suave... Cuando uno se sentaba, tenía la sensación de que podía pedir agua del grifo, en lugar de embotellada. Pero, francamente, a Nora le importaba un comino qué agua le llevaran.

Jeffrey pidió *ossobuco* y Nora, *risotto* con setas *porcini*, aunque no tenía apetito. Para beber eligieron una botella de Poggiarello Chianti Clásico, reserva del 94. El vino que ella necesitaba. Cuando terminaron de comer, Nora desvió la conversación hacia el siguiente fin de semana. El trabajo que había dejado sin terminar pesaba sobre ella como una losa.

—Te olvidas —dijo Jeffrey— de que estaré trabajando, cariño. Es la feria del libro de Virginia.

—Tienes razón, no me acordaba. —Nora sentía deseos de gritar—. No puedo creer que vaya a dejarte suelto entre cientos de fervientes admiradoras.

Jeffrey cruzó las manos ante sí y se inclinó sobre la mesa.

—Escucha, he estado pensando —dijo—. Es sobre el modo en que hemos llevado nuestro matrimonio. O, mejor dicho, el modo en que yo lo he llevado: en secreto. Creo que he sido injusto contigo.

—¿Te ha parecido que eso me molestaba? Porque...

—No, la verdad es que has sido muy comprensiva. Y eso hace que me sienta aún peor. Quiero decir que tengo la mujer más maravillosa del mundo, y ya es hora de que el mundo lo sepa.

Nora sonrió porque debía hacerlo, pero en su interior saltaron todas las alarmas.

—¿Qué hay de tus fans? —preguntó—. La semana que viene, todas esas mujeres de Virginia irán a ver al soltero más sexy y cotizado según la revista *People*.

—¡Que les den!

—Cielo, eso es precisamente lo que les gustaría —dijo Nora.

Jeffrey cogió las manos de ella y las apretó con suavidad.

—Te has mostrado comprensiva y yo he sido increíblemente egoísta. Pero eso se acabó.

Nora comprendió que sería imposible convencerle. Al menos, en ese momento. Típico de los hombres. Había decidido lo que era mejor para ella y no había nada más que hablar.

—Te diré lo que haremos —dijo ella—. Irás a tu feria del libro, enloquecerás a las damas con tus miradas, tu encanto y tu erudición, y volveremos a hablar de esto cuando regreses.

—De acuerdo —respondió él en un tono que daba a entender lo contrario—. Sólo hay un problema.

—¿De qué se trata? —preguntó Nora.

«¿Es que piensas declararte otra vez delante de todo el restaurante?»

—Ayer me entrevistaron los del *New York Magazine.* Decidí confesarlo todo y les hablé de ti y de la boda en Cuernavaca. Deberías haber visto a la periodista, estaba impaciente por publicar la primicia. Me preguntó si podía concederle una foto de los dos para la revista. Y le dije que sí.

La cara de póquer de Nora acabó por venirse abajo.

—¿De veras?

—Sí —dijo, estrechando un poco más fuerte las manos de ella—. ¿Es eso un problema?

—No, claro que no.

«No es *un* problema —pensó—. Es un *gran* problema.»

46

Nora regresó a Manhattan a última hora de la tarde siguiente. Echaba de menos la comodidad y la tranquilidad de su apartamento, además de los objetos que había adquirido a lo largo de los años. Echaba de menos lo que consideraba su «vida real».

Mientras se preparaba un baño escuchó los mensajes del contestador. Durante su ausencia lo había consultado de vez en cuando. Había cuatro nuevos. Los tres primeros estaban relacionados con el trabajo y eran de clientes problemáticos. El último era de Brian Stewart, su compañero del vuelo en primera clase hacia Boston, el que se parecía a Brad Pitt.

El mensaje era corto y dulce, como a ella le gustaban. Brian aseguraba que le había encantado conocerla y decía que esperaba volver a verla. «Regresaré a la ciudad a finales de semana y me encantaría salir contigo una noche. Será divertido, te lo prometo.»

«Si insistes, Brian...»

Nora tomó un baño caliente. Después pidió comida china y revisó el correo electrónico. Antes de que terminaran las noticias de las once, se había quedado profundamente dormida en el sofá, como un bebé. Y durmió hasta tarde.

A la mañana siguiente, poco antes de mediodía, Nora se dejó caer por Hargrove and Sons, en el Upper East Side.

Le parecía un establecimiento demasiado rancio, cuyos dependientes daban la sensación de ser aún más viejos que las antigüedades que vendían. Pero aquélla era una de las tiendas favoritas de su cliente, el veterano productor de cine Dale Minton, y éste había insistido en que se encontraran allí.

Nora dio un vistazo durante unos minutos. Tras pasar por el enésimo sofá a cuadros escoceses, alguien le dio un golpecito en el hombro.

—¡Olivia, es usted!

Frente a ella tenía a Steven Keppler (el abogado de mediana edad, tarifas modestas y calva mal disimulada), visiblemente entusiasmado.

—Eh... hola —dijo Nora. Rápidamente rastreó su fichero mental y dio con el nombre—. ¿Cómo está, Steven?

—Estupendamente, Olivia. La estaba llamando, ¿no me ha oído?

Ella le quitó importancia.

—Eso es muy típico de mí. Cuanto más compro, menos me entero de lo que ocurre a mi alrededor.

Steven se rió y cambió de tema. Mientras daba inicio a una charla insustancial: «Qué casualidad que nos encontremos aquí», Nora recordó su tendencia a comérsela con la mirada. ¿Cómo lo había olvidado? Sus ojos empezaban a babear. «¿Acaso babean los ojos? Los de Keppler sí.» Mientras tanto, controlaba la puerta de entrada por si llegaba Dale. Cabía la posibilidad de que estuviera a punto de avecinarse un auténtico desastre.

—Dígame, Olivia: ¿está comprando para usted o para un cliente? —preguntó Steven.

—Para un cliente —dijo mirando el reloj.

Entonces le vio. Dale Minton franqueaba la puerta de entrada en aquel instante, con tal desenfado que parecía el dueño de la tienda. Y lo cierto era que, de haberlo querido, podría haberlo sido.

—Vaya, ahí está —dijo.

Intentó que el pánico no se apoderase de ella, pero la idea de que Dale pudiera llamarla Nora delante de Steven y viceversa le crispaba los nervios.

—La dejo trabajar —dijo—. Pero prométame que me dejará invitarla a cenar un día de éstos.

Realmente, el tipo era un oportunista. Sabía, al igual que ella, que «Sí» era una respuesta muy rápida, pero «No» hubiera exigido inventarse una excusa.

—Sí —dijo Nora—. De acuerdo. Llámeme.

—Lo haré. Empiezo las vacaciones la semana que viene, pero cuando vuelva le recordaré su promesa.

Cuando Steven Keppler se dio la vuelta para marcharse, Dale todavía estaba a cierta distancia. Se había salvado por los pelos. Entonces...

—Ha sido un placer volver a verla, Olivia —gritó Steven en voz alta.

Nora le respondió con una débil sonrisa y se quedó mirando a Dale, completamente confuso.

—¿Ese hombre la acaba de llamar Olivia? —preguntó.

Nora le rezó a la diosa de las ideas rápidas y sus plegarias fueron escuchadas. Se acercó a Dale y le susurró:

—Le conocí en una fiesta hace unos meses. Le dije que me llamaba Olivia... por razones obvias.

Aclarada la cuestión, Dale asintió y Nora sonrió, con la tranquilidad de saber que su doble vida seguía a salvo.

Al menos, de momento.

47

Una mujer rubia revoloteaba entre los muebles antiguos con los ojos ocultos por unas gafas oscuras. Estaba jugando a los detectives y, a decir verdad, se sentía ridícula. Pero debía vigilar a Nora Sinclair.

De haber estado en cualquier otra parte que no fuese Nueva York, habría llamado la atención. Pero estaba en el Upper East Side de Manhattan. Aquí armonizaba con el entorno y sólo era una clienta más curioseando en Hargrove and Sons.

La rubia se detuvo frente a un perchero de roble con ganchos de latón reluciente y simuló mirar el precio. Pero tanto sus ojos como sus oídos estaban fijos en Nora. ¿O era Olivia Sinclair? No sabía qué conclusiones sacar de la conversación entre Nora y el tipo calvo. «Cualquiera que responda a dos nombres distintos, probablemente es culpable de algo.»

Siguió vigilando a Nora, que ahora estaba junto a otro hombre. Extremando las precauciones, se alejó de ellos un par de veces. Aun así, se las arregló para escuchar parte de la conversación.

El hombre mayor era un cliente. Así pues, Nora era decoradora de interiores. Sus comentarios, sus sugerencias y las palabras que utilizaba demostraban que sabía de lo que hablaba. Sin embargo, la profesión de Nora nunca había sido puesta en duda. Era el resto de su vida lo que se cuestionaba. Su doble vida, sus secretos. Pero aún no había ninguna prueba de ello. Por esa razón, la mujer rubia había decidido echar un vistazo por sí misma.

—Disculpe, ¿puedo ayudarla en algo? ¿Busca algo en concreto?

La rubia se volvió y vio a una vendedora entrada en años pegada a su espalda. Llevaba una corbata de lazo, una chaqueta de *tweed* y unas gafas con montura metálica que parecían tan viejas como ella.

—No, gracias —dijo casi en un susurro—. Sólo estoy mirando. Pero no veo nada que me guste.

48

Después de perder a Nora en Boston aquel sábado, el resto del fin de semana podía resumirse en una sola palabra: basura.

En la lista de estupideces espontáneas cometidas aquellos días, enfrentarme a la ventanilla de un coche alquilado ocupaba un lugar destacado. Afortunadamente no me había roto la mano, al menos según mi exhaustiva autoevaluación médica. Rigurosa como pocas, consistió en una sola pregunta: «¿Todavía puedes mover los dedos, pedazo de idiota?».

Cuando, al fin, llegó el lunes por la mañana, me pasé por la casa de Connor Brown para ver si Nora ya había vuelto. No lo había hecho. A última hora de la tarde hice el mismo trayecto y obtuve el mismo resultado; después de eso decidí que ya era hora de telefonearla al móvil.

Saqué la libretita donde tenía apuntado el número que me había dado Nora y lo marqué desde el coche. Contestó un hombre.

—Lo siento, creo que me he equivocado —dije—. Quería hablar con Nora Sinclair.

El hombre no conocía a nadie que se llamara así. Después de colgar, comparé mi libreta con las llamadas registradas en mi teléfono móvil. Sí, había marcado el número correcto. Pero no era el de Nora.

«Vaya.»

Me quedé mirando el volante unos segundos antes de volver a coger el teléfono y marcar de nuevo. Esta vez me respondió una agradable y juvenil voz femenina.

—Buenos días. Seguros de Vida Centennial One.

—Muy convincente, Molly —dije.

—¿De veras?

—De veras. Si no lo supiera, creería que te estás limando las uñas.

Molly era mi nueva recepcionista. Después de que Nora me siguiera hasta el trabajo, se decidió que en la «oficina» no podía haber sólo una persona.

—Hazme un favor, ¿quieres? —pregunté—. Averigua el número del móvil de Nora.

—¿Es que no está en su carpeta?

—Tal vez, pero quiero asegurarme de que no lo haya cambiado recientemente.

—Está bien, dame diez minutos.

—Te daré cinco.

—¿Crees que éstas son maneras de tratar a tu nueva recepcionista?

—Tienes razón —dije—. Lo dejaremos en cuatro.

—Es injusto.

—Tic, tic, tic...

Molly había finalizado sus estudios hacía dos años. Aunque todavía estaba muy verde, según decía Susan, y se equivocaba de vez en cuando, había demostrado que aprendía deprisa. Así que no me sorprendió que me llamara al cabo de tres minutos.

—Sigue siendo el mismo número que tenemos —dijo Molly.

Me lo leyó y lo comparé con el que me había dado Nora.

No pude evitar una sonrisa. Sólo variaban los dos últimos dígitos: estaban al revés. Interesante. Tal vez me hubiera confundido. O quizá fuera eso lo que Nora quería que pensara. O al menos, que lo considerase una posibilidad.

—¿Necesitas alguna otra cosa? —preguntó Molly.

—No, eso es todo. Gracias.

Me despedí y apunté el teléfono correcto en mi libreta. A propósito o no, Nora se las había arreglado para eludirme otra vez. Y ahora, ¿qué?

En los inicios de mi carrera aprendí que a veces hay que hacer una distinción entre la información que uno tiene y la información que puede usar. Ésta era una de esas veces. Yo tenía el número correcto de Nora, pero debía actuar como si no lo tuviera.

Con la mano magullada le escribí una nota que dejé en la puerta principal de la casa de Connor Brown. Estaba casi seguro de que la vería. La pregunta era cuándo.

49

Hacia finales de semana, Nora volvió a Briarcliff Manor porque tenía que acabar de cerrar la casa. A pesar de que la hermana de Connor le había pedido que se quedara todo el tiempo que ella quisiera, Nora prefería darse prisa. En realidad, esperaba no tener que volver a ver a esa bruja.

En cambio, le iba a tomar la palabra a Elizabeth Brown en cuanto a quedarse con los muebles. Los 3.500 metros cuadrados de muebles. Como decoradora de interiores, Nora sabía lo que valía el conjunto. Y el conjunto valía mucho dinero. Una pequeña fortuna, en realidad. Fortuna que ella estaría encantada de embolsarse en aras de aplacar la culpabilidad de Lizze, o lo que quiera que fuese. Todo lo que necesitaba era un poco de ayuda.

—Tesoros inmuebles. ¿En qué puedo ayudarle?

—Hola, soy Nora Sinclair. ¿Está Harriet?

—Claro, Nora, espere un segundo.

Nora se cambió el móvil de oreja. Estaba en el asiento trasero de un taxi, camino de la casa de Connor. Harriet se puso al aparato.

—Vaya, si es mi decoradora favorita.

—Apuesto a que eso se lo dices a todos los decoradores.

—La verdad es que sí. ¿Y sabes qué? Todos se lo creen. ¿Cómo te va el negocio, Nora?

—Bastante bien. Por eso te llamo.

—¿Vas a pasarte pronto por la tienda?

—De hecho, eso es lo que quiero pedirte. Necesito que hagas una visita a domicilio, Harriet.

—¡Caramba! ¿Adónde tengo que ir? Espero que esté en Nueva York. ¿Nora? Dime algo.

—Está en Briarcliff Manor. Un cliente ha fallecido hace poco.

—Siento oír eso.

—Yo también —dijo Nora con calma—. La cuestión es que me han pedido que me ocupe del mobiliario de toda la finca.

—¿Quieres consignarlo?

—Ésa era mi idea.

—Una visita a domicilio, ¿eh? ¿De cuántas habitaciones estamos hablando?

—De veintiséis.

—Caramba.

—Lo sé. Por eso te llamo. Nadie podría hacerlo mejor que tú.

—Apuesto a que eso se lo dices a todos tus proveedores.

—¿Y sabes qué? Todos me creen —dijo Nora.

Durante varios minutos, Nora y Harriet hablaron sobre los muebles y el día en que ésta podía pasar a verlos. Cuando se despidieron, el taxi giraba por el camino de entrada de Connor. Mientras el conductor sacaba su maleta, ella salió del vehículo y se dirigió a la puerta principal. Fue allí donde vio la nota de Craig Reynolds: «Por favor, llámeme en cuanto pueda».

50

Al zumbido del teléfono de mi oficina le siguió la voz de Molly:

—Es ella —anunció.

Sonreí. Sólo había un «ella» al que podía referirse. Nora estaba de vuelta en la ciudad. Ya era hora.

—Esto es lo que quiero que hagas, Molly —dije—. Di a la señorita Sinclair que enseguida estoy con ella. Luego déjala a la espera y calcula con tu reloj cuarenta y cinco segundos. Luego me la pasas.

—Como tú digas.

Me recosté en mi silla y me quedé mirando el techo. Estaba formado por esas baldosas blancas antiacústicas que le piden a uno a gritos que lance lápices afilados contra ellas. Podría haber aprovechado ese tiempo para ordenar mis ideas, pero eso era precisamente lo que había estado haciendo durante la última semana, hasta el punto de que ya no quedaba ni una sola fuera de su sitio.

¡Riiing!

«Gracias, Molly.»

Descolgué el teléfono y respondí con el tono más agitado que pude.

—Nora, ¿sigues ahí?

—Sigo aquí —dijo.

Adiviné de inmediato que no estaba muy contenta por haber tenido que esperar.

—Discúlpame un segundo más, ¿quieres?

Volví a ponerla a la espera antes de que tuviera tiempo de responder. Luego miré de nuevo hacia el techo. «Ciento cincuenta y uno, ciento cincuenta y dos...» A la de ciento sesenta y cinco, conecté otra vez la línea y solté un profundo suspiro.

—Caray, siento haberte hecho esperar, Nora —dije, utilizando ahora mi mejor tono de arrepentimiento—. Estaba ultimando detalles con un cliente por la otra línea. ¿Has visto mi nota?

—Hace unos minutos, sí. Ya estoy en casa.

Era el momento de poner a prueba sus habilidades como mentirosa.

—¿Qué tal el viaje? A Maryland, ¿verdad?

—No, en realidad he estado en Florida —dijo.

No. En realidad había estado en Boston. Eso es lo que quise responder, pero no podía. En lugar de eso, dije:

—Ah, sí, tienes razón. «No me gustaría tener que votar allí.» ¿Has tenido un buen viaje?

—Sí, muy bueno.

—¿Sabes? Intenté localizarte en el número de teléfono que me habías dado, pero resulta que me respondió otra persona.

—Qué raro. ¿Qué número marcaste?

—Déjame mirar, lo tengo aquí mismo.

Se lo leí a Nora.

—Ya entiendo lo que ha pasado —dijo—. Las dos últimas cifras son ocho cuatro, no cuatro ocho. Cielos, espero no haber sido yo quien se haya confundido. Si es así, lo siento.

Vaya, qué amabilidad la suya.

—No pasa nada. Seguramente fue culpa mía —dije—. No sería la primera vez que sufro de dislexia numérica.

—Bueno, lo importante es que hayamos podido ponernos en contacto.

—Sí, así es. Verás, quería hablar contigo a causa de la investigación de la aseguradora.

—¿Hay novedades?

—Podríamos llamarlo así. —Dudé antes de seguir adelante—. Por favor, no te alarmes por lo que voy a decir, pero creo que deberíamos hablar de ello en persona.

—Es algo malo, ¿no?

—No he dicho eso.

—Ya, pero si se tratara de buenas noticias me las habrías dado por teléfono. Al menos, admítelo.

—Vale, está bien, tal vez no sean las mejores noticias —le dije—. Aun así, de verdad: no leas demasiado entre líneas. ¿Podríamos vernos hoy, un poco más tarde?

—Supongo que podría pasarme por tu oficina hacia las cuatro.

«Y yo supongo que no necesitarás la dirección, Nora, puesto que ya has estado allí, vigilando.»

—A las cuatro está bien; la verdad es que me va de perlas. Quizá deberíamos reunirnos en otro lugar. Esto está lleno de pintores y el olor es bastante desagradable —mentí—. Te diré lo que haremos. ¿Sabes dónde está la cafetería Blue Ribbon?

—Claro, a las afueras de la ciudad. He estado allí antes.

«Lo sé.»

—Bien —dije—. Quedamos dentro a las cuatro, nos tomaremos un café. O dada la hora, ¿tal vez debería decir la merienda?

—No si hablamos de la misma cafetería.

Me reí y dije que estaba de acuerdo en que era mejor ceñirnos al café.

—Nos vemos a las cuatro, entonces —dijo.

«Puedes contar con ello, Nora.»

51

El Blue Ribbon no ganaría nunca ningún premio ni en calidad, ni en decoración o servicio, pero para ser una cafetería del extrarradio era bastante decente. Los huevos nunca estaban aceitosos, los botes de ketchup casi siempre estaban llenos y las camareras, aunque difícilmente habrían ganado un concurso de simpatía, al menos eran competentes. Casi siempre te traían lo que les habías pedido y te llenaban la taza de café con diligencia.

Cuando entré, faltaban unos minutos para las cuatro. El dueño me reconoció y me saludó con la cabeza, pues en el poco tiempo que llevaba en la zona el Blue Ribbon se había convertido en mi restaurante habitual. Y aunque sabía que debía de haber mejores sitios por los alrededores, no tenía interés en buscarlos.

—Hoy seremos dos —dije al dueño.

Al verme, me había llevado automáticamente a una mesa para una persona. Era griego y llevaba un chaleco negro manchado sobre una camisa blanca arrugada. Un tópico andante, sí, pero a mí me parecía auténtico.

Nora llegó un par de minutos después. La saludé desde mi asiento, tapizado de rojo, emplazado en un reservado del fondo. Vestía una falda oscura, una blusa de color crema que parecía de seda y tacones. ¿En mi honor, Nora? Oh, no era necesario. Puesto que la hora de comer ya había pasado y la de cenar aún no había llegado, la cafetería no estaba llena. Me vio enseguida.

Nora se dirigió hacia mí, nos dimos la mano y nos dijimos «Hola». Le agradecí que hubiera venido. También me di cuenta de lo bien que olía. «¡Cuidado, Craig!»

Mientras ella se sentaba, una camarera se presentó en la mesa de inmediato. Como pequeña muestra de jovialidad, en contraste con su comportamiento por lo demás extremadamente profesional, la etiqueta con su nombre rezaba: «Hey, señorita».

Ambos pedimos café, y yo añadí al pedido una porción de pastel de manzana. No era bueno para mi línea, pero imaginé que como estrategia serviría. Es decir, ¿quién podría desconfiar de un tipo que pide pastel de manzana?

Al mirar a Nora mientras la camarera se alejaba, supe que debía reducir al mínimo la cháchara insustancial. Su lenguaje corporal hablaba alto y claro: estaba tensa, contenida y con los nervios a flor de piel. Había venido a escuchar malas noticias y no tenía interés en prolongar el suspense.

Así que fui al grano.

—Me siento fatal —dije—. Todo el tiempo diciéndote que esta investigación sería rutinaria y que no había de qué preocuparse, y resulta que el otro día... —Mi voz se fue apagando al tiempo que sacudía la cabeza, exasperado.

—¿Qué? ¿El otro día qué...?

—¡Es ese maldito O'Hara! —exclamé. No grité, pero sí lo dije lo bastante fuerte para que un par de cabezas se volvieran hacia nosotros. Bajé la voz un tono—. No entiendo cómo permiten que un tío como ése se haga cargo de la investigación. Simplemente, no hay ninguna necesidad. —Nora me miraba y esperaba, cosa que habría jurado que no estaba acostumbrada a hacer—. Al parecer, se ha puesto en contacto con el FBI —dije.

Ella entornó los ojos.

—No lo comprendo.

—Yo tampoco, Nora. O'Hara debe de ser el tipo más receloso que he conocido nunca. Para él, todo el mundo forma parte de una conspiración. Ese hombre está chiflado.

—Fantástico. —Nora se reclinó en su asiento y enderezó los hombros. Sus ojos verdes parpadearon confundidos. Casi sentí lástima por ella—. ¿El FBI? ¿Qué significa eso?

—Algo que no tendría que soportar ninguna persona que pase por lo que tú estás pasando —dije. Entonces hice una pausa corta, elocuente y acaramelada—. Me temo que van a exhumar el cuerpo de tu prometido.

—¿Qué?

—Sé que es terrible, y te aseguro que si pudiera hacer algo al respecto, lo haría. Sin embargo, no puedo. Por alguna razón, ese idiota de O'Hara se niega a aceptar que un hombre de cuarenta años pueda morir de un ataque al corazón de forma natural. Quiere realizar más pruebas.

—Pero ya realizaron una autopsia.

—Lo sé, lo sé...

—¿Es que ese O'Hara duda de los resultados?

—No se trata de eso, Nora. Lo que él quiere son pruebas más exhaustivas. Las autopsias genéricas son... pues eso: genéricas; hay algunas cosas que no siempre ven la luz.

—¿A qué te refieres? ¿Qué cosas?

La pregunta se quedó flotando en el aire, pues la camarera estaba de regreso. Mientras dejaba en la mesa los cafés y mi pastel de manzana, vi cómo el nerviosismo de Nora iba en aumento. Sus emociones parecían ser auténticas. Lo que no quedaba tan claro era qué las motivaba. ¿Las de una novia apenada... o las de una asesina que se enfrentaba al repentino riesgo de ser descubierta?

La camarera se marchó.

—¿Qué cosas? —dije, repitiendo su propia pregunta—. Un montón de ellas, supongo. Por ejemplo, y hablo sólo hipotéticamente, si Connor abusaba de las drogas, o si tal vez había algunos condicionantes médicos preexistentes que no se hicieron constar en la solicitud del seguro. Tanto una cosa como la otra podrían llegar a invalidar la póliza.

—Ninguno de los dos era el caso.

—Tú lo sabes, y, hablando franca y extraoficialmente, yo también lo sé. Pero, por desgracia, John O'Hara no lo sabe.

Nora arrancó la tapa de papel de la tarrina de crema de leche. Vació el contenido en su café y añadió dos terrones de azúcar.

—¿Sabes qué? Puedes decirle a O'Hara que se quede con el dinero. No lo quiero.

—Ojalá fuese tan simple, Nora. Centennial One está obligada por ley a entregar el importe de la póliza, haya o no discrepancias al respecto. Por extraño que suene, no tienes elección en este sentido.

Apoyó los codos en la mesa. Entonces, la cabeza le cayó entre las manos. Cuando la volvió a levantar, pude ver una lágrima surcando su mejilla. Susurró:

—¿Van a desenterrar el ataúd de Connor? ¿Es eso lo que van a hacer?

—Lo siento mucho —dije, y lo cierto era que me sentía fatal. ¿Y si era inocente?—. Ahora comprenderás por qué no quería hablar de esto por teléfono. Lo único que puedo decirte es que, si yo fuese O'Hara, jamás haría algo así.

Al pronunciar estas palabras, mientras ella se secaba las lágrimas con su servilleta, no pude evitar pensar en lo que me decía mi padre: «Las cosas no siempre son lo que parecen».

Seguía sin saber si las lágrimas de Nora eran reales o no, pero había algo de lo que estaba seguro: aquella mujer había acabado por despreciar a John O'Hara. Y cuanto más le odiara, más fácil me resultaría ganarme su confianza. Tuve que admitir que era bastante irónico.

Y es que John O'Hara no estaba en Chicago, en la oficina central de Seguros de Vida Centennial One. Nada de eso; John O'Hara estaba sentado en un reservado de la cafetería Blue Ribbon, comiéndose un trozo de pastel de manzana y respondiendo al nombre de Craig Reynolds.

Y los seguros no eran precisamente mi campo.

TERCERA PARTE

Juegos más que peligrosos

52

Susan aullaba en mi oído. Estaba cabreada.

—¿Qué significa eso de que le has dicho que íbamos a exhumar el cadáver de Connor?

—Créeme, eso nos favorece —dije—. Ahora más que nunca, Nora piensa que estoy de su parte. Además, tú misma me dijiste que desenterrar el cuerpo representaba un riesgo porque ella podía descubrir todo el engaño.

—Lo que dije es que representaba un pequeño riesgo.

—Y lo que yo digo es que nosotros le hemos dado la vuelta al asunto para que juegue a nuestro favor.

—«Nosotros» no hemos hecho nada, O'Hara. Tú lo has hecho por tu cuenta sin consultar antes conmigo.

—Está bien, me he precipitado un poco.

—No, te has precipitado mucho. Pero ése es tu estilo, ¿verdad? Por eso siempre te metes en líos —gruñó—. Existe una razón para que tengamos un plan de ataque, y es que ambos sepamos lo que el otro está haciendo.

—Vamos, Susan, admite al menos que es una baza a nuestro favor.

—No se trata de eso. Necesito que actúes como parte del equipo, ¿comprendes? Ya no eres un policía secreto.

Dudé un poco, pero entonces dije:

—Tienes razón. Soy un agente federal secreto.

—No por mucho tiempo si lo proclamas a los cuatro vientos. No me gustan los *cowboys*.

Durante varios segundos, ninguno de los dos dijo una palabra. Rompí el silencio.

—¿Sabes? Me gustaba más cuando me ponías por las nubes.

Susan me dedicó una risita frustrada.

—Dime, genio: ahora que Nora sabe que estamos a punto de desenterrar a su prometido, ¿cuál será tu próximo paso? —me preguntó.

—Muy fácil —respondí—. Esperaremos los resultados. Si el laboratorio concluye que se cometió un asesinato, ya sabremos quién lo hizo.

—Necesitarás probar que fue ella.

—Pero resulta que es mucho más fácil encontrar algo cuando sabes lo que estás buscando.

—¿Y si el laboratorio no descubre nada?

—Entonces le daré a Nora las buenas noticias y trabajaré aún más duro para conseguir que se delate.

—Olvidas una cosa.

—¿De qué se trata?

—Tal vez sea inocente.

—¡Y lo dice alguien que piensa que todo el mundo es culpable!

—Sólo quiero decir que...

—No, te entiendo. Cualquier cosa es posible. Pero esa mujer ha mantenido relaciones con al menos dos tipos que han muerto en dos estados diferentes. Si es una coincidencia, entonces Nora Sinclair ha tenido muy mala suerte con los hombres.

—Estúpida de mí —dijo—. Atémosla bien a la silla eléctrica.

—Así me gusta, eso está mejor. Por un instante he creído que eras otra persona.

—Hablando de eso, ¿qué posibilidades hay de que Nora se interese por tu álter ego?

—Ninguna: Craig Reynolds no es su tipo —respondí—. No gana suficiente dinero.

—Nunca se sabe. Me has dicho que está convencida de que estás de su parte. Teniendo eso en cuenta, tal vez quiera darse un garbeo por los bajos fondos, para variar.

—En ese caso, tengo el apartamento adecuado. Perfecto para sumergirse en los bajos fondos.

—No irás a empezar otra vez con eso, ¿verdad?

—No, pero si tengo que pasar mucho más tiempo en aquel vertedero, tendré que solicitar un plus de peligrosidad.

—O'Hara, si ésa resultara ser la parte más dura de tu trabajo, serías un hombre afortunado.

53

Nora empujó suavemente la puerta de la habitación de su madre en el centro psiquiátrico Pine Woods e hizo cuanto pudo por sonreír. Estaba de un humor terrible y lo sabía. Al igual que cualquiera que hubiera estado en contacto con ella, como Emily Barrows y la nueva enfermera, Patsy, las últimas que la vieron al entrar en la sala.

Trataba de olvidar que había quedado con Craig Reynolds para tomar café el día antes y actuaba como si éste no le hubiera informado de que iban a exhumar el cadáver de Connor.

—Hola, mamá.

Olivia Sinclair estaba sentada en la colcha y llevaba puesto un camisón amarillo. Miró a Nora con una sonrisa inexpresiva.

—Ah, hola.

Las nubes que habían estado cubriendo el cielo durante la mayor parte del día empezaban a diluirse. Ahora, la luz del sol se abría camino en la habitación a través de las persianas. Nora cogió una silla de la esquina y la acercó a la cama.

—Tienes buen aspecto, mamá.

Cualquier hija habría dicho lo mismo. La diferencia con Nora era que ella así lo creía. Hacía mucho tiempo que no utilizaba los ojos para mirar a su madre. Sólo los recuerdos.

En cualquier caso, era una cuestión de hábito. Cuando encarcelaron a Olivia, a Nora le prohibieron visitarla. Conforme crecía, su madre quedó congelada en el tiempo. Nora pasó por varios hogares de acogida y la imagen que tenía de Olivia era una de las pocas constantes en su vida.

—Ya sabes que me gusta leer.

«Oh, mierda.»

—Lo sé, mamá. Me temo que esta vez me he olvidado de traerte un libro. Las cosas han... en fin, han...

Un cortacésped se puso en marcha en los jardines. La áspera vibración del motor hizo que Nora se sobresaltara. De repente, se sintió paralizada y le faltó el aliento. Lo único que parecía estar en funcionamiento eran sus lágrimas. Su fachada se derrumbó y el mundo exterior se abalanzó sobre ella. Se enjugó los ojos.

—Lo siento, mamá.

Por primera vez, Nora habló a su madre de un sueño recurrente, en el que veía a Olivia disparar a su padre. ¡Qué vívida permanecía aquella noche en su memoria! Lo que se dijo, lo que llevaba puesto cada uno, incluso el olor a azufre.

«¿Qué más da? Ni siquiera sabe quién soy.»

Nora cogió un pañuelo de papel de la mesilla de noche. Era como si un dique hubiera reventado. Sus lágrimas, sus emociones... todo se desbordaba. Estaba perdiendo el control y sentía un impulso irresistible de hablar con alguien.

Nora exhaló un profundo suspiro y dejó que sus pulmones se expandieran. Cuando acabó de soltar el aire, cerró los ojos y habló:

—He hecho cosas terribles, mamá. Necesito hablarte de ello.

Nora abrió los ojos; tenía la verdad en la punta de la lengua. Pero ahí se quedó: algo espantoso le estaba sucediendo a su madre. Saltó de la silla y corrió hacia la puerta. Salió precipitadamente al pasillo y gritó:

—¡Socorro! ¡Deprisa, que alguien me ayude! ¡Mi madre se está muriendo!

54

Los ojos de la enfermera Barrows saltaron de la hoja de registro de medicaciones, y su cabeza giró bruscamente en la dirección de la que procedía el grito. Reconoció la voz de Nora de inmediato.

Mientras sorteaba el mostrador del puesto de enfermeras, llamó a Patsy, que estaba en el almacén.

Al llegar al pasillo, Emily vio a Nora agitar los brazos con desesperación. Había unos veinticinco metros entre ella y la habitación de Olivia Sinclair, pero Emily empezó a recorrerlos más deprisa de lo que debería haberle permitido su fornida figura.

—¿Qué ocurre? —chilló Emily—. ¿Qué ha pasado?

—No lo sé —gritó Nora—. Está...

Emily la adelantó y entró corriendo en la habitación. Lo que vio parecía una escena sacada de *El exorcista:* Olivia Sinclair estaba tendida en la cama sufriendo convulsiones; el cuerpo extendido por completo, los brazos y las piernas temblaban y se retorcían espasmódicamente. El traqueteo de la cabecera metálica era casi ensordecedor.

Sobreponiéndose a cuanto ocurría en aquellos instantes, incluido el ataque de pánico de Nora, Emily Barrows recobró la calma al instante. Al ver a Patsy aparecer por la puerta, se dirigió a ella.

—Échame una mano —dijo a la joven enfermera. Patsy se acercó con pasos rápidos y nerviosos—. ¿Es tu primer ataque epiléptico? —preguntó Emily. Patsy asintió—. Está bien, te diré lo que has de hacer. Primero, la giras y la pones sobre un costado para que no se asfixie en caso de que vomite —dijo Emily. Luego se cruzó de brazos y asintió con la cabeza a Patsy, que, una vez más, estaba paralizada—. No te quedes ahí parada, querida.

Lanzándose a la acción, Patsy levantó a Olivia y la puso de lado.

—Bien, ¿y ahora qué?

—Ahora te esperas.

—¿A qué?

—A que termine.

—¿Quiere decir que esto es todo lo que tengo que hacer?

—Exacto. No intentes contenerla. Sólo controla el tiempo: nueve de cada diez veces durará sólo cinco minutos y, si dura más, llamamos al doctor.

Nora permanecía de pie, doblemente sorprendida por el hecho de que Emily hubiera convertido el ataque de su madre en una lección de enfermería.

—¡Tiene que haber algo más que pueda hacerse!

—No lo hay, Nora, de verdad. Créeme, parece mucho peor de lo que es.

—¿Qué me dice de la lengua? ¿No es posible que acabe tragándose la lengua?

Emily sacudió la cabeza, intentando ser paciente.

——Eso es un mito —dijo—. No existe ni siquiera una posibilidad remota de que ocurra.

Nora seguía sin darse por satisfecha. Estaba a punto de insistir en que trajeran a un médico cuando, de repente, todo cesó. La cama, el ruido y también las convulsiones de su madre...

La habitación quedó en silencio. Emily acomodó a Olivia. La tumbó de nuevo sobre la espalda y le recostó la cabeza sobre unas cuantas almohadas. Nora se acercó corriendo, agarró la mano de su madre y le dio un apretón. Y por primera vez, según podía recordar, sintió realmente que también ella le apretaba la mano.

—Ya ha pasado todo, mamá —dijo Nora con suavidad—. Ya ha pasado todo.

—Vamos, vamos... —susurró la enfermera Barrows con una mano tranquilizadora sobre el hombro de Nora—. Sé que has pensado que se iba a morir, pero, créeme, querida: cuando se esté muriendo, lo sabrás. Lo sabrás.

55

«¿Dos metros bajo tierra?»

La verdad es que no sé de dónde sacaron esa expresión. Desde luego, no del cementerio de Sleepy Hollow, donde se halla emplazada la vieja iglesia holandesa de Northern Westchester. A pesar de los dos metros de tierra excavados junto a la lápida de Connor Brown, seguía sin haber rastro del ataúd. Sólo cuando la pila de tierra fue el doble de alta oí por fin el ruido sordo de la pala golpeando la madera.

Al menos no era yo quien cavaba en aquel viejo y célebre cementerio, donde se supone que están enterrados Washington Irving y varios Rockefeller.

—Esa serie de televisión debería haberse llamado «Cuatro metros bajo tierra» —dije al policía que se encontraba de pie junto a mí.

Supongo que no debía de ver ese canal, porque no entendió el chiste. Aunque también es posible que la mirada inexpresiva del agente respondiera a una combinación de cansancio, resentimiento y falta de sentido del humor.

Mi objetivo era entrar y volver a salir de la forma más rápida y discreta posible, y eso implicaba un equipo reducido, nada de maquinaria ruidosa y empezar a las dos de la madrugada. Hacerlo a plena luz del día y al estilo de una superproducción era lo último que deseaba.

Además del policía impertérrito, contaba también con tres empleados del cementerio que, después de colocar un par de luces, cavaron durante una hora. Con nosotros había una persona más: un conductor del laboratorio de patología del FBI. Apenas parecía lo bastante mayor para tener credenciales.

Volví a mirar al policía que estaba conmigo.

—Parece que esta noche está todo muy muerto, ¿eh?

Ni una sonrisa, ni siquiera una risita entre dientes como respuesta. «Tú mismo», pensé.

Así pues, volví mi atención al agujero abierto del suelo. Los tres tipos del cementerio estaban de pie encima del féretro medio desenterrado de Connor Brown y se disponían a fijar unas correas en las asas que a mí no me parecían lo bastante sólidas.

—¿Están seguros de que esas cosas van a aguantar tanto peso? —pregunté.

Los tres miraron hacia arriba.

—Eso espero —dijo el más alto, que medía menos de metro setenta.

Su inglés apenas era aceptable, pero los otros dos sólo mostraban fluidez cuando asentían con la cabeza.

Después de atar las correas, los tres hombres escalaron el agujero hasta alcanzar el suelo. Levantaron un armazón de aluminio con una manivela incorporada y lo colocaron a horcajadas sobre la fosa antes de atar el otro extremo de las correas.

Y de repente, se oyó un ruido.

«¿Qué diablos ha sido eso?»

Aunque ninguno de nosotros pronunció palabra alguna, nuestras miradas dejaban muy claro que habíamos pensado lo mismo. Parecían ramitas al romperse, tal vez pisadas. ¿Acaso el Caballero Sin Cabeza había salido para una cabalgada nocturna?

Nos quedamos inmóviles y escuchando. Por encima de nosotros, las gruesas ramas de los robles se balanceaban, crujiendo y lamentándose. A nuestros pies, unas cuantas hojas revoloteaban impulsadas por el viento. Pero el ruido no se repitió.

Los tres empleados del cementerio, bastante menos asustados que el resto de los presentes, volvieron al trabajo y comenzaron a hacer girar la manivela. Poco a poco, el ataúd de Connor Brown empezó a elevarse.

Casi al instante, el viento arreció con más fuerza. Un frío repentino recorrió mi espina dorsal. Aunque no era excesivamente religioso, no pude evitar plantearme lo que estábamos haciendo. Importunar a los muertos. Alterar el orden de las cosas. Empezaba a tener un mal presentimiento respecto a todo aquello.

¡Crac!

El ruido desgarró el silencio de la noche y el viento transportó su eco. No se trataba de una ramita. Era un sonido diez veces más fuerte. Las asas de uno de los lados del féretro se habían desatado; a continuación, las bisagras chirriaron como si alguien hubiera rascado una pizarra con las uñas afiladas. El contenido se vació con un lento bamboleo: era el cadáver de Connor Brown.

—¡Por todos los jodidos santos! —gritó a mi lado el policía.

Corrimos hacia el borde de la fosa, donde nos recibió un olor putrefacto. Automáticamente sentí que las náuseas se apoderaban de mi garganta y me obligaban a retroceder, no sin antes echar un vistazo. Y lo que vi fue un rostro descompuesto, de carne blanca y nervuda; los globos oculares sobresalían, vidriosos, de las cuencas vacías, pero miraban directamente hacia mí.

Los tipos del cementerio maldecían en una mezcla de inglés y español, mientras que el chico del laboratorio de patología se limitaba a sacudir la cabeza. Muy cerca de mí se encontraba el policía. Vomitando.

—¿Qué diablos hacemos ahora? —pregunté.

La respuesta llegó en forma de escalera: el excavador tenía que bajar al fondo del agujero. La única forma de recuperar el cuerpo era cargar con él.

—Por favor, necesitamos ayuda —dijo el portavoz de los muchachos del cementerio.

Fue la decisión más fácil que había tomado nunca. Me volví hacia el policía, que aún estaba doblado hacia delante escupiendo los últimos restos de su cena, y él me miró con el rostro más pálido e incrédulo posible.

—¿Yo? —jadeó—. ¿Ahí abajo?

Mi sonrisa lo decía todo.

«Lo siento, amigo; deberías haberte reído de los chistes del FBI.»

56

Nora no estaba segura de haber sido descubierta, pero no cabía duda de que habían oído algo. La ramita que se había partido bajo su pie al intentar acercarse había sonado como un petardo.

Cuando se volvieron para mirar, se tiró al suelo, detrás de la lápida más cercana. Apretó las rodillas contra el pecho y contuvo la respiración. ¿Tal vez era un buen momento para preguntarse si se había arriesgado demasiado presentándose allí?

Pero Nora sabía que no podía mantenerse al margen. Tenía que estar presente, por molesto y macabro que fuese. Extraer el cuerpo de Connor de las entrañas de la tierra... ¿realmente iban a seguir con ello?

Sí, así era.

Nora se estremeció. Según una leyenda, había una bruja enterrada por ahí, en algún lugar sin señalizar. Incluso con un jersey encima podía sentir el frío bloque de granito contra su espalda. Con cuidado, echó un vistazo desde detrás de la lápida. «¡Uf!» Habían vuelto al trabajo. Habían atado las correas a una especie de artilugio situado sobre la tumba de Connor y estaban empezando a levantar su féretro.

Siguió mirando con incredulidad. A cada vuelta de la manivela se sentía más contrariada. Hasta entonces, todo había ido como la seda. No tenía por qué preocuparse. Estaba libre y sin cargos. Y ahora, esto.

«¿Quién diablos se cree que es ese O'Hara? ¡Imbécil! ¡Cabrón!»

Lo que le llevaba a plantearse otra pregunta: «¿Dónde diablos está?».

Nora daba por supuesto que si seguía a Craig Reynolds aquella noche vería a O'Hara por primera vez. Era el principal motivo de que estuviera allí.

Pero no era ninguno de los tres hombres con palas. Seguramente, tampoco era el policía. Aparte de Craig, sólo quedaba otro hombre, y a duras penas se le podía llamar así. Era imposible que ese chico que no paraba de fumar fuese John O'Hara, pensó Nora.

En ese instante, la parte superior del féretro asomó por encima de la fosa. Al verlo, se giró, incapaz de mirar. Volvió a presionar con fuerza la espalda contra la lápida y oyó el latido de su corazón.

Pero eso no era nada comparado con lo que oyó después, un terrible chasquido que procedía de la tumba de Connor. Cada músculo del cuerpo de Nora se tensó. No sabía lo que había ocurrido, y una parte de ella prefería no saberlo.

Pero tenía que mirar, así que echó un vistazo desde detrás de la lápida.

Sus ojos se abrieron como platos, al igual que su boca. Estuvo a punto de gritar. El féretro de Connor colgaba de un extremo y la tapa estaba abierta. Su mente imaginó el resto y, al ver al policía vomitando, sintió deseos de hacerlo ella también. De hecho, estaba segura de que lo habría hecho de no ser porque la venció otro impulso.

«¡Corre!»

57

Al día siguiente, Nora regresó a Manhattan y fue directamente al centro de belleza Bliss, en el SoHo. Eligió un tratamiento corporal de zanahoria con sésamo y un masaje con aceite tibio. Luego se hizo la manicura y la pedicura. En general, nada relajaba más a Nora que unos cuantos mimos en el Bliss.

Pero tres horas y cuatrocientos dólares más tarde, no se sentía mejor. La noche anterior todavía planeaba sobre ella. Ya era última hora de la tarde y la idea de pasar la noche sola le daba escalofríos.

Pensó en llamar a Elaine y Alison. Tal vez estuvieran dispuestas a quedar sin previo aviso. Sin embargo, al coger el teléfono, Nora cambió de parecer. Tenía otra idea, quizás una forma mejor de distraerse. En lugar de centrarse en lo que ya tenía, se centraría en lo que podía tener. Probaría a su jugador de reserva. «Prepárate, Brian Stewart.»

Nora llamó al acaudalado magnate del software que había conocido en el avión y le preguntó si tenía planes para aquella misma noche.

—Nada que no pueda cancelar —respondió rápidamente—. Te vuelvo a llamar en menos que canta un gallo.
—Cuando la telefoneó, después de despejar su agenda, estaba listo para volverla a llenar. Pero sólo con Nora—. Espero

que no tengas que levantarte temprano mañana por la mañana —le advirtió entre risas.

Muy entusiasmado, le recitó el programa: primero, unos cócteles en el King Cole Bar; luego, cena en el Vong y, para terminar, unos bailes en el Lotus, del West Village.

Nora no podría haberse sentido más complacida. Después de estar acurrucada junto a una lápida, la perspectiva de una noche en la ciudad se le antojaba sencillamente perfecta.

58

Junto a una botella de Perrier Jouet en el King Cole Bar, Brian Stewart la obsequió con divertidas historias de su infancia. Nora las escuchaba y se reía. Pero al mismo tiempo no pudo evitar darse cuenta de que la mayoría de ellas estaban relacionadas con la familia. Por cómo hablaba Brian, comprendía lo unido que estaba a los suyos y sintió celos. A lo largo de los años en que fue de un hogar de acogida a otro, tenía suerte si alguien se acordaba de su cumpleaños.

Aunque tampoco pensaba contarle nada de eso a Brian. A esas alturas de su vida, Nora había perfeccionado una historia inventada sobre su infancia. El padre era arquitecto; la madre, maestra. Los tres vivían felices en las ondulantes colinas de Litchfield, Connecticut. Cuanto más se lo contaba a la gente, más fácil le resultaba olvidar la verdad. Esperaba que llegara un día en que sería como si la madre de Nora nunca hubiera matado a su padre delante de ella.

Durante la cena en el Vong, Brian se pasó al vino y Nora al agua mineral Pellegrino. A medida que comían y bebían, los dos se fueron sintiendo cada vez más relajados el uno con el otro. Ahora, ella ya podía mirarle sin pensar en Brad Pitt: Brian era lo bastante guapo por derecho propio. Por no mencionar su sentido del humor, cosa que no siempre tenían los hombres con dinero. La mayoría de las veces, los ricos a los que ella conocía resultaban ser excesivamente aburridos e increíblemente pagados de sí mismos. Los ricos e interesantes eran difíciles de encontrar. Por todo eso, Nora estaba encantada de haber conocido a Brian. Y el sentimiento parecía ser mutuo.

Tal como iban las cosas, nada indicaba que acabaran bailando en el Lotus. Intentó imaginarse el apartamento de Brian. Seguramente sería enorme, tal vez un ático. O quizás un interesante espacio tipo loft. Pronto lo descubriría.

—¿Lo estás pasando bien?

—De maravilla.

Él sonrió. Pero no era una sonrisa feliz. Algo le preocupaba y parecía nervioso. Nora se inclinó lentamente hacia delante.

—¿Ocurre algo malo?

Él jugueteó con la cucharilla de postre, como si quisiera ponerla nerviosa. Y, por lo visto, lo estaba consiguiendo.

—Hay algo que debo decirte —dijo—. Tengo que confesarte una cosa.

—¡Maldita sea! Estás casado.

—No, no estoy casado, Nora.

—Entonces, ¿de qué se trata?

Ahora estaba realizando auténticos ejercicios malabares con la cucharilla de postre.

—No sólo no estoy casado —dijo. Por fin soltó la cucharilla y tomó aire—. Lo que intento decirte es que en realidad no soy un rico promotor de software.

Aquellas palabras flotaron en el aire junto con el silencio que las siguió. Nora se había quedado sin palabras. Brian tenía la cara roja, y no a causa del alcohol. Su confidencia les había vuelto sobrios de golpe a los dos.

—Te lo digo porque no soy capaz de seguir mintiéndote —dijo.

—En primer lugar, ¿por qué mentiste?

—Temía que no te interesaras por mí.

Nora pestañeó.

—¿A qué te dedicas en realidad?

—Soy redactor publicitario.

—Vaya, mientes para vivir. Así pues, ¿no había ningún capitalista emprendedor esperándote en Boston?

—No. Sólo un cliente. Gillette.

Ella sacudió la cabeza.

—A ver si lo he entendido: ¿pensaste que sólo me gustarías si eras rico?

—Eso creí.

—¿O es que lo hiciste porque pensaste que sólo así me acostaría contigo una noche... como, por ejemplo, hoy?

—Eso no es cierto.

Ella le fulminó con una mirada de desconfianza.

—¿De veras?

—De acuerdo, hay algo de verdad en eso —admitió—. Al menos, al principio. Pero, como ya he dicho, no podía continuar mintiéndote.

—¿Hay algo de lo que me has contado que sea verdad?

—Sí. Todo, en realidad. Todo, excepto la parte sobre mi fabulosa fortuna. Siento haber mentido —dijo—. ¿Puedes perdonarme?

Nora hizo una pausa, aunque fuese sólo para causar efecto, antes de acercarse a él y cogerle la mano.

—Sí —dijo—. Puedo hacerlo. Te perdono, Brian.

Unos minutos más tarde, cuando todo parecía ir bien de nuevo, ella se disculpó para ir al cuarto de baño, situado a la entrada del restaurante. Mientras pasaba de largo y salía al exterior para llamar a un taxi que la llevara a casa, Nora se preguntó por un instante cuánto tiempo le llevaría a Brian darse cuenta de que no iba a volver.

59

La mujer alta y rubia giró rápidamente la cabeza cuando Nora pasó por delante. Estaban tan cerca que hasta podía notar el calor de su cuerpo. Fue un instante de peligro. No, más bien fue un error por su parte.

La rubia había estado en el bar del Vong, bebiendo Martini y vigilando a Nora todo el tiempo. Estaba segura de haber sido testigo de una cita, y seguramente la primera, por lo que le sugería el lenguaje corporal de la pareja. Aunque no podía oír la conversación, era evidente que la cosa marchaba. Motivo por el cual, la repentina partida de Nora resultaba desconcertante.

Pasaban los minutos. La rubia pinchó la aceituna de su Martini con un palillo, mientras barajaba las distintas posibilidades. Nora se había ido un momento para hacer una llamada, por ejemplo, aunque era más probable que hubiera salido a fumar un cigarrillo rápido. Pero aún estaba por llegar el momento en que viera a Nora con tabaco en la mano.

La mujer miró hacia atrás, a la mesa donde el acompañante de Nora continuaba sentado. Ciertamente era un hombre atractivo, pensó. «Se parece un poco a...»

—Disculpe —dijo una voz a su espalda.

Se volvió y vio a un hombre de mediana edad con el pelo entrecano. Llevaba un jersey de cuello de cisne, una chaqueta deportiva y demasiado *aftershave*. Levantó la mirada hacia él y esperó sin decir nada. Él puso la mano en el taburete vacío que había junto a ella.

—¿Está ocupado este asiento?

—No lo creo.

Al instante, el hombre le dedicó una sonrisa de oreja a oreja y se sentó.

—¿Quién iba a decir que habría un sitio libre junto a una mujer tan hermosa? —dijo mientras apoyaba el antebrazo en la barra. Se inclinó hacia ella—. ¿Puedo invitarla a otra copa?

—Todavía no he terminado ésta.

—Está bien, esperaré —dijo, asintiendo con seguridad—. Toda la noche, si es necesario.

La rubia le lanzó una sonrisa insinuante y luego levantó su Martini. A continuación, se lo echó por la cabeza.

—Ya está, listos —dijo.

Se levantó y echó a andar, pero no hacia la puerta. Convencida de que Nora no iba a volver, se dirigió a la mesa donde su acompañante seguía sentado, solo.

—Disculpe, ¿está esperando a Nora Sinclair?

Él la miró desconcertado.

—Eh... sí, la verdad es que sí.

—Me temo que no regresará.

—¿Qué quiere decir?

—Acabo de verla salir del restaurante.

Más desconcertado todavía, se volvió hacia la salida con mirada escrutadora. Hizo ademán de levantarse.

—No se moleste —dijo ella—. Hace cinco minutos que se ha ido.

El hombre volvió a sentarse.

—No lo entiendo. ¿Es usted amiga suya o algo por el estilo?

—No, yo no diría tanto. —Se deslizó en la silla en la que había estado sentada Nora—. Aun así, ¿le importa si le hago un par de preguntas?

60

Nora necesitaba salir de Nueva York al menos durante unos días. Afortunadamente, tenía un lugar al que ir.

El tráfico era fluido en la I-95, que iba directa hacia el norte, y aún lo era más después de que se desviara hacia la 395. Sin embargo, una hora y media al sur de Boston, más o menos, la cosa cambió. Un camión con remolque había volcado y se había formado una cola kilométrica. Nora recordó por qué prefería volar.

Aun así, no le importaba. Después de lo del cementerio y la cena con Brian Stewart, el don Juan con más pretensiones que dinero, lo que Nora quería era un poco de estabilidad en su vida. Mantener las ruedas en la carretera. Invertir el día en conducir hacia Boston no le parecía una mala idea. Ni tampoco pasar la noche con su maridito.

—¡Caray, cuánto te he echado de menos! —dijo Jeffrey, saludándola en la entrada de su casa de Back Bay.

La estrechó entre sus brazos, la besó en los labios, en las mejillas, en el cuello y vuelta a empezar.

—Casi estoy tentada de creerte —bromeó Nora—. Pensé que te habrías olvidado de mí después de tu feria del libro y todas aquellas admiradoras de Virginia.

—¿Cómo podría olvidarme de esto, y de esto, y de esto...? —preguntó Jeffrey.

—No podría estar más de acuerdo —dijo Nora.

Siguieron besándose y bromeando el uno con el otro a medida que avanzaban escaleras arriba hasta llegar al dormitorio principal. Con la ropa esparcida por el suelo y los cuerpos sudorosos, aquella tarde hicieron el amor y volvieron a hacerlo después, a la noche. Lo máximo que alguno de los dos se alejó de la cama fue cuando Jeffrey corrió a abrir la puerta al repartidor que traía cena vietnamita.

Comieron ensalada de algas, pollo *cuu long* y ternera al limón a la par que miraban abrazados *Con la muerte en los talones*. Nora adoraba a Hitchcock, a quien consideraba uno de los más perversos cabrones de todos los tiempos. Sin embargo, Jeffrey se había dormido mientras Cary Grant se quedaba colgado en el monte Rushmore.

Nora esperó pacientemente. Cuando por fin oyó su característico y delicado silbido nasal, se deslizó fuera de la cama y se dirigió al vestíbulo. Entró en la biblioteca y se sentó ante el ordenador.

Todo marchaba sobre ruedas. Nora entró con facilidad en su cuenta bancaria, se paseó por ella y vio lo que Jeffrey había ahorrado por si llegaban las vacas flacas: casi seis millones.

La hora de la verdad se aproximaba muy deprisa, sin duda mucho más que la llegada de ese fotógrafo del *New York Magazine*.

Pero cada cosa a su tiempo. Quedaban algunos cabos por atar en Briarcliff Manor, y todos ellos guardaban relación con cierto agente de seguros y los resultados de unas pruebas. ¿Qué habría hecho el viejo Hitchcock en tal caso? «Seguro que habría erizado el pelo de más de uno con la escena del cementerio», pensó Nora sin poder evitar esbozar una sonrisa.

61

El pobre Turista estaba inquieto, descontento y molesto. Había al menos cien lugares donde prefería estar, pero era aquí —en este hogar temporal lejos de su casa— donde tenía que quedarse.

Todavía no comprendía el asunto de las cuentas en paraísos fiscales. Era obvio que las personas que aparecían en el archivo evadían sus impuestos, ¿cierto? Pero ¿quiénes eran? ¿Cuál era el precio para formar parte de esa lista? ¿Y por qué el archivo había costado incluso la vida de una persona?

Ya había leído el periódico y terminado una gruesa novela de Nelson DeMille sobre Vietnam. Ahora estaba sentado en el sofá, leyendo el último número de *Sports Illustrated*. En mitad de un artículo sobre las esperanzas de la temporada para los apagados colores de los Red Sox de Boston, el silencio de la noche se quebró en la sala de estar.

Había alguien tras la puerta.

En silencio, cogió la Beretta que tenía al lado y se levantó. Se dirigió a la ventana y apartó la persiana para ver la entrada principal. Fuera había un tipo con una caja plana y cuadrada en la mano. Detrás de él, en el camino de entrada, había un Toyota Camry con el motor en marcha. El Turista sonrió. La cena estaba servida.

Se guardó la pistola en la espalda, por debajo de la camisa, abrió la puerta y saludó a un repartidor de la pizzería Pepe's House. Ya había pedido media docena desde que estaba allí.

—¿Salchichas con cebolla? —preguntó el muchacho.

Por su aspecto debía de ir al instituto, o tal vez fuera un poco mayor. Era difícil verlo bien bajo la visera de la gorra de béisbol de los Red Sox.

—Sí. ¿Cuánto es?

—Dieciséis con quince.

—Ya debería saberlo a estas alturas —murmuró el Turista para sí mismo. Buscó en el bolsillo de sus pantalones, pero su mano salió vacía—. Espera un segundo, voy a buscar mi cartera. —Estaba a punto de dar media vuelta cuando se dio cuenta de que el repartidor se estaba mojando a causa de la lluvia—. ¿Por qué no entras? —le propuso.

—Se lo agradezco mucho.

El chico entró mientras el Turista se dirigía a la cocina a buscar la cartera.

—Parece que el tiempo no va a cambiar —dijo por encima de su hombro.

—Sí. Lo que significa que tendremos más trabajo de lo normal.

—Apuesto a que sí. ¿Por qué salir a cenar en medio de la lluvia cuando puedes pedirle a alguien que te traiga la comida a casa, no?

El Turista volvió con un billete de veinte en la mano.

—Aquí tienes —dijo—. Quédate con el cambio.

El repartidor entregó la pizza y cogió el billete.

—Se lo agradezco mucho. —Metió la mano en su chubasquero y sonrió—. Pero aún no hemos terminado.

El Turista hizo un intento desesperado por llevarse una mano a la espalda, pero fue demasiado tarde y su movimiento, demasiado lento. Su pistola estaba a un segundo de distancia de la que le apuntaba al pecho.

—¡No te muevas! —dijo el repartidor de pizzas. Luego rodeó al Turista y le quitó la Beretta que llevaba metida en los vaqueros—. Ahora pon ambas manos contra la pared.

—¿Quién eres?

—Soy el que te hará desear haber pedido comida china, O'Hara.

62

John O'Hara, el Turista, se sentía increíblemente estúpido por haberse dejado engañar. No podía dar crédito al hecho de que ese crío, ese cachorrillo, ese mocoso, le hubiera engatusado.

—Muy bien, date la vuelta, despacio.

O'Hara se giró ciento ochenta grados. Muy despacio.

—Y ahora, ¿dónde está? —preguntó el tipo—. El maletín. ¿Qué hay dentro? ¿Qué has encontrado?

—No lo sé. De verdad, tío.

—Y una mierda, tío.

—Oye, te estoy diciendo la verdad. Me lo quité de encima en cuanto cayó en mis manos. En un aparcamiento de Nueva York.

El repartidor de pizzas presionó el cañón de su pistola contra la frente de O'Hara. Fuerte, para que doliera.

—Entonces, supongo que no nos queda nada de lo que hablar.

—Si me matas, estarás muerto en menos de veinticuatro horas. Tú. En persona. Así es como funciona.

—No lo creo —dijo el Chico de las Pizzas, y amartilló la pistola.

O'Hara intentó leer los ojos del muchacho. No le gustó lo que vio. Frialdad y autoconfianza. Puede que ese tipo trabajara para el vendedor del archivo. Quizá fuera el vendedor.

—De acuerdo, de acuerdo, espera. Sé dónde está.

—¿Dónde?

—Lo tengo aquí. Lo he tenido todo el tiempo.

—Enséñamelo.

O'Hara le guió a lo largo del pasillo que llevaba al dormitorio. Se podía oír el tenue sonido del estéreo de algún vecino. Pensó en gritar pidiendo ayuda.

—Debajo de la cama —dijo—. Yo lo cogeré. Está dentro de mi petate.

—Tú quédate donde estás. Ya miro yo debajo de la cama.

El repartidor se agachó para echar un vistazo. En efecto, había un petate negro. Sonrió de oreja a oreja.

—No sabes lo que es, ¿verdad?

—¿Qué te hace pensar eso?

—Porque de saberlo, no creo que durmieras encima.

—Entonces, supongo que debo alegrarme de devolvértelo.

—Así es. Ahora, sácalo de ahí. Con suavidad.

—¿Qué papel tienes tú en todo esto? ¿Eres el vendedor? ¿O eres otro mensajero?

—Tú saca la bolsa. Pero ya que lo preguntas, soy un mensajero. Como mi amigo, el tipo al que disparaste en la estación Grand Central. Era como un hermano para mí.

El Turista se arrodilló y empezó a meterse despacio debajo de la cama.

—Mantén una mano encima de la cama —dijo el Chico de las Pizzas.

—Como tú digas.

Con la mano izquierda sobre las sábanas, la derecha desapareció en busca del petate.

Sintió unos golpecitos de pistola en el costado.

—¿La tienes? —preguntó el repartidor—. No intentes joderme.

—Sí, la tengo. Tranquilízate un poco, ¿eh? Los dos somos profesionales, ¿verdad?

—Uno de nosotros lo parece.

De repente, O'Hara sacó el brazo y disparó dos veces. Las balas rasgaron el pecho del muchacho, que cayó al suelo, muerto. En realidad, la puerta del armario de doble espejo reflejaba dos tipos muertos, lo que resultaba doblemente escalofriante.

O'Hara lo registró en busca de alguna identificación. No le sorprendió no encontrar nada, ni siquiera una cartera.

Fue a la cocina e hizo la llamada telefónica de rigor. Ellos vendrían y se llevarían el cadáver, también limpiarían las manchas de sangre de la alfombra. Eran muy eficientes. Hasta ese momento, sólo podía hacer una cosa.

Abrió la caja y cogió un trozo de pizza de salchichas con cebolla. El primer mordisco siempre era el mejor. Y ahora, mientras masticaba su comida, se hizo las preguntas esenciales, las únicas que realmente tenían importancia: ¿quién había enviado al Chico de las Pizzas? ¿Quién sabía que se encontraba allí? ¿Quién le quería muerto? Y ¿cómo podría utilizar aquello en su beneficio más adelante? Ah, sí, y... ¿habría un más adelante?

63

—¿En qué has estado metido, O'Hara?

—Un poco de esto y un poco de lo otro. Ya me conoces, suelo mantenerme ocupado. ¿Qué hay de nuestro pequeño experimento con el difunto Connor Brown?

—Nada, *niente, rien* —dijo Susan, decepcionada.

Después de esperar durante tres días en mi apartamento temporal, me llamó a última hora de la mañana. El informe de la segunda autopsia de Connor Brown acababa de aterrizar en su mesa. Susan me dijo que las pruebas más exhaustivas evidenciaban el mismo resultado: el tipo había muerto de un paro cardíaco. Ni rastro de juego sucio. Nada. *Niente. Rien.*

—¿No hay absolutamente nada que la primera autopsia no mostrara? —pregunté.

—Sólo una úlcera bastante fea —dijo—. Por supuesto, no es ninguna sorpresa tratándose de un tipo que se dedica a las finanzas y que muere de un ataque al corazón a los cuarenta.

—No, supongo que no. ¿Eso es todo, no hay nada más?

—Oh, ¿quieres decir aparte de los rasguños que sufrió el cuerpo al caerse del ataúd?

—Mierda, el chico del laboratorio se ha ido de la lengua, ¿no es así?

—No, en realidad ha sido el policía, que tres días después continúa vomitando, gracias a ti.

Me descubrí sonriendo ante aquella conocida imagen, que aún conservaba en mi memoria.

—Era un trabajo sucio y alguien tenía que ayudar a hacerlo.

—Alguien que no fueras tú, claro.

—Oye, el tipo no se reía de mis chistes.

—No digas nada más.

—En fin, supongo que es hora de llamar a Nora.

—Ya he pensado en ello —dijo—. Tal vez deberías entretenerla para ganar tiempo, no hablarle todavía del resultado de las pruebas, para ver si empieza a flaquear.

—Si se tratara de cualquier otra persona te diría que sí. Pero no en el caso de Nora. Sólo conseguiríamos que sospechara aún más. Me temo que se apartaría.

—¿Estás seguro de eso?

—Tan seguro como puedo estarlo. Creo que si tenemos una oportunidad de engatusarla es haciéndole creer que todo va viento en popa.

—Es decir, ¿diciéndole que el dinero está en camino?

—Exacto. Dando por hecho que está a punto de recibir un millón novecientos mil dólares.

—Sí, eso me haría pensar que todo va viento en popa.

—Y a mí.

—Eso significa que tendrás que trabajar mucho más deprisa —dijo Susan—. La excusa de que «el cheque ya está en camino» no te permitirá ganar mucho tiempo.

—Eso no será ningún problema. Craig Reynolds le ha demostrado tener muy buena voluntad. Con más motivo si la llamo para darle buenas noticias.

—Recuerda sólo otra cosa —dijo Susan.

Siempre hay «otra cosa» cuando uno habla con ella.

—¿De qué se trata? ¿Cuál es la «otra cosa» de hoy?

—Mientras te ocupas de que Nora baje la guardia, asegúrate de no bajarla tú.

64

A la hora de comer, Susan fue a Angelo's, uno de los mejores y más antiguos restaurantes de Little Italy, no demasiado lejos de las oficinas del FBI. El doctor Donald Marcuse la esperaba en un discreto reservado del fondo.

—Susan, es todo un honor. ¡Imagínate, verte fuera de la oficina!

Susan se sorprendió a sí misma sonriendo. Donald Marcuse siempre sabía cómo tranquilizarla: mediante el sarcasmo. Era psiquiatra forense y trabajaba para su departamento, pero se habían estado viendo durante unos seis meses, tras el fracaso matrimonial de Susan.

—Por cierto, me encanta tu peinado —dijo él.

Últimamente llevaba melena corta y hacía poco que había empezado a retocarse su color castaño, cosa que sencillamente la martirizaba.

—Sólo para estar segura —dijo Susan—; no es que en realidad me importe una mierda, pero hoy en día ¿no se considera sexista un comentario como ése?

El doctor se encogió de hombros.

—He aquí mi teoría: si una mujer puede decirlo, entonces un hombre también puede. Pero no sé si esta teoría superaría un análisis riguroso.

—Seguramente no. Parece demasiado lógica.

Pidieron la comida y luego hablaron de los temas de actualidad y de lo mal que se vivía en Nueva York, hasta que Susan miró el reloj.

—Ya nos hemos divertido bastante, ¿no crees? —dijo Marcuse con una agradable sonrisa—. ¿Qué es lo que te preocupa?

Durante los minutos siguientes, Susan le contó al psiquiatra lo que sabía sobre Nora Sinclair. Le pidió que le aclarase tantos interrogantes como le fuese posible. Quería saber qué había convertido a Nora en una asesina, y qué clase de asesina era.

Como era habitual en ella, Susan tomó notas mientras Marcuse hablaba. De vuelta en la oficina, revisaría esas notas y tal vez las compartiría con O'Hara.

Según Marcuse, una «viuda negra» era una mujer que mataba sistemáticamente a esposos, amantes y, ocasionalmente, otros miembros de la familia. Una alternativa a la «viuda» era la mujer que mataba «con ánimo de lucro». Para esta clase de asesinas, todo se resumía a una mera cuestión de negocios. El motivo principal era obtener beneficios.

—Casi todas las asesinas en serie matan por las ganancias —dijo Marcuse, y sabía de lo que hablaba.

El doctor continuó charlando en un tono agradable y con naturalidad: seguramente, a Nora le habían inculcado la firme creencia de que no se debe confiar en los hombres. Era posible que alguien le hubiera hecho daño. Pero era aún más probable que un hombre, o varios, hubieran hecho daño a su madre cuando Nora era muy joven.

—Tal vez abusaron de Nora cuando era una niña. Es lo que diría la mayoría de mis colegas. Pero a mí no me interesan demasiado ese tipo de respuestas fáciles. Le quitan toda la diversión al asunto.

Finalmente, Donald Marcuse detuvo su charla y miró a Susan.

—Te está sacando de quicio, ¿no es así? No es propio de ti.

Susan levantó la mirada de sus notas.

—Es muy peligrosa, Donald. Me importa una mierda si sufrió abusos. Es guapa y encantadora, y es una asesina. Y no tiene intención de detenerse.

65

No perdí el tiempo. Después de hablar con Susan llamé al móvil de Nora. No contestó. Le dejé un mensaje asegurándole que tenía buenas noticias para ella.

Nora tampoco perdió el tiempo. Me devolvió la llamada casi de inmediato.

—Me iría bien oír buenas noticias —dijo.

—Eso pensé. Por eso te he llamado enseguida.

—Tiene que ver con...

Su voz se extinguió.

—Sí, han llegado los resultados de la segunda autopsia —dije—. Aunque no sé si «buenas noticias» es la mejor forma de describirlo, te alegrará saber que las pruebas complementarias han confirmado la conclusión de la autopsia original. —No respondió—. Nora, ¿estás ahí?

—Estoy aquí —dijo, antes de quedarse otra vez en silencio—. Tienes razón. La verdad es que «buenas noticias» no es la mejor forma de describirlo.

—¿Qué tal «noticias tranquilizadoras»?

—Tal vez esté mejor —respondió, mientras se le empezaba a hacer un nudo en la garganta—. Ahora Connor podrá descansar en paz.

Nora se puso a llorar suavemente, y debo admitir que sonaba convincente. Con un último sollozo, me dijo que lo sentía.

—No tienes por qué disculparte. Sé lo duro que esto ha sido para ti. Bueno, no; supongo que no lo sé.

—Es que todavía no me lo puedo sacar de la cabeza. Llegar al punto de desenterrar el féretro...

—Sin duda ha sido una de las experiencias más desagradables que he tenido en este trabajo —dije.

—¿Significa eso que estabas allí?

La verdad os hará libres.

—Eso me temo.

—¿Qué hay del responsable de todo esto?

—¿Te refieres al psicópata de O'Hara?

—Sí, algo me dice que en el fondo llegó a disfrutar con ello.

—Tal vez —dije—. Ya está de vuelta en Chicago, de todos modos. Entre nosotros, no es la clase de tío que se ensucia las manos. En cualquier caso, la buena noticia (y creo que esto podemos considerarlo realmente una buena noticia) es que por fin O'Hara está dispuesto a poner fin a su investigación.

—¿Debo entender que ya no sospecha?

—Oh, él siempre sospechará —dije—. De todos y de todo cuanto le rodea. Sin embargo, en este caso creo que incluso ha comprendido que los hechos son los que son. Centennial One hará efectivo el pago de un millón novecientos mil dólares, hasta el último penique.

—¿Cuándo ocurrirá eso?

—Hay que seguir ciertos pasos, ya sabes, el típico y molesto papeleo. Diría que dentro de una semana tendré tu cheque. ¿Te parece bien?

—Me parece más que bien. ¿Tengo que hacer algo mientras tanto? ¿Rellenar algún formulario?

—Tienes que firmar un recibo, pero sólo cuando tengas el dinero en las manos. Aparte de eso, sólo tienes que hacer una cosa.

—¿De qué se trata? —preguntó.

—Déjame invitarte a comer, Nora. Es lo menos que puedo hacer, después de todo lo que te he hecho pasar.

—No es necesario, de verdad. Además, no has sido tú quien me ha hecho pasar por esto. Has sido muy amable. Lo digo en serio, Craig.

—¿Sabes una cosa? Tienes razón —dije, riéndome—. Si alguna vez ha habido una comida que merezca ser pagada por la empresa, no cabe duda de que es ésta.

—Amén —dijo ella, riéndose a su vez de un modo sencillo y natural, relajado y desinhibido.

Música para mis oídos. Los oídos de alguien a punto de bajar la guardia.

66

El teléfono de la casa de Westchester sonó hacia las once de la mañana siguiente. Nora contestó pensando que sería Craig, que llamaba para confirmar su cita para comer a mediodía.

Se equivocaba.

—Nora, ¿eres tú?

—Sí. ¿Quién es?

—Elizabeth —dijo la voz—. Elizabeth Brown.

«Mierda.» La hermana de Connor llamaba desde Santa Mónica; de inmediato, Nora se sintió estúpida por no haber reconocido su voz. Después de todo, técnicamente hablando, ella era la invitada de aquella mujer.

La inquietud, sin embargo, duró poco. Elizabeth seguía desplegando ante ella una dulzura motivada por su complejo de culpabilidad. No podría haberse mostrado más amable.

—Me tenías preocupada —dijo—. ¿Va todo bien?

Nora sonrió para sí misma.

—Gracias, Elizabeth, voy tirando. Agradezco mucho tu interés, de veras. ¿Sabes? Al principio era reacia a quedarme aquí. No quiero abusar de tu hospitalidad.

—Oh, por favor, espero que no creas que te he llamado por eso —dijo—. Nada más lejos de mis intenciones.

—¿Estás segura?

—Segurísima. Además, no tendría tiempo de ocuparme de la venta de la casa ni aunque quisiera.

—Supongo que estás muy atareada con tu trabajo.

—Sí. Ahora mismo se están construyendo dos edificios diseñados por mí, y están a punto de empezar un tercero.

—La sofisticada vida del arquitecto, ¿eh?

—Ojalá —dijo con un suspiro—. No, me temo que sólo me ajusto al tópico en cuanto a la cantidad de horas que trabajo. Tal vez porque es la mejor manera de mantener mi mente apartada de Connor.

—Lo sé —dijo Nora—. Yo he aceptado tres clientes más sólo en el último mes... tres más de los que mi agenda puede sobrellevar.

Ambas continuaron hablando durante unos minutos. No hubo nada forzado en la conversación, ningún momento de duda. Cada frase parecía fluir con naturalidad.

—¿Sabes? No hay derecho —dijo Elizabeth.

—¿Por qué?

—Por las circunstancias en las que nos hemos tenido que conocer. Tú y yo tenemos muchas cosas en común.

—Tienes toda la razón.

—Tal vez, cuando tus negocios te lo permitan, podamos comer juntas o algo parecido. ¿O quizá podamos vernos cuando tenga que ir a Nueva York?

—Me gustaría —dijo Nora—. Me gustaría mucho. Tomo nota.

«En tus sueños, Lizzie.»

67

Poco antes de las doce y media, me metí por el camino de entrada de la casa de Connor Brown; así es como siempre llamé a aquel lugar: la casa de Connor Brown. Antes de detenerme, Nora apareció por la entrada principal.

Llevaba un vestido veraniego liviano, sin mangas, y con un estampado de flores rojas y verdes que realzaba maravillosamente su bronceado, por no hablar de sus piernas. Se subió a mi coche y me dijo que estaba muerta de hambre.

—Ya somos dos —afirmé.

Fuimos hasta el pueblo de Chappaqua, donde había un restaurante llamado Le jardin du roi.

Era selecto sin ser lujoso, y supongo que la combinación del lino blanco con las vigas de madera permitiría calificarlo de provincianamente chic. Pedimos una mesa para dos en el rincón más apartado.

La mitad de la clientela era gente de negocios, y la otra mitad, damas que habían quedado para comer. Yo con mi traje y Nora con su vestido estival, parecíamos cubrir los dos sectores. Aunque, sin lugar a dudas, Nora era la mujer más atractiva del restaurante, como lo confirmó el hecho de que la totalidad de la trajeada clientela masculina volviera la cabeza a su paso.

Se acercó un camarero.

—¿Puedo traerles algo para beber?

Nora se inclinó sobre la mesa.

—¿Te meterás en líos si bebemos vino? —preguntó.

—Depende de la cantidad —repliqué con una sonrisa. Cuando ella me la devolvió, le aseguré—: No, no violaré ninguna norma de la empresa.

—Bien. —Cogió la carta de vinos y me la tendió.

—No, adelante —dije—. Decide tú.

—Si insistes...

—¿Quieren que vuelva dentro de un minuto? —preguntó el camarero.

—No, no será necesario —contestó Nora.

Se acercó la carta de vinos y recorrió la página con el dedo índice, deteniéndose hacia la mitad.

—Un Châteauneuf du Pape —anunció.

Lo había decidido en menos de seis segundos.

—Una mujer que sabe lo que quiere —dije, mientras el camarero asentía y se alejaba.

Nora se encogió de hombros.

—Al menos cuando se trata de vinos.

—Hablaba en general.

Me dirigió una mirada curiosa.

—¿Qué quieres decir?

—Tu carrera, por ejemplo. Tengo la firme convicción de que desde joven sabías que querías ser decoradora de interiores.

—No es cierto.

—¿Quieres decir que no estabas siempre cambiando de lugar los muebles de la casa de tu Barbie?

Se rió; parecía que lo pasaba bien.

—De acuerdo, es verdad —dijo—. Pero ¿qué hay de ti? ¿Siempre supiste lo que querías ser?

—No, yo sólo vendía limonada en un puesto de limonadas. Nada de pólizas de seguro.

—Creo que es eso a lo que me refiero realmente —continuó—. No lo tomes a mal, pero en cuanto a ti, yo tengo la impresión opuesta: como si tal vez estuvieras hecho para alguna otra cosa.

—¿Como cuál? Dame un ejemplo. ¿Cómo me ves, Nora? ¿Qué debería estar haciendo?

—No lo sé. Algo...

—¿Más interesante?

—No es eso lo que iba a decir.

—Sí, sí lo es, y no me importa. No me siento ofendido.

—No tienes motivos. De hecho, deberías tomarlo como un cumplido.

Me reí entre dientes.

—Ahora estás tentando a la suerte.

—No, lo digo en serio. Hay algo especial en ti, una especie de fuerza interior. Además, eres divertido.

Me ahorré tener que contestar, ya que el camarero regresó con la botella de vino. Mientras la abría, Nora y yo intercambiamos algunas miradas por encima de nuestros menús. ¿Estaba flirteando conmigo?

«No, Einstein; estamos flirteando el uno con el otro.»

Después de agitar la copa y beber un sorbo, Nora dio su aprobación al Châteauneuf du Pape. El camarero escanció. Cuando se fue, ella propuso un brindis.

—Por Craig Reynolds. Por haber sido tan increíblemente bueno conmigo durante toda esta pesadilla.

Le di las gracias y entrechocamos las copas, sin dejar de mirarnos a los ojos. Yo aún no sabía que la auténtica pesadilla estaba a punto de empezar.

68

Los hombres de negocios se habían marchado y también las damas que habían quedado para comer. Sólo quedaban dos rezagados de la clientela de aquella tarde: Nora y *moi*. El paté de la casa y la ensalada de palmitos, el salmón al horno y las *coquilles* Saint Jacques... lo habíamos devorado todo, si bien con mucha tranquilidad. Lo único que quedaba en nuestra mesa del rincón eran los últimos sorbos de vino.

De nuestra tercera botella de Châteauneuf du Pape.

Por supuesto, no entraba en mis planes beberme medio viñedo a la hora de comer. Sin embargo, en cuanto empezamos, mis planes fueron sufriendo varias modificaciones. Después de todo, el alcohol era un estupendo suero de la verdad. ¿Qué mejor manera de descubrir algo sobre Nora que ella quisiera ocultar? Cuanto más hablásemos, más aumentarían mis oportunidades. Al menos, éste era el cuento que me repetía a mí mismo.

Al fin, me volví hacia el personal del restaurante, que preparaba las mesas para la cena. Un ayudante de camarero pasaba perezosamente la escoba junto a la barra. Volví a girarme hacia Nora:

—¿Sabes? Hay una línea muy fina entre entretenerse y holgazanear, y creo que puede afirmarse que nosotros la hemos cruzado.

Miró a su alrededor para averiguar de qué estaba hablando.

—Tienes razón —dijo con una tímida sonrisa—. Será mejor que nos vayamos, antes de que alguien nos barra junto con las migas de pan.

Pedí la cuenta a nuestro relajadísimo camarero. La propina del treinta por ciento que dejé nos permitió marcharnos sintiéndonos menos culpables, ya que no más sobrios. De Nora me lo esperaba: después de todo, era delgada como una espiga. Pero aunque yo pesaba unos treinta y cinco kilos más que ella, también podía sentir los efectos.

—¿Por qué no caminamos un rato? —propuse cuando salimos.

Me sentí aliviado cuando aceptó. Beber en el trabajo era una cosa. Beber y conducir, otra muy distinta. Sabía que con un poco de aire fresco volvería a estar bien.

—Tal vez veamos a los Clinton —dijo Nora alegremente—. Viven al final de esta calle.

Decidí no hacer ninguna broma: era demasiado fácil. Dimos un paseo mientras mirábamos escaparates. Me detuve frente al de una tienda de costura, llamada La aguja de plata.

—Me recuerda a mi madre —dije—. Le encanta coser.

—¿Qué tipo de labores hace? —preguntó Nora, que para mi sorpresa sabía escuchar muy bien, lejos de ser la persona centrada en sí misma que yo había esperado.

—Lo normal. Colchas, cojines, jerséis... De hecho, recuerdo unas navidades, cuando yo iba al instituto, en que me tejió dos jerséis: uno rojo y el otro azul.

—Qué bonito.

—Sí, pero no conoces a mi madre —dije mientras levantaba el dedo—. En la cena de Nochebuena aparecí en la mesa con el jersey rojo. ¿Y qué crees que me dijo? «¿Qué ocurre? ¿Es que no te ha gustado el azul?»

Nora me dio un golpecito en el hombro.

—¡Lo estás inventando!

Sí, así era.

—No, es verdad —dije. Nos pusimos a andar nuevamente—. ¿Y qué me dices de tu madre? ¿También le gusta coser?

De repente, Nora pareció incómoda.

—Mi madre... falleció hace unos años.

—Lo siento.

—No pasa nada. Fue una madre estupenda mientras la tuve.

Continuamos caminando, pero ahora en silencio. Sacudí la cabeza.

—¿Ves lo que he hecho?

—¿Qué?

—He cogido un momento agradable y lo he estropeado.

—No seas tonto —dijo Nora haciendo un gesto con la mano—. Sigue siendo un momento perfecto. De hecho, es uno de los mejores que he tenido en mucho tiempo. Lo necesitaba.

—¡Bah!, sólo lo dices para que me sienta mejor.

—No, lo digo porque tú me haces sentir mejor a mí. Como puedes imaginar, estas últimas semanas han sido horribles. Y entonces apareciste tú, salido de la nada.

—Sí, pero olvidas que te puse las cosas aún más difíciles.

—Al principio sí —dijo—. Sin embargo, has resultado ser una bendición disfrazada.

Intenté no estremecerme ante la ironía de aquella última palabra, mientras nos deteníamos en un cruce y esperábamos para pasar. El sol de la tarde comenzaba a desaparecer más allá de los árboles del bosque. Nora cruzó los brazos contra su pecho con un ligero escalofrío. En el fondo, parecía vulnerable.

—Toma —dije.

Me había quitado la chaqueta y se la eché por encima de los hombros. Mientras se cogía de las solapas, nuestras manos se rozaron un instante. Ante nosotros el semáforo se puso en verde, pero no dimos un paso. En lugar de eso nos quedamos ahí, de pie, mirándonos el uno al otro.

—No quiero que esto termine —dijo. Entonces Nora se acercó a mí y me propuso en un susurro—: Vayamos a algún sitio, ¿te parece bien?

69

No hacía falta ser un Casanova para saber lo que quería decir «Vayamos a algún sitio». Cualquier memo podría haber captado una insinuación tan poco sutil. Nora no se refería a tomarnos un café para aclararnos la cabeza.

No, lo único que no tenía claro en ese momento era lo siguiente: ¿cómo iba a responder John O'Hara?

Durante la comida no me había importado que Nora y yo nos sintiéramos cómodos el uno con el otro. Ni que flirteáramos, o lo que quiera que estuviésemos haciendo. En realidad, ésa era la idea. Y ahora, de repente, las cosas se estaban poniendo demasiado fáciles.

¿Acaso sentía interés por mí? Por supuesto, no era yo quien le interesaba, sino Craig Reynolds, el agente de seguros.

Quizá fuese culpa del vino. O quizá fuese algo más, algo que yo no veía. Quizás estuviera tramando algo. Una cosa estaba clara: no era mi dinero lo que perseguía. Vender pólizas de seguro no suele considerarse como posible ocupación de un tío con pasta. Ni siquiera los mejores son rivales para los de la clase de Connor Brown, inversor de alto riesgo y genio de las finanzas. Además, Nora había visto dónde vivía Craig, ya sabía que el BMW y los trajes eran una fachada. Y sin embargo, a pesar de todo eso, dijo lo que dijo.

«Vayamos a algún sitio.»

Me quedé mirando la profundidad de sus ojos verdes en la esquina de aquel cruce del centro de Chappaqua. Las opciones eran múltiples.

—Sígueme —dije.

Regresamos a mi coche, que estaba aparcado a la salida del restaurante. Le abrí la puerta del copiloto.

—¿Adónde me llevas? —preguntó.

—Ya lo verás.

Rodeé el vehículo y me puse detrás del volante. Nos abrochamos los cinturones y puse el motor en marcha, dándole un poco de gas mientras seguía aparcado. Luego, metí la primera.

70

Nora lo averiguó un par de kilómetros antes de llegar.

—Me llevas a casa, ¿verdad?

Me volví hacia ella con un suave gesto de asentimiento.

—Lo siento —dije.

—Ya somos dos. Pero tienes razón. Debe de haber sido el vino. Me siento avergonzada.

Mi tono, mis gestos... todo parecía indicar que había sido una decisión fácil, que nunca se me había pasado por la cabeza la idea de estar con ella. Ojalá hubiese sido así.

Nora era una mujer absolutamente preciosa que me había obsequiado con una asombrosa proposición. Tuve que echar mano de toda mi fuerza de voluntad para recordarme a mí mismo por qué estaba con ella.

Aun así, no se podía negar que había cierta química, una especie de conexión entre nosotros. Algo de lo que estaba seguro que no se podía fingir. «Y, aunque así fuese, ¿para qué molestarse en hacerlo?»

Recorrimos en silencio el último trecho hasta la «casa de Connor». La única vez que la miré, no pude evitar darme cuenta de que el vestido se le subía por las piernas. Sus muslos bronceados, esbeltos y firmes me recordaron la oportunidad que estaba dejando pasar.

Me metí por el camino de entrada hasta la extensión semicircular y al detenerme derrapé con la gravilla. Entonces ella arregló la situación por mí.

—Lo entiendo —dijo—. Seguramente no es lo mejor que podríamos haber hecho. No en estas circunstancias.

—Seguramente no.

—Gracias por la comida. Lo he pasado muy bien.

Se inclinó hacia mí y me besó con suavidad en la mejilla. Sentí cómo su cabello rozaba mi rostro. Pude oler su dulce perfume con un toque de cítrico.

—Te... mmm... —Me aclaré la garganta—. Te llamaré en cuanto nos ocupemos del papeleo del seguro, ¿de acuerdo?

—Claro, Craig. Has estado fantástico.

Nora salió del coche y caminó despacio hacia la escalera principal. ¿Y también fuera de mi vida? Esperé mientras sacaba del bolso las llaves de la casa. Aparté la mirada unos segundos para juguetear con los botones de la radio. Cuando volví a mirar, todavía intentaba abrir la puerta. Bajé la ventanilla.

—¿Va todo bien?

Se volvió hacia mí, sacudiendo la cabeza y suspirando con impaciencia.

—La maldita llave se ha atascado. Me estoy poniendo nerviosa.

—Espera.

Salí del coche para echar un vistazo. En efecto, la mitad de la llave sobresalía de la cerradura. Sin embargo, no estaba encallada. En cuanto la cogí, el resto de la llave se deslizó suavemente hacia el interior del cilindro. Me volví y ahí estaba Nora, a escasos centímetros de mí.

—Mi héroe —dijo, apretando su cuerpo contra el mío.

Sus piernas eran muy firmes. Sus pechos, muy suaves. Me rodeó con sus brazos y empezó a besar con cuidado mi labio inferior.

—Te he mentido. En realidad no creo que esto sea una mala idea.

Entonces, mis instintos se impusieron y mi fuerza de voluntad se derrumbó estrepitosamente.

Le devolví el beso a Nora.

71

Como un torbellino, ambos nos precipitamos en el interior del vestíbulo. De una patada, cerré la puerta detrás de nosotros. «¿Qué estás haciendo, O'Hara?»

Todavía estaba a tiempo de detenerme. Tenía la oportunidad de apartarme de ella. Todo lo que tenía que hacer era dejar de besar a Nora.

Pero no podía hacerlo. Era tan suave, y tan condenadamente agradable tenerla entre mis brazos... El aroma de su cuerpo y su cabello era delicioso. Sus ojos verdes eran asombrosos cuando se miraban tan de cerca.

Nora cogió mi mano y la guió por debajo de su vestido, hacia el interior de sus muslos bronceados. Su respiración se detuvo. Cuando toqué la tersa seda de sus bragas, me abrazó más fuerte y sus caderas empezaron a moverse al mismo ritmo que las mías. Se puso a gemir, y tenía que ser real, tenía que serlo. ¿Por qué fingir conmigo?

Me quedé sin chaqueta y sin camisa, y luego sin pantalones. Dejamos de besarnos durante un segundo, lo bastante largo para quitarle el vestido a Nora por la cabeza.

—Fóllame —dijo, casi sin aliento.

Tal cual. En sus labios resultaba sexy e irresistible.

Nora me tiró al suelo y se sentó a horcajadas sobre mí. Lanzó a un lado sus bragas, me cogió con su mano y me guió hacia su interior. Incluso en el ardor del momento, me vino a la cabeza una curiosa idea: «Estás jodido, O'Hara».

Me estaba mareando. Toda la habitación me daba vueltas. «¿La habitación?» Nos encontrábamos en el vestíbulo de Connor Brown, el hombre al que había estado prometida. El hombre al que tal vez había matado. Las cosas no podían ponerse más feas, pensé.

Recuerdo haber oído sonar un timbre, cerca de mis pies. Necesité unos segundos para comprender de qué se trataba. Mi móvil.

«Dios.» Sabía quién era. ¡Susan! Con una puntualidad increíble, llamaba para saber cómo había ido todo.

—Ni se te ocurra cogerlo —dijo Nora.

«No te preocupes, no pensaba hacerlo.»

El teléfono dejó de sonar mientras nosotros continuábamos sin perder el ritmo. Nuestra sincronización era impresionante. Su precioso cabello castaño barría mi rostro. Primero estaba encima y luego debajo, apoyándose en las manos y las rodillas; la delicada curva de su espalda mitigaba los profundos gemidos que pedían más, hasta que los ecos de nuestras voces inundaron el vestíbulo cuando alcanzamos el orgasmo.

Durante un par de minutos, si no fueron más, ambos nos quedamos mirando el techo, sin decir nada y recuperando el control de nuestra respiración.

Finalmente, parpadeé.

—¿Así que la llave estaba atascada?

—Oye, eres tú quien ha caído en la trampa.

—Eso es cierto, ¿verdad? —dije.

Nos pusimos a reír cada vez más fuerte, como si fuese lo más gracioso que nos había ocurrido nunca a ninguno de los dos. Cuando se dejaba llevar, la risa de Nora era maravillosa. Daban ganas de reírse con ella.

—¿Tienes hambre? —preguntó—. ¿Un bistec Kobe? Si quieres, hay uno. ¿O prefieres una tortilla?

—Y encima sabes cocinar.

—Lo tomaré como un sí. Si quieres, hay una ducha en el cuarto de invitados. Está subiendo la escalera, la primera a la derecha.

—Eso estaría muy bien.

Se giró sobre un costado y me besó.

—No tan bien como tú, Craig Reynolds.

72

Salí de la ducha y, con la mano, froté el espejo empañado hasta verme devolviéndome la mirada. Sacudí la cabeza. Volví a hacerlo una segunda vez.

«En fin, ahora sí que has metido la pata, O'Hara.»

Trabajar de incógnito requería tomar las precauciones necesarias para poder maniobrar, pero esto sobrepasaba todos los límites. Había ido más allá de lo exigido por el deber, pero no de la forma por la que a uno le ponen una medalla en el edificio Hoover de Washington, la sede del FBI. De ahí en adelante, el asunto iba a ser muy delicado.

—Craig, ¿estás bien?

Nora me llamaba desde el pie de la escalera. Abrí la puerta del cuarto de baño.

—La ducha me ha sentado de maravilla. Ahora voy.

—Bien —dijo—. Porque tu tortilla estará lista en un segundo.

Me peiné el pelo hacia atrás, me volví a poner mi ropa y bajé trotando la escalera para reunirme con Nora en la cocina. Oh, señor; era la personificación de la elegancia con sólo el sujetador, las bragas y una espátula en la mano. Qué cuerpo tan espectacular, y qué sonrisa tan fabulosa.

Vi que sólo había un cubierto en la mesa.

—¿Es que no vas a comer nada? —pregunté.

—No, he estado picando un poco de jamón. —Levantó una botella de agua—. Y yo ya tengo lo mío. Hay que cuidar la línea.

—Ya te la cuido yo, no te preocupes por eso.

Me senté y miré cómo se ocupaba de la sartén que había en el fuego. O más que mirarla, la contemplaba. Resultaba tan deslumbrante vista de espaldas como de frente. Y en cuanto a lo de cuidar la línea… ¿de qué diablos hablaba?

«Ya basta, O'Hara.»

Pero, honestamente, no podía parar. Era una sensación extraña que de inmediato me hizo pensar en alguien a quien había conocido. Un agente de narcóticos; un amigo. Era un buen tipo y un buen policía, o al menos lo fue hasta que cometió un error fatal: empezó a probar el material sin ton ni son hasta que se convirtió en adicto. Era una lección difícil de olvidar.

Incluso después de la ducha, me pareció sentir el aroma de Nora en mi piel. Todavía notaba su sabor, y sólo podía pensar en lo mucho que la seguía deseando. No sabía cómo detener aquello.

—Aquí tienes —dijo.

Observé la enorme y esponjosa tortilla del Oeste que había puesto delante de mí.

—Tiene un aspecto delicioso. —Y tenía hambre, quizá porque durante la comida sólo había picoteado. Cogí un pedazo con mi tenedor—. Espectacular.

Ella ladeó la cabeza.

—No me mentirías, ¿verdad?

—¿Quién? ¿Yo?

—Sí, tú, Craig Reynolds. —Nora se inclinó hacia delante y me pasó una mano por el pelo—. ¿Quieres una cerveza o alguna otra cosa?

—Prefiero un poco de agua.

Lo último que necesitaba era más alcohol.

Fue al armario a buscar un vaso, mientras yo seguía dando cuenta de la tortilla. A decir verdad, estaba realmente deliciosa.

—¿Puedes quedarte a pasar la noche? —preguntó al volver con mi agua—. Por favor, quédate.

La pregunta me cogió por sorpresa, aunque no debería haberlo hecho. Empecé a mirar a mi alrededor, dándome más cuenta si cabe de la casa en la que me encontraba. Aquel lugar estaba repleto de objetos de gran calidad y realmente bellos, lo mejor de lo mejor hasta el último rincón. Viking, Traulsen, Wolf, Miele, Gaggia... las mejores marcas del mundo.

Nora miró hacia el vestíbulo. Su vestido de tirantes seguía tirado en el suelo de mármol.

—Creo que ya es tarde para hacerse el misterioso —dijo.

Tenía razón, y estaba a punto de admitirlo cuando, de repente, sentí algo muy extraño en el estómago.

73

—¿Qué ocurre? —preguntó Nora.

—No lo sé —dije—. De pronto empiezo a sentirme como...

«Como si fuese a vomitar por toda la cocina.»

Salté de la silla y corrí al cuarto de baño; apenas llegué a tiempo al inodoro, donde me dejé caer de rodillas y me vinieron unas violentas arcadas. Me subió toda la tortilla, así como algunos restos del almuerzo.

—Craig, ¿estás bien? —preguntó desde el otro lado de la puerta del cuarto de baño.

No, no estaba bien. Me invadía una oleada de náuseas, todo me daba vueltas y mi visión era borrosa. Lo único que podía hacer era aguantar y esperar a que todo pasara. Si el policía del cementerio me viera...

—Craig, me estás asustando.

Estaba demasiado ocupado con mis arcadas como para contestar a nada de lo que me dijera. Demasiado débil y mareado.

—¿Quieres que te traiga algo? —preguntó.

Mientras estaba abrazado a la porcelana, me asaltó un horrible temor: ¿y si esto no se me pasa nunca? Hasta tal punto me encontraba mal y me sentía aterrorizado.

—Craig, por favor, di algo.

Sin embargo, se me pasó al cabo de un momento, insospechada y afortunadamente. Al parecer, había desaparecido tan deprisa como había llegado. Sin más.

—Estoy bien —dije, tan sorprendido como aliviado—. Ya me encuentro mejor, salgo en un minuto.

Avancé torpemente hacia el lavamanos, me enjuagué la boca y me eché un poco de agua fría en la cara. Me volví a mirar en el espejo. Tenía que ser envenenamiento, ¿no? Aunque no se podía negar que cabía otra posibilidad: estaba sufriendo un puro y auténtico ataque de ansiedad tras haber metido la pata hasta el cuello. Sencillamente, la tortilla no le había sentado bien al enorme e inclemente abismo que se había abierto en mi estómago.

«Por todos los santos, O'Hara. ¡Contrólate!»

De vuelta en la cocina, me encontré con una Nora muy turbada.

—Por poco me muero del susto —dijo.

—Lo siento. Ha sido muy raro. —Me esforcé por ofrecerle una explicación creíble—. Tal vez un huevo estuviera en mal estado.

—Podría ser. Oh, me siento fatal... Oh, Craig, ¿te encuentras mejor ahora? —Asentí—. ¿Estás seguro? No intentes hacerte el héroe.

—Sí.

—Ahora soy yo quien se siente mal —dijo—. Nunca volverás a comer nada que haya cocinado yo.

—No seas tonta, no ha sido culpa tuya.

Se mordió el labio inferior. Parecía herida y asustada. Me acerqué a ella y la rodeé con mis brazos.

—Te besaría, pero...

Se dibujó una sonrisa en su rostro.

—Creo que puedo conseguirte un cepillo de dientes —dijo—. Con una condición.

—¿De qué se trata?

—Que accedas a pasar la noche aquí. Una vez más, te lo pido con toda mi alma... por favor...

Tal vez si no hubiera llevado sólo la ropa interior, o tal vez si no la hubiera estado abrazando en aquel momento... Tal vez entonces podría haber dicho que no. Tal vez, pero lo dudo.

—Yo también tengo una condición —dije.

—Sé lo que vas a decir, y ni se me ocurriría.

Lo que significaba que dormiríamos lejos del dormitorio principal. Aunque en realidad tampoco es que durmiéramos mucho. Me prometí a mí mismo que sólo sería esa noche; al día siguiente, pondría fin a todo aquello. Ya se me ocurriría otro modo de vigilarla de cerca sin intimar tanto. Sin embargo, en lo más profundo de mi ser me daba cuenta de lo que estaba ocurriendo. Lo sentía en cada poro.

Estaba enganchado a Nora.

74

Gracias al timbre de la puerta que resonaba escaleras abajo, el despertar de la mañana siguiente fue brusco. Nora se incorporó de golpe.

—¿Quién puede ser tan temprano?

Miré mi reloj.

—Mierda.

—¿Qué?

—Que no es tan temprano. Son casi las nueve y media.

Reaccionó con una pícara sonrisa que, de algún modo, conseguía ser tan inocente como sexy.

—Supongo que ayer nos agotamos el uno al otro.

—Eso, vamos, ríete. Se supone que debía estar en mi oficina hace una hora.

—No te preocupes, te escribiré una nota.

El timbre sonó de nuevo. Esta vez, repetidamente. Parecían toques de campana para alertar de un huracán.

—Sean quienes sean, me voy a deshacer de ellos —dijo Nora.

Desnuda y preciosa, salió de la cama y se acercó a la ventana para echar un vistazo a través de las cortinas.

—¡Maldita sea, me había olvidado!

—¿De qué?

—Es Harriet.

No sabía quién era Harriet y tampoco me importaba. Lo que sí sabía era que no la quería en la puerta, ni a ella ni a nadie; no estando yo al otro lado.

—Puedes librarte de ella, ¿verdad?

—La verdad es que no. Me está haciendo un gran favor.

—¿Y si me ve aquí contigo?

—Eso no ocurrirá. Le pedí que viniera a ver los muebles para guardarlos en depósito en su tienda. Sólo se dará una vuelta, y me aseguraré de mantenernos apartadas de esta habitación. No nos llevará mucho tiempo.

En realidad, aquello no representaba un gran problema para John O'Hara. En cambio, Craig Reynolds tenía un trabajo al que debía presentarse.

—Nora, llego tarde a la oficina —dije—. Tiene que haber algún modo de salir de aquí, una puerta trasera o algo parecido.

—Ya ha visto tu coche. Si no está cuando se marche, me preguntará al respecto. Y ninguno de los dos deseamos eso.

Respiré hondo y lo dejé correr.

—¿Cuánto te va a ocupar?

—Ya te lo he dicho, no demasiado. —Abrió la ventana y gritó hacia abajo—: Lo siento, Harriet, enseguida bajo. Bonito sombrero, cariño.

Nora se dio la vuelta, echó a correr y se metió en la cama de un salto, conmigo.

—Y ahora, respecto a lo de ir a trabajar hoy… —dijo, mientras metía la mano por debajo de las sábanas—. No creo que sea una buena idea.

—Vaya, así que no lo crees, ¿eh?

—En absoluto. Creo que deberías hacer novillos para que podamos divertirnos un poco. ¿Qué piensas tú?

Qué más daba lo que yo dijera. La mano de Nora por debajo de las sábanas era capaz de hablar por mí.

—Supongo que podría tomarme el día libre.

—Así me gusta.

—¿Qué vamos a hacer?

Nora miró la sábana que me cubría.

—Bueno, por el momento, parece ser que alguien quiere ir de acampada.

De un salto, volvió a bajarse de la cama.

«Muy ágil. Debe de hacer mucho ejercicio.»

—Espera, no puedes dejarme ahora —dije.

—Tengo que hacerlo. Harriet está abajo y tengo que vestirme. —Volvió a mirar la sábana, con la misma sonrisa traviesa en su rostro—. Pero no pierdas la concentración —dijo.

75

Me quedé tumbado en la cama, mirando el techo y concentrándome, por decirlo de algún modo. La habitación en la que me encontraba era seguramente la de la doncella o la niñera, y aun así era mucho más bonita que la mía. Empecé a planear el resto del día, pensando en lo que Nora y yo podíamos hacer. Y, más importante todavía, en cómo iba a enfocar nuestra nueva relación, o lo que quiera que fuese que había entre nosotros.

Ciertamente, sabía cómo conseguir lo que quería. Pero la cuestión era: ¿me quería a mí? ¿Y qué buscaba yo con todo aquello? ¿Probar la inocencia de Nora?

Me dije a mí mismo que debía reaccionar de una maldita vez. Lo único que importaba era si ella tenía algo que ver con la muerte de Connor Brown… y la desaparición de su dinero. Ése era mi trabajo, encontrar respuestas.

Cerré los ojos. Unos segundos después, los abrí de golpe.

Salté de la cama y me abalancé sobre mi traje, que estaba encima de una silla. Saqué el teléfono del bolsillo de los pantalones y comprobé el número para ver lo que ya sabía. ¡Era Susan!

No podía dejarla de lado otra vez, ¿verdad? Ella sabía que yo siempre llevaba el móvil encima, y que nunca me alejaba lo bastante para no oírlo.

«Sé tú mismo, O'Hara.»

—¿Hola?

—¿Por qué hablas en voz baja? —preguntó.

—Estoy en un torneo de golf.

—Ja, ja. Vamos, ¿dónde estás?

—En la biblioteca de Briarcliff Manor.

—Eso lo creo aún menos.

—Pues resulta que es cierto —dije—. Estoy repasando la jerga de los seguros de vida.

—¿Por qué?

—Nora está haciendo muchas preguntas. Es muy exigente. No sé si me está poniendo a prueba o si sólo es curiosidad, pero en cualquier caso tengo que saber de qué estoy hablando.

—¿Cuándo contactaste con ella por última vez?

Algo me decía que «toda la noche» no era la mejor respuesta a esa pregunta.

—Ayer —dije—. Craig Reynolds la invitó a comer para disculparse por todos los problemas que le ha causado John O'Hara.

—Bien pensado, genio. Evidentemente le dijiste que el pago estaba a punto de efectuarse, ¿no?

—Sí, y pareció aliviada. Aunque empezó a hacerme algunas preguntas.

—¿Crees que sospecha algo?

—Es difícil saberlo tratándose de ella.

—Tienes que conseguir que se abra.

Tragué saliva al oír esa expresión.

—Se me ha ocurrido una idea: ¿y si Craig Reynolds da otro paso y la invita a cenar?

—¿Te refieres a una cita?

—Yo no lo diría de ese modo; su prometido acaba de morir. Pero, en fin, sí, una cita. Has dicho que quieres que se abra más.

—No sé... —dijo Susan.

—Ya, yo tampoco. Pero me estoy quedando sin opciones, por no decir sin tiempo.

—¿Y si rechaza la proposición?

Me reí.

—No subestimes el encanto de O'Hara.

—No lo hago: por eso estás en el caso, amigo. Pero como tú mismo dijiste, al parecer Nora no es de las que se sienten atraídas por un agente de seguros.

Me mordí la lengua.

—Personalmente, creí que te preocuparía más que Nora dijera que sí.

—Así es, créeme —dijo—. Pero considero que tienes razón. Seguramente es nuestra mejor baza.

Estaba a punto de asentir cuando oí voces fuera de la habitación. Nora y Harriet estaban subiendo la escalera.

—¡Maldita sea!

—¿Qué ocurre?

—Tengo que colgar —dije—. Hay una bibliotecaria que me está mirando mal.

—Está bien, cuelga. Pero escucha… ten mucho cuidado, O'Hara.

—Tienes razón. Parece una bibliotecaria con muy mala leche.

—Muy gracioso.

Después de colgar el teléfono, continué mirando el techo. Odiaba tener que mentir a Susan, pero me había visto obligado a ello. Quería saber si Nora sospechaba algo, y ahora yo me hacía la misma pregunta. ¿Sabía que le estaba mintiendo?

Susan era una de las personas más desconfiadas que había conocido nunca. Por eso estaba al mando.

76

Nora volvió muy animada y con una gran sonrisa difícil de resistir. Saltó encima de la cama y me besó en el pecho, las mejillas y los labios. Entornó los ojos e hizo una graciosa mueca que podría haberse ganado mi corazón en circunstancias normales, que ciertamente no eran éstas.

—¿Me has echado de menos?

—Terriblemente —dije—. ¿Cómo te ha ido con Harriet?

—De maravilla. Ya te he dicho que no nos llevaría mucho tiempo. Soy buena. No creerías lo buena que soy.

—Sí, pero no eras tú la que se encontraba atrapada en esta habitación.

—Oh, pobrecito —dijo tomándome el pelo—. Necesitas un poco de aire fresco. Razón de más para que no vayas a trabajar hoy.

—No aceptarás un no por respuesta, ¿verdad?

—La verdad es que... no.

Señalé con la cabeza los pantalones y la chaqueta que había encima de la silla.

—De acuerdo, pero ¿estás segura de que quieres pasar conmigo dos días seguidos con la misma ropa?

Se encogió de hombros.

—Ya te la he quitado una vez. No me importa tener que volver a hacerlo.

Nos duchamos, nos vestimos y salimos a dar una vuelta en su coche. El Mercedes.

—¿Adónde vamos? —pregunté.

Nora se puso las gafas de sol.

—Lo tengo todo controlado.

Primero me llevó a Villarina's, una tienda para *gourmets* que había en el pueblo. Naturalmente, yo simulé haber estado allí antes. Mientras nos paseábamos por el interior, me preguntó si había algo que no me gustara.

—Además de mis tortillas.

—No soy un gran fan de las sardinas —dije—. Aparte de eso, tú misma.

Pidió un pequeño festín: distintas clases de quesos, pimientos asados, ensalada de pasta, aceitunas, embutidos y un poco de queso francés. Yo me ofrecí a pagar, pero ella me dijo que no quería ni oír hablar de ello y cogió su monedero.

La siguiente parada fue una tienda de vinos y licores.

—¿Qué tal si hoy nos tomamos uno blanco? Personalmente, prefiero el Pinot Grigio —dijo.

Comprobó cuáles estaban más fríos y sacó una botella de Tieffenbrunner. Ya lo teníamos todo listo para nuestro picnic, lo que aún se hizo más evidente cuando Nora me mostró la manta que llevaba en el maletero, de cachemira y con el logotipo de Polo. La había metido ahí mientras yo estaba en la ducha.

Fuimos en coche hasta llegar cerca del lago Pocantico, donde encontramos un trozo de césped que nos ofrecía un poco de privacidad, por no hablar de las fantásticas vistas de la finca Rockefeller, con sus inestimables valles y colinas y qué se yo cuántas cosas más.

—¿Qué, no es mejor esto que ir a trabajar? —dijo tras dejarse caer sobre la manta.

Pero yo estaba trabajando. Mientras hablábamos de la comida y el vino, intentaba, con toda la discreción de la que era capaz, averiguar algo sobre Nora que pudiera relacionarla con la muerte de Connor Brown... y con la transferencia de su dinero, el motivo por el que se llevaba a cabo la investigación.

Con el fin de evaluar hasta qué punto dominaba la informática, mencioné casualmente los cortafuegos que incluía un nuevo programa que utilizaba en la oficina. Cuando asintió, añadí:

—¡Y pensar que hace sólo un año creía que los cortafuegos tenían que ver con los incendios!

—Igual que yo. Sé lo que es por un cliente, un experto en internet.

—Uno de esos millonarios informatizados, ¿eh? Dios, ¿qué hacen con todo ese dinero?

Nora hizo otra mueca graciosa.

—Por suerte para mí, redecoran sus casas. No te lo puedes ni imaginar.

—Seguro que no. Aunque sí me imagino los impuestos que deben de pagar esos tipos.

—Lo sé. Por supuesto, supongo que tendrán algún modo de minimizarlos —dijo.

—¿Te refieres a evasión de capital, por ejemplo?

Me miró durante un instante.

—Sí, a eso me refiero.

Vi que entornaba ligeramente los ojos, con un asomo de duda que rayaba en la sospecha. Suficiente para hacerme dar marcha atrás. Así que, durante el resto de la tarde, me lo tomé con calma… como un tipo cualquiera que está disfrutando de un inesperado día de fiesta, junto a una hermosa mujer de la que nunca tiene bastante.

77

«Vete a casa, O'Hara. Huye, pedazo de idiota.»

Pero no lo hice.

Después del picnic, vimos una película en el cine de Pleasantville. También fue idea de Nora. En el Jacob Burns proyectaban *La ventana indiscreta* y era una de sus favoritas.

—Me encanta Hitchcock. ¿Sabes por qué, Craig? Es divertido y además sabe captar la cara oscura de la vida. Es como ver dos buenas películas por el precio de una.

Cuando terminó la película, estábamos tan hartos de comer palomitas que decidimos saltarnos la cena que Nora había planeado en el cercano Iron Horse Grill. Así que ahí estaba, de pie frente a ella en el aparcamiento como si fuéramos dos adolescentes, sin saber cómo terminaría nuestra cita. Cosa que no le ocurría a Nora.

—Vamos a tu casa —dijo.

Me quedé mirándola, con los ojos clavados en su rostro. Ya había visto «mi casa», ya sabía que era una caja de zapatos. ¿Estaba jugando conmigo para ver cómo reaccionaba? ¿O realmente no le importaba cómo viviera yo?

—Mi casa, ¿eh?

—¿Te parece bien?

—Claro —dije—. Pero tengo que advertirte que tal vez no sea como esperas.

—¿Y eso qué significa? ¿Qué es lo que espero?

—Digamos que es muy distinto de lo que tú estás acostumbrada.

Entonces, Nora me miró a los ojos.

—Craig, me gustas. Se trata de eso. De ti y de mí. ¿De acuerdo?

Asentí.

—De acuerdo.

—¿Puedo confiar en ti? Me gustaría hacerlo.

—Sí, claro que puedes. Soy tu agente de seguros.

Dicho eso, nos fuimos a mi casa. Nora ni siquiera pestañeó al verla... por segunda vez. «Ashford Court Gardens, mi dulce hogar.» Cogidos de la mano, nos aventuramos dentro.

—Debo señalar que la doncella está en huelga —dije, sonriendo entre dientes—. Según dice, las condiciones de trabajo son insostenibles.

Nora miró a su alrededor, a mis nada pulcros dominios.

—Está bien —dijo—. Esto me dice que no estás viendo a otra persona. No me disgusta, en realidad.

Le ofrecí una cerveza y aceptó. Si se la servía en la cocina me aseguraba de poder bromear sobre la formica amarilla antes de que lo hiciera ella. Se dio la vuelta y dejó en el suelo el bolso de piel roja.

—En fin, ¿no vas a enseñármelo todo?

—Ya lo estás viendo —dije.

—Tendrás un dormitorio, ¿no?

Me había dicho a mí mismo que aquello tenía que terminar en aquel mismo momento y en aquel mismo lugar. Por supuesto, si lo hubiera dicho en serio, nunca habríamos llegado a mi cocina. Habría dicho algo a la salida del cine, habría simulado que prefería que las cosas «fueran un poco más despacio».

En lugar de eso, nos estábamos besando y dirigiéndonos a mi dormitorio. Estaba a punto de meterme con Nora entre las sábanas otra vez. Tal vez estuviera dando un nuevo significado al término «agente secreto».

Pero, en realidad, tenía pensado utilizar aquello en mi beneficio. Y me parecía que ya sabía por dónde empezar.

78

—¿Cómo conseguiste husmear en su bolso sin que se diera cuenta? —preguntó Susan.

«Verás, jefa: después de que Nora y yo tuviéramos una sesión de sexo loco y salvaje en mi piso de soltero, esperé a que se quedara dormida. Entonces me deslicé hasta la cocina y rebusqué en su bolso.»

Pensándolo mejor...

—Tengo mis métodos —dije, simplemente—. ¿No es por eso por lo que me elegiste para el trabajo?

—Dejémoslo estar en que tienes una buena trayectoria, O'Hara. Y además, estabas disponible.

Al día siguiente me encontraba sentado ante el escritorio de mi oficina, hablando con Susan por teléfono sobre lo último que habíamos comentado: mi «cita para cenar» con Nora. La mayor preocupación de Susan era que yo pudiera mostrarme demasiado duro y espantase a Nora. Ja. Una vez hube asegurado a Susan que no era el caso, su atención se centró en lo que había encontrado en el bolso de Nora.

—¿Cómo has dicho que se llamaba ese idiota? —preguntó Susan.

—Steven A. Keppler.

—¿Y es un abogado financiero de Nueva York?

—Eso dice su tarjeta.

—¿Cuándo podrás hablar con él?

—Ésa es la cuestión. He telefoneado y Keppler está de vacaciones hasta la semana que viene.

—Por supuesto, no creo que él sepa nada.

—O tal vez lo sepa todo. Soy un optimista, ¿recuerdas?

—Entonces apelará al secreto profesional, si realmente Nora es su clienta.

—Es lo más probable.

—¿Qué harás entonces?

—Como ya te he dicho, tengo mis métodos.

—Lo sé, y eso es lo que temo —dijo—. Recuerda: debes tener cuidado con los abogados. Lo creas o no, algunos de ellos conocen bien las leyes.

—Lo que resulta curioso, ¿eh?

—¿Me mantendrás informada? Mantenme informada.

—Siempre lo hago.

Después de colgar a Susan, empujé mi silla hacia atrás y respiré hondo. Me sentía inquieto y decaído. La pantalla de mi ordenador se encontraba en *standby* y con el tacón del zapato le di a la barra espaciadora del teclado. El monitor se encendió. Avancé con la silla y abrí el archivo que tenía sobre Nora. Me puse a buscar entre las fotografías que le había hecho al principio, tras el funeral de Connor.

Me detuve en la última para estudiarla. En la imagen aparecía hablando con la hermana de Connor, Elizabeth, en la escalera de entrada. Nora iba de negro y llevaba las mismas gafas de sol que había llevado puestas el día del picnic. Elizabeth Brown también era muy atractiva, aunque se trataba de una rubia californiana; arquitecta, por lo que yo sabía.

Me incliné hacia delante y miré la fotografía de cerca. A primera vista no se veía nada raro. Pero ésa era la cuestión.

Percepción frente a realidad. O Nora no tenía nada que ocultar... o había engañado a todo el mundo. A la policía, a los amigos, a Elizabeth Brown... Dios, ¿era capaz de charlar tranquilamente con la hermana del hombre al que había asesinado? ¿Tan persuasiva era Nora? ¿Y tan calculadora? Lo que la hacía tan peligrosa era que no estaba seguro de poder contestar. Ni siquiera ahora.

Sólo sabía una cosa: apenas podía esperar a verla otra vez. Cerré el documento, advirtiéndome a mí mismo que estaba fuera de control. Tenía que hacer algo: me había acercado demasiado a las llamas y el calor empezaba a ser excesivo. Necesitaba alejarme. «Tranquilízate, O'Hara.» Al menos por unos días.

Entonces tuve una idea. Tal vez hubiera encontrado el modo de volver a ordenar mis prioridades. Llamé a Susan de nuevo y le dije lo que pretendía hacer.

—Necesito un par de días libres.

79

El miércoles por la tarde, Nora subió en ascensor hasta el octavo piso del centro psiquiátrico Pine Woods. Bebió un sorbo de agua, se la terminó y tiró la botella vacía a la papelera. Como de costumbre, se dirigió al puesto de enfermeras. Pero aquella tarde no había nadie. Ni Emily, ni Patsy. «Qué nombre tan acertado.» Nadie.

—¿Hola? —llamó.

No obtuvo más respuesta que el eco de su propia voz. Nora dudó un instante antes de decidirse a continuar por el pasillo. Después de todos esos años, no era necesario que firmara.

—Hola, mamá.

Olivia Sinclair se volvió hacia su hija, que estaba de pie en el umbral de la puerta.

—Hola —respondió con su habitual sonrisa inexpresiva.

Nora le dio un beso en la mejilla y acercó una silla.

—¿Te encuentras bien?

—Ya sabes que me gusta leer.

—Así es —dijo Nora. Dejó su bolso en el suelo y metió la mano en la bolsa de plástico que había traído. Sacó un ejemplar de la última novela de Patricia Cornwell—. Aquí tienes. Esta vez no me he olvidado.

Olivia Sinclair cogió el libro y, despacio, pasó la palma de su mano por la cubierta. Con el dedo índice, repasó las letras en relieve del título.

—Se te ve mucho mejor, mamá. No sabes cómo me asustaste la última vez.

Nora observó que la mirada de su madre se quedaba fija en la brillante cubierta. Por supuesto, no se daba cuenta absolutamente de nada. Los muros que había levantado alrededor de su mundo eran demasiado gruesos. Pero este hecho, que normalmente era un motivo de dolor para Nora cada vez que venía de visita, ahora la hacía sentirse más aliviada.

Desde el momento en que su madre había sufrido el ataque de epilepsia, le había preocupado ser ella la culpable. Sus lágrimas y emociones, su repentino impulso de confesar sus pecados (algo que no tenía por qué traer consigo a aquella habitación)... todo eso había desencadenado esa reacción. Cuanto más pensaba en ello, más se convencía Nora de que eso era lo que había ocurrido.

Pero ahora ya no. Mirando a su madre, tan lejana y ausente, comprendía que el incidente no había tenido nada que ver con ella. Por extraño que pareciera, la idea de que ella podía haberle causado el ataque de epilepsia había sido un motivo de esperanza.

—Creo que este libro te va a gustar, madre. Kay Scarpetta. Ya me lo dirás el próximo día, ¿vale?

—Ya sabes que me gusta leer.

Nora sonrió. Durante el resto de su visita habló sólo de cosas positivas y entretenidas. De vez en cuando, su madre la miraba, pero la mayor parte del tiempo contemplaba el televisor apagado.

—Bueno, creo que voy a marcharme —dijo Nora al cabo de una hora.

Vio que su madre cogía el vaso que tenía encima de la mesilla de noche. Estaba vacío.

—¿Quieres un poco de agua? —preguntó Nora. Su madre asintió y ella se levantó para coger la jarra—. Vaya, también está vacía. —Nora se llevó la jarra al cuarto de baño—. Vuelvo enseguida.

Su madre asintió de nuevo.

Entonces esperó. En cuanto oyó el ruido del grifo, Olivia sacó de debajo de la colcha la carta que había escrito. En ella explicaba muchas cosas que había querido decir a su hija desde hacía años, aunque sabía que no podía. Ahora creía que debía contar la verdad a Nora.

Olivia sacó sus pies descalzos de la cama y se abalanzó sobre el bolso abierto de Nora, apretando la carta con fuerza en su mano. La dejó caer dentro. Después de todo ese tiempo, fue tan sencillo como extender un brazo.

80

—¡Aquí está!

Emily Barrows, sobresaltada, levantó la mirada desde su asiento en el puesto de enfermeras y vio a Nora de pie frente a ella; estaba espléndida, por supuesto, como siempre. No había oído sus pasos al acercarse: estaba demasiado ensimismada en su libro.

—Ah, hola, Nora.

—No la he visto al entrar.

—Lo siento, querida. Debía de estar en el cuarto de baño —dijo Emily—. Esta tarde estoy yo sola.

—¿Qué ha sido de la otra enfermera, aquella que usted estaba enseñando?

—¿Te refieres a Patsy? Ha llamado y ha dicho que no se encontraba bien. —Emily señaló con la cabeza el libro que tenía abierto ante sí—. Gracias a Dios, hoy tenemos un día tranquilo.

—¿Qué está leyendo?

Le mostró la cubierta. *La hora de perdonar*, de Jeffrey Walker. Nora sonrió.

—Es bueno.

—El mejor.

—Y tampoco es desagradable a la vista, ¿eh?

—Supongo que no, si te gustan los hombres altos y de una belleza salvaje.

Emily miró cómo Nora se reía. Desde luego, no era la mujer tensa y arisca de la última vez. En todo caso, parecía estar de buen humor, mejor de lo que había estado nunca.

—¿Ha sido agradable la visita a tu madre, Nora? Al menos, eso parece.

—Sí, así es. Sin duda, mejor que la última vez que estuve aquí. —Nora se apartó el pelo detrás de las orejas—. Lo que me recuerda... —dijo—. Quería pedirle disculpas por mi comportamiento del otro día. Estaba muy afectada. Sin embargo, usted se hizo cargo de la situación con gran aplomo. Estuvo estupenda. Gracias, Emily.

—De nada, pero para eso estoy aquí.

—Bueno, pues me alegro de que estuviera aquí ese día. —Nora miró el libro de Emily—. ¿Sabe qué? Cuando Jeffrey Walker publique otro libro, le traeré un ejemplar firmado.

—¿De veras?

—Claro. Conozco al señor Walker. Trabajé para él.

Emily sonrió radiante.

—Ay, Dios mío, eso me alegraría el día. ¡Y la semana entera!

—Es lo menos que puedo hacer. —Nora le dedicó una cálida sonrisa—. Después de todo, ¿para qué están los amigos?

Aunque sólo fuese una forma de hablar, Emily sabía que era una frase llena de amabilidad. Finalmente, Nora se despidió con la mano y se dirigió al ascensor.

Después de verla apretar el botón de la planta baja, Emily volvió a su novela de Jeffrey Walker. Pero cuando oyó cerrarse las puertas del ascensor, volvió a levantar la vista. Y entonces lo vio: el bolso de Nora estaba en el mostrador.

Emily supuso que se daría cuenta de su descuido antes de llegar a la recepción. De todos modos, llamó a seguridad. Después de colgar, reanudó su lectura. Antes de que pudiera terminar una frase, sus ojos volvieron a ese bolso tan caro y bonito.

Y se dio cuenta de que estaba abierto.

81

Elaine y Alison apenas podían creer lo que oían. No era normal que Nora les hablara de otro hombre… no desde la repentina muerte de Tom, su marido.

Pero eso era precisamente lo que su mejor amiga estaba haciendo mientras cenaban aquella noche, arropadas por las paredes de obra vista en The Mercer Kitchen, en el SoHo. De hecho, «hablar» no era la palabra que mejor lo describía. Más bien parloteaba por los codos. Nora no era así.

—Es que bajo aquella fachada tiene una energía increíble, una seguridad tranquila que me encanta. Y aunque tiene los pies en el suelo, es muy especial.

—Uauh. ¿Quién iba a decir que los tipos de los seguros podían ser tan sexies? —bromeó Elaine.

—Yo no, la verdad —dijo Nora—. Pero Craig… en fin, él no debería ser agente de seguros.

—Háblanos de lo más importante: ¿cómo viste? —preguntó Alison, la eterna periodista de moda.

—Lleva trajes bonitos, nada rancios. Le gusta ir con el cuello de la camisa abierto, creo que nunca le he visto con corbata.

—Muy bien, vayamos al grano —dijo Elaine gesticulando con la mano—. ¿Qué tal es tu chico en la cama?

Alison puso los ojos en blanco.

—¡Elaine!

—¿Qué? Siempre nos lo contamos todo.

—Sí, pero se acaban de conocer. ¿Cómo sabes siquiera que ya se han acostado?

Alison se volvió hacia Nora con una pícara sonrisa.

—Nos hemos acostado.

Elaine y Alison se inclinaron hacia delante apoyándose en los codos.

—¿Y? —preguntaron las dos al mismo tiempo.

Nora, que dominaba por completo la situación, bebió tranquilamente un sorbo de su Cosmopolitan.

—No estuvo mal... No, estoy bromeando: fue increíble.

Las tres se pusieron a reír como adolescentes.

—¡Qué envidia! —dijo Elaine.

De repente, Nora se puso un poco seria, sorprendiéndose incluso a sí misma.

—Cuando estoy con él nunca me siento sola. Hacía mucho tiempo que no me sentía así. Creo... creo que somos muy parecidos.

Elaine miró a Alison.

—Tal vez hemos buscado en el lugar equivocado. En una ciudad con un millón de hombres solteros, ella encuentra al señor Increíble en provincias.

—Lo que no nos has dicho todavía es qué estabas haciendo ahí —preguntó Alison.

—Tengo un cliente en Briarcliff Manor —dijo Nora—. Yo estaba en un anticuario de Chappaqua y ahí estaba él, buscando viejas cañas de pescar. Las colecciona.

—Y el resto es historia —dijo Alison.

—Le echó el cebo allí mismo —añadió Elaine—. Lo repito: ¡qué envidia!

En realidad no sentía envidia, y Nora lo sabía. Lo único que sentía Elaine era felicidad, pues su amiga, que al parecer era incapaz de seguir adelante con su vida, había conocido a alguien. Y Alison estaba igual de contenta por Nora.

—¿Y cuándo conoceremos al tal Craig? —preguntó.

—Eso —dijo Elaine—. ¿Cuándo podremos conocer al señor Increíble?

82

Cuando Nora regresó a su apartamento después de cenar, sólo podía pensar en una cosa: en Craig. Con toda esa cháchara sobre su vida sexual, le habían entrado ganas de estar con él. Pero tendría que conformarse con oír su voz. Después de ponerse el pijama, se metió en la cama y marcó su número. Sonó cinco veces antes de que contestara.

—¿Te he despertado?

—Qué va —dijo él—. Estaba leyendo en la otra habitación.

—¿Algo bueno?

—Por desgracia, no. Cosas del trabajo.

—Suena aburrido.

—Lo es. Razón de más para alegrarme de tu llamada.

—¿Me has echado de menos?

—Más de lo que crees.

—Lo mismo digo —contestó—. Ojalá estuviera allí contigo. Me da la sensación de que no estarías leyendo.

—Ah, ¿no? ¿Y qué estaría haciendo?

—Me estarías abrazando.

—¿Nada más?

Nora respiró hondo.

—Y me estarías besando.

—¿Besándote dónde?

—En los labios.

—¿Suave o fuerte?

—Primero suave y luego fuerte.

—¿Dónde tendría las manos? —preguntó él.

—En distintos sitios, todos ellos interesantes.

—¿Dónde, exactamente?

—En mis pechos. Para empezar.

—Mmm. Un buen comienzo, por lo que recuerdo. ¿Dónde más?

—En el interior de mis muslos.

—Oh, eso me gusta.

—Espera, se están deslizando hacia arriba. Despacio. Te estás excitando.

—Eso aún me gusta más.

Nora se mordió el labio inferior.

—La verdad es que a mí también.

—¿Puedes sentirme? —susurró él.

—Sí.

—¿Estoy dentro de ti?

¡Clic!

—¿Qué es eso? —preguntó Craig.

—Mierda, me llaman por la otra línea.

—No hagas caso.

Nora miró su identificador de llamadas.

—No puedo, es una amiga mía.

—Ahora estamos hablando —dijo él entre risas.

—Muy gracioso. Espera un segundo, ¿vale? Acabo de cenar con ella y si no contesto se preocupará. —Descolgó la otra línea—. ¿Elaine?

—Todavía no estabas durmiendo, ¿verdad? —preguntó.

—No, estaba más que despierta.

—Oye, parece que te hayas quedado sin aliento.

—Estaba en la otra línea.

—No me lo digas... ¿Craig?

—Sí.

—Y yo he llamado justo a la mitad, ¿no es así?

—No pasa nada.

—Telecoitus interruptus. Lo siento.

—No te preocupes.

—Sólo quería repetirte lo contenta que estoy por ti, cariño. Ahora vuelve a lo que sea que estuvierais haciendo.

—Creo que es lo que haré.

—¡Qué envidiaaaa!

Clic.

—¿Sigues ahí? —preguntó Nora.

—Sigo aquí —dijo él.

—¿Dónde estábamos?

—Habíamos llegado a tal punto que definitivamente no podré dormir esta noche.

—Yo tampoco. Mañana pasaré a verte y lo haremos de verdad.

Nora esperó a que él dijera algo. En lugar de eso, se hizo el silencio. ¿Qué estaría pensando?

—Mañana no puedo —dijo al fin.

—¿Por qué no?

—Tengo que ocuparme de cierto asunto en la oficina central de Chicago. En realidad, por eso estaba leyendo a estas horas.

—¿De qué asunto se trata? ¿No te lo puedes saltar y ya está?

—Lo haría; es un seminario. Pero soy uno de los ponentes.

—¡Oh! —exclamó ella, desanimada—. Vaya.

—Estaré de vuelta dentro de unos días.

—¿Me llamarás desde Chicago?

—Ya sabes que sí. Quizás incluso podamos retomar el tema donde lo hemos dejado.

—Quizá, si te portas bien.

—Oh, seré bueno, te lo aseguro —dijo—. No te preocupes por eso.

83

Pero Nora se preocupó. Toda la noche, para ser exactos. Había dicho que no podría dormir y estaba en lo cierto. Lo que quería, lo que anhelaba, era saber si Craig le había dicho la verdad. Estaba inquieta por el modo en que se había referido al seminario. Había sentido el mismo atisbo de duda que el día en que se conocieron, como un presentimiento de que algo no iba del todo bien.

A la mañana siguiente, Nora se despertó al alba. Ni se duchó, ni se maquilló: no había tiempo que perder. Con una vieja sudadera y una gorra de béisbol calada hasta los ojos, se dirigió en coche a Westchester. La primera parada fue la casa de Connor, en Briarcliff Manor, donde hizo un cambio: dejó el Mercedes rojo descapotable y cogió uno de los dos coches que acumulaban polvo en el garaje, un Jaguar XJR verde. De este modo, Craig no la reconocería. Además, el Jaguar le gustaba casi tanto como el Mercedes.

Veinte minutos más tarde, aparcaba al final de la calle donde estaba el apartamento de Craig, esperando con un gran vaso de plástico lleno de café en el regazo. Bebió unos sorbos mientras vigilaba.

La primera vez que le había seguido, ignoraba cuánto tiempo iba a esperar. Esta vez era distinto: él le había dicho que tenía un vuelo a mediodía.

Hacia las diez, se abrió la puerta desconchada y apareció él. Estaba muy guapo con su camiseta amarillo limón y su chaqueta deportiva de color tostado. Si iba a conducir hasta el aeropuerto, parecía lógico que saliera a esa hora. Es más, incluso llevaba una maleta. Se sintió aliviada.

Luego observó cómo Craig se subía a su BMW negro. El pelo, peinado hacia atrás, todavía estaba húmedo de la ducha. Su atractivo era natural, pensó Nora. Ya le echaba de menos, y ni siquiera había salido de la ciudad.

Dio marcha atrás y giró hacia donde estaba Nora. Ésta se agachó apresuradamente en el asiento delantero, esperando a que él pasara de largo. El Jaguar verde no era más que otro coche aparcado junto a la acera, aunque era el más bonito.

Le seguiría durante unos minutos, hasta que estuviera claro como el agua que iba camino del aeropuerto. Todo iría bien. Mejor que bien. Él la llamaría desde Chicago aquella misma noche y ella le diría cuánto le echaba de menos, cosa que no le costaría demasiado. Los dos bromearían con sus orgasmos telefónicos. Nora sonrió al pensar en ello. ¿Qué le estaba ocurriendo?, se preguntó.

Estaba siguiendo a Craig a unos diez metros de distancia; éste se dirigió hacia el sureste, camino del aeropuerto, una ruta que ella conocía bien. Durante el camino se regañó a sí misma. «Mejor exagerar que lamentarlo» era su mantra favorito, pero tenía la sensación de que esta vez se había pasado un poco.

También antes había albergado las mismas dudas respecto a Craig y, al igual que en la primera ocasión, seguirle no le descubría nada nuevo. Hasta que vio que ponía el intermitente.

84

Había muchos caminos para llegar al aeropuerto de Westchester; por desgracia, aquél no era uno de ellos. Ni siquiera se podía considerar la ruta panorámica. Cuando Craig señalizó y giró, Nora lo comprendió de inmediato: tenía otro destino en mente.

No quería aventurar conclusiones. Existía algo llamado mentiras «piadosas» y prefirió mantener la esperanza. Tal vez estuviera preparando una sorpresa para ella.

Unos kilómetros más tarde, cuando vio ante sí una señal anunciando Greenwich, Connecticut, pensó en Betteridge, su joyería favorita de aquella localidad. Intentó imaginarse a Craig llevándole una cajita con un lazo encima y diciéndole que había inventado lo del viaje a Chicago, una mentirijilla inocente al fin y al cabo, para poder sorprenderla con un regalo.

Pero Greenwich pasaba de largo. Y con él, la mayor parte de las esperanzas de Nora. Seguía sin querer aventurar conclusiones, pero estaba lo más cerca de la ira que se podía estar. Ira, dolor... un montón de emociones encontradas, y ninguna de ellas positiva.

Craig entró en la localidad de Riverside, Connecticut. Por el modo en que conducía, era evidente que la zona le resultaba familiar. Pero ¿por qué? Finalmente, se metió por una calle sin salida.

Nora se quedó en la esquina, donde se detuvo. Miró a su alrededor. Las casas no eran muy grandes, pero se encontraban en buen estado. Nada que ver con el apartamento de Westchester.

¿Qué estaba haciendo Craig en Connecticut? ¿Por qué llevaba una maleta? ¿Por qué le mentía?

A media calle, más o menos, su BMW aparcó en un camino de entrada que había después de un buzón rojo. Nora observó atentamente, forzando la vista para ver a mayor distancia, mientras él salía del coche.

Craig se desperezó y se encaminó hacia la escalera principal de la casa, un edificio blanco de estilo colonial con persianas de color verde selva. Antes de llamar, la puerta se abrió de golpe y salieron corriendo un par de chiquillos. Se echaron en sus brazos y él los abrazó y los besó de tal modo que enseguida quedó descartada la posibilidad de que fuese su tío, su primo o su cariñoso hermano mayor. Sin duda alguna, Craig Reynolds era su padre.

«¿Significa eso que está... casado?»

Los ojos de Nora se clavaron en la puerta de entrada por si aparecía alguien más. Su corazón latía fuerte y le entraron ganas de vomitar. Pero en cuanto Nora vio a la mujer que estaba allí de pie, comprendió que no podía estar contemplando a la señora de Craig Reynolds. A menos que a éste le gustaran las ancianas extranjeras. Aquella mujer llevaba la palabra «niñera» escrita en la frente.

La mirada de Nora captó a alguien más. Asomada a la ventana del segundo piso había otra mujer, de un atractivo provinciano. Le hacía señas a Craig. En su frente había escrito algo diferente.

«Esposa.»

Nora echó la cabeza hacia atrás, contra el asiento del Jaguar, y maldijo como una loca, con todos los insultos que se podrían encontrar en un manual.

—¡Craig, eres un mentiroso despreciable, un cerdo, un farsante!

Nora siguió mirando mientras él conducía a los dos niños dentro; era incapaz de apartar los ojos. Intentaba encajar las piezas, pero había algo que seguía sin tener sentido: ¿por qué tenía un apartamento en Westchester si vivía ahí?

Cuando aún no había terminado de reflexionar sobre esa cuestión, la puerta se abrió de nuevo. Craig y sus dos hijos salieron riendo y dándose golpecitos juguetones en los brazos. Ahora, cada niño llevaba una mochila y Craig, un petate. Entraron en el BMW. Se marchaban. Pero ¿adónde?

Nora echó un vistazo a la señal de «Camino sin salida» que había frente a ella. Puso la primera. No podía permitir que Craig pasara por delante de un Jaguar aparcado por segunda vez en una mañana.

Al girar por la siguiente calle, se detuvo allí durante un rato, pasándolo mal y pensando qué iba a hacer. Le importaba un comino adónde llevara Craig a sus hijos. Seguro que no era a un seminario en Chicago, en el que él figuraba como ponente. ¿Qué más había que comprender, aparte de que estaba engañando a su mujer?

Nada.

Decidió que regresaría a Westchester y puso el coche en marcha. Más tarde, en algún momento a lo largo del día, Craig la telefonearía. Seguro que sería una llamada muy interesante.

Pero, antes de volver a la carretera, Nora no pudo evitar echar un último vistazo a aquella preciosa casita de las afueras, de cerca. Apenas podía creer lo que había visto en los últimos minutos. Estaba claro que Craig fingía ser otra persona. De hecho, se parecían más de lo que ella hubiera podido soñar. ¿Tal vez por eso le atraía tanto?

Giró por la calle donde vivía Craig y se aproximó despacio al camino de entrada. De repente, dio un frenazo y miró fijamente. En uno de los lados del buzón había un nombre grabado, medio borrado pero legible. Nora no podía creer lo que veían sus ojos. El nombre escrito en el buzón era «O'Hara».

85

Espoleada por la rabia y la traición, incluso tal vez con el corazón algo roto, Nora condujo de vuelta a Westchester como alma que lleva el diablo. Estaba fuera de sí y rebosaba desdén.

Pero también le asediaban peligrosas preguntas sin contestar. ¿Por qué O'Hara había organizado esa artimaña? ¿Existía realmente alguna póliza de seguros? Y en cuanto al sexo... ¿qué papel tenía en todo aquello? Lo único de lo que estaba segura era de que le habían mentido, y lo había hecho un experto.

«¿Qué te parece, querida mía? Engañada por un profesional.»

Cuando llegó a la casa de Westchester, entró en ella arrasando y rompiendo valiosos objetos a diestra y siniestra. Tiró una mesa al suelo y rasgó un cuadro. Estampó un jarrón de Baccarat contra la pared y los pedazos de cristal se esparcieron por el suelo.

Entonces fue Nora la que se quebró.

Se bebió más de media botella de vodka, farfullando para sí misma, hasta que sus palabras se convirtieron en un balbuceo. Juró venganza, pero tendría que esperar para pensarla y tramarla. Hacia media tarde estaba tumbada sin conocimiento en el sofá del salón.

No se despertó hasta la mañana siguiente. La resaca fue casi una bendición, por terrible que fuese, pues inmediatamente apartó de su mente el motivo por el que había empezado a beber. Aunque no por mucho tiempo. Mientras se preparaba un café, la cólera regresó. El detonante fue el aroma: vainilla con avellanas. El mismo café que había compartido con Craig después de que éste se presentara.

Sólo que no era Craig. Nunca lo había sido.

Por fin, la resaca disminuyó. Con la cabeza más despejada, volvió a las preguntas sin respuesta. La primera y más importante: ¿por qué simulaba O'Hara que era otra persona? Dejando a un lado la póliza de seguros, ¿existía la compañía Centennial One? Después de ver la oficina en la ciudad, había dado por hecho que así era. Ahora, en cambio, no apostaría nada por ello. Nora descolgó el teléfono. Marcó el número de información de Chicago y preguntó por la supuesta oficina central de Centennial One.

—Por favor, anote el número —dijo el telefonista.

Pero Nora estaba convencida de que eso no demostraba nada. Lo apuntó y marcó.

—Buenos días, Seguros de Vida Centennial One —dijo una mujer de voz agradable.

—Sí; ¿puedo hablar con John O'Hara, por favor?

—Lo siento, el señor O'Hara está de viaje.

—¿Puede ponerme con su buzón de voz?

—Desgraciadamente, nuestro sistema de buzón de voz en estos momentos no funciona —dijo la mujer.

—Qué casualidad.

—¿Disculpe?

—No, nada.

—Si quiere, puedo tomar nota de su mensaje.

—No, no tiene importancia. —Nora estaba a punto de colgar—. Perdone, ¿cómo se llama usted?

—Susan.

—La verdad, Susan, es que tengo otra pregunta. ¿Puede decirme si Craig Reynolds todavía trabaja en esa empresa?

—Un momento, déjeme consultarlo. Ha dicho Reynolds, ¿verdad?

—Sí.

—Ah, aquí está. El señor Reynolds está en una de nuestras oficinas de Nueva York. En Briarcliff Manor, para ser exactos. ¿Quiere que le dé el número?

—Claro.

Nora lo anotó.

—Gracias, Susan.

—De nada, señorita... —Hizo una pausa—. Perdone, ¿cómo ha dicho que se llama?

—No lo he dicho.

Nora colgó. Inmediatamente cogió su bolso y rescató la tarjeta de visita que «Craig» le había dado. En efecto, los números coincidían.

—Vaya, eres bueno, O'Hara —mascculló para sí misma mientras cogía las llaves del coche.

«Pero la luna de miel ha terminado.»

CUARTA PARTE

Hasta que la muerte nos separe

86

Nora estuvo pulsando el botón de búsqueda de la radio, saltando de una emisora a otra, durante todo el camino hasta Briarcliff Manor. No había una sola canción que quisiera escuchar. La mayoría era basura; tenía ganas de gritar. Y al final, eso es lo que hizo. Estaba ansiosa, inquieta, y no sólo por todo el café que se había bebido. Pensar en O'Hara la había dejado muy alterada.

Cuando sonó el móvil, casi se salió de la carretera. «Es él.»

Lo primero que se le ocurrió fue hablar con él allí mismo, decirle cuatro cosas para darle a entender que sabía quién era en realidad. Pero al coger el teléfono, decidió que no. O'Hara no saldría tan bien parado.

Nora miró el identificador de llamadas. Con el resplandor del sol, no podía ver el número. Aun así, estaba segura de que era él.

—¿Dónde has estado?

Vaya con los presentimientos. Aquella voz ligeramente enfadada pertenecía a Jeffrey. No había contestado a sus llamadas en los últimos dos días.

—Lo siento mucho, cariño, quería llamarte —dijo—. Te has adelantado.

Su voz se suavizó enseguida.

—Dios mío, he estado preocupado, cielo. No sabía dónde podías estar.

Necesitaba una excusa, y de las buenas.

—Es por aquella maldita clienta mía, la insoportable. ¿Recuerdas? La misma que amenazó con despedirme si no iba con ella personalmente a recoger el género.

—¿Cómo podría olvidarme? Me costó un fin de semana contigo. —Nora se quedó callada… un silencio que no presagiaba nada bueno—. Oh, no —dijo él—. No me lo digas.

—Intentaré librarme de ella.

—¿Qué te ha pedido esta vez?

—Quiere que vaya a su casa de East Hampton para que vea su nuevo invernadero. Es una buena clienta, una de las mejores que tengo.

—Mañana es viernes, Nora. ¿Cuándo aprenderás?

«Está enfadado. Sólo me llama Nora cuando se enfurece.»

—Te llamaré esta tarde. Créeme: la idea de pasar otro fin de semana con esa mujer me mata. Te echo de menos.

—La verdad es que noto el cansancio en tu voz, cariño. ¿Va todo bien?

—Sí, ningún problema. —La imagen de O'Hara pasó por su mente—. A veces una sola persona es capaz de acabar conmigo, ¿sabes?

—Razón de más para estar con la que puede hacer que te sientas mejor —dijo Jeffrey—. ¿Me llamarás luego? Te quiero.

Nora respondió que sí y se despidió, poniendo fin a la llamada con un «Yo también te quiero». Se sentía satisfecha de su improvisado «mantenimiento marital»… aunque tampoco demasiado. Cada vez era más difícil seguir el rastro de sus propias mentiras, cosa que conllevaba un riesgo. No obstante, no pensaba comprometerse con Jeffrey para el fin de semana sin tener una idea más clara de lo que estaba tramando O'Hara.

Un minuto después, llegó al centro de la localidad de Briarcliff. Milagrosamente, encontró un sitio para aparcar, salió del coche y miró el rótulo que había sobre las ventanas del segundo piso: «Seguros de Vida Centennial One». Leyó el nombre despacio, como si hubiera pasado algo por alto la primera vez. No quería dar nada por sentado.

«Ya no, O'Hara.»

87

—Hola, ¿puedo ayudarla?

A través de las gafas de sol, Nora observó a la alegre jovencita que estaba sentada al otro lado de la mesa: veintitantos, mirada inteligente... más que cualificada para ese trabajo.

—Sí, vengo a ver al señor Craig Reynolds. ¿Está aquí?

Se dio cuenta de que la joven dudaba un poco.

«También ella tiene que estar metida en el ajo. Y la verdad es que no lo hace mal.»

—Lo siento, el señor Reynolds no se encuentra aquí.

Nora miró su reloj.

—¿Está comiendo? ¿En el Amalfi's, quizá?

—Está de viaje.

—¿Sabe cuándo volverá?

—Creo que el lunes —dijo la joven—. ¿Tenía una cita con él? ¿Quiere que le concierte una?

—No. Craig me dijo que me pasara, sin más. Pero quizá pueda ayudarme usted: quería una copia de una póliza de seguros.

De nuevo apareció aquel ligero titubeo, acompañado de un rápido movimiento de ojos. Aparte de eso, la chica representaba su papel perfectamente.

—¿La póliza es suya? —preguntó.

—No, pero yo soy la beneficiaria.

—Entiendo. —La joven sacudió la cabeza—. Por desgracia, sólo puedo proporcionarle una copia al asegurado.

Nora miró la placa con el nombre que había en la mesa.

—Molly, ¿verdad?

—Sí.

—Verá, Molly, eso va a ser un poco difícil en este caso. Y el motivo es que el asegurado está muerto.

—Oh, Dios, lo siento.

—Sí, yo también. Era mi prometido.

Molly la reconoció.

—Usted es la señorita Sinclair, ¿no es así?

—¿Cómo lo sabe?

Molly se giró un poco y miró hacia atrás, como para señalar las pequeñas dimensiones de la oficina.

—Aquí sólo trabajamos dos personas, así que estoy familiarizada con su caso. Una vez más, lo siento muchísimo.

Nora se quitó las gafas de sol y miró a Molly directamente a los ojos.

—Entonces, supongo que no habrá ningún problema para darme una copia de la póliza, ¿no?

Molly parpadeó un par de veces antes de sonreír.

—Claro que no. Voy a ver si la encuentro en el despacho del señor Reynolds.

Mientras se levantaba y se dirigía a un despacho situado detrás de ella, Nora miró a su alrededor. Era una oficina pequeña y parecía ser lo que era. Vio varios archivadores y algunos folletos. Y aun así, había algo que no encajaba, especialmente en Molly: para ser alguien que pretendía estar al corriente de todo lo que pasaba en la oficina, improvisaba demasiado. Molly volvió del despacho… con las manos vacías y sacudiendo la cabeza.

—Lo siento, señorita Sinclair, no consigo encontrar la póliza —dijo.

Nora se dio un golpe en la frente.

—¿Sabe una cosa? Acabo de recordar algo: Craig me dijo que estaba en la oficina central de Hartford.

—Ah, ¿sí? Pues entonces debe de estar allí.

Contempló a Molly por un instante. A la joven la situación empezaba a írsele de las manos. Al parecer, su «jefe» había olvidado decirle que la oficina central de Centennial One se encontraba en Chicago. Nora se puso otra vez las gafas de sol.

—En ese caso, será mejor que espere a que Craig regrese el lunes.

—De todos modos, le diré que ha pasado usted por aquí, ¿de acuerdo?

«Seguro que lo harás, Molly.»

Nora volvió a su coche e inmediatamente sacó el teléfono móvil. De repente, el efecto vendaval que O'Hara estaba produciendo en su vida se parecía más a una resaca. Nora seleccionó el número dos de su sistema de marcación rápida. A partir de ahora todo era cuestión de rapidez. Tenía que trabajar deprisa y atar todos los cabos sueltos.

—¿Diga?

—Buenas noticias, cariño —dijo.

—¿Te has librado de ella?

—Así es. Así que este fin de semana soy toda tuya.

—¡Fantástico! —dijo Jeffrey—. Me muero por verte.

88

Reinaba un silencio inquietante cuando los tres nos dirigíamos hacia nuestro campamento especial para pasar la noche. Iba a ser estupendo. Iba a ser perfecto.

—¿Vamos a tener problemas, papá?

Miré a Max, el menor de mis dos hijos. Con seis años, empezaba a comprender el significado de la palabra «responsabilidad». En cambio, su padre necesitaba refrescarse la memoria. Aunque no en ese caso en particular.

—No, tenemos un permiso especial para dormir allí —le expliqué.

—Claro, atontado —espetó John júnior—. Papá no nos llevaría sin preguntar primero. ¿Verdad, papá?

Con nueve años, hacía tiempo que John júnior había descubierto el detestable placer de ser el hermano mayor.

—Tranquilo, J. J. —le dije—. Max ha hecho una pregunta acertada e inteligente. ¿Lo oyes, Max?

—¡Sí! —dijo Max—. ¡Inteligente!

Sonreí para mis adentros y aceleré el paso.

—Vamos, chicos, ya casi hemos llegado.

En otras excursiones anteriores, los había llevado al monte Bear y al valle Mohawk. Una vez, incluso habíamos estado una semana en Yellowstone. Ahora sentía la necesidad de hacer algo completamente diferente. O tal vez estuviera intentando acallar mi sentimiento de culpabilidad respecto a Nora. En cualquier caso, iba a pasar una noche con los chicos y me aseguraría de que fuese fantástica. Me detuve en seco y me volví hacia ellos.

—Bueno, ¿qué os parece?

Max y John júnior tenían los ojos como platos y las bocas abiertas. Por una vez, se habían quedado sin palabras... y yo disfrutaba de ello. No había muchos sitios para acampar en el Bronx, pero yo estaba seguro de que encontraría el mejor.

—Chicos, bienvenidos al estadio de los Yankees.

Los dos soltaron sus mochilas al instante y corrieron a toda velocidad hacia el campo. Era última hora de la tarde y no había ni un alma alrededor. Nadie, excepto nosotros. Derek Jeter y compañía estaban de viaje por la costa Oeste y teníamos todo el estadio para nosotros. ¡La casa que construyó Babe Ruth! «Preocúpate sólo de cerrar cuando te marches», me había dicho el amigo que tenía en las oficinas. Había cosas peores que hacerle un favor a un tipo del FBI.

Abrí mi petate y saqué el equipo necesario. Bates, guantes, gorras, jerséis y una docena de pelotas.

—Muy bien, ¿quién quiere tirar primero?

—¡Yo, yo, yo!

—¡No, yo, yo, yo!

Hasta que los últimos rayos de sol desaparecieron tras el enorme marcador y las elevadas tribunas, mis dos hijos y yo nos lo pasamos como nunca en el estadio de los Yankees.

—¿De verdad que vamos a dormir aquí? —preguntó John júnior, emocionado.

—¡Claro que sí, atontado! —contestó Max alegremente, devolviéndole el golpe a su hermano mayor—. Eso ha dicho papá.

—Así es. —Fui hacia el petate y saqué la tienda de campaña—. Y ahora, ¿hacia qué lado nos ponemos? —Con un dedo señalaba al centro del campo y con el otro hacia el *home plate*—. ¿Sabéis qué? Ni lo uno ni lo otro; nos pondremos de cara a la tercera base. Ahí es donde jugaba mi Yankee favorito cuando yo era un chaval.

—¿Quién era? —preguntó John júnior.

—Craig Nettles —respondí.

Siempre me había gustado el nombre de Craig.

Los chicos y yo montamos nuestra pequeña tienda. Mejor dicho, yo la monté mientras Max y John júnior continuaban correteando como locos por el terreno de juego. Todavía estaban tan entusiasmados que parecían a punto de estallar, y contemplarlos era algo increíble. Tal vez estuviera reordenando por fin mis prioridades.

89

Se besaron y abrazaron como un par de ardientes adolescentes en el vestíbulo de la casa de Back Bay. Nora acababa de llegar.

—Vaya lujo —dijo Jeffrey, apretándola con fuerza entre sus brazos y acariciándole el cabello—. Eres mía durante un largo y entero fin de semana. ¿Puedes creerlo?

—No me vengas ahora con sarcasmos. A pesar de todo, me siento mal por apartarte de tu novela —dijo ella—. Sé que estás a punto de terminarla.

—Lo cierto es que no estoy a punto de terminarla.

Ella le miró, confundida, y entonces él sonrió.

—¿Ya la has acabado?

—Ayer, tras una sesión maratoniana que duró toda la noche. Debía de estar canalizando mi disgusto por no saber nada de ti.

—¿Lo ves? —dijo ella dándole un travieso golpecito en el pecho—. Debería haberte dejado colgado por más tiempo.

—Es gracioso que digas eso.

—¿A qué te refieres?

—A lo de dejarme colgado. He cambiado el final: así es como muere mi personaje principal.

—No me digas. Déjamelo leer.

—Te lo dejaré, pero primero quiero enseñarte algo. Ven.

—Sí, mi amo, como ordenes.

Él le cogió la mano y la condujo escaleras arriba. Pasaron por delante de la biblioteca y se dirigieron al dormitorio principal.

—Si vas a enseñarme lo que creo que vas a enseñarme, debo decirte que ya lo he visto —bromeó Nora.

Él se rió.

—¡Pues sí que estás bien informada! —A unos pasos de la entrada del dormitorio, se detuvo y se volvió hacia ella—. Ahora, cierra los ojos —susurró. Nora obedeció y él la guió hasta la habitación—. Muy bien, ya puedes abrirlos —dijo.

Nora los abrió. Su reacción fue inmediata.

—¡Oh, Dios mío!

Miró a Jeffrey y luego volvió a mirar en dirección a la chimenea. Caminó despacio hacia la sorpresa: un cuadro con la imagen de ella pintado al óleo.

—¿Y bien?

—Es precioso —dijo, antes de caer en la cuenta de cómo podían interpretarse sus palabras, puesto que se trataba de su propio retrato—. Quiero decir...

—No, tienes razón, es precioso. —Él la rodeó con sus brazos desde atrás, apoyando su cabeza sobre la de ella—. ¿Cómo no iba a serlo?

Ella siguió mirándolo hasta que las lágrimas asomaron a sus ojos. Realmente la amaba, ¿no era así? El cuadro representaba lo que él sentía, cómo la veía.

Jeffrey le dio otro apretón.

—Ya ves que la cosa no iba de colchones, sino de lienzos. —Miró por encima de su hombro hacia la cama con dosel de caoba—. Claro que ya que estamos aquí...

Nora se volvió para mirarle.

—Realmente sabes cómo llevarte a una chica a la cama, ¿verdad?

Él le dedicó una sonrisa burlona.

—Lo que haga falta.

—Me encanta.

—A mí me encantas tú.

Se besaron y se desnudaron, camino de la cama. Él la levantó con suavidad, como si fuese una pluma entre sus robustos brazos. La tumbó encima del edredón y se detuvo antes de acostarse junto a ella. Ni siquiera pestañeaba: lo único que quería era disfrutar de lo que veía. Y Nora le dejaba hacer. Se merecía contemplar su desnudez; era demasiado bueno para ella.

Hicieron el amor; al principio despacio, luego de un modo febril y sin freno. Sus brazos y sus piernas se entrecruzaban y se confundían. Hasta que, al fin, estallaron. Al menos, Jeffrey; en cuanto a Nora, representó su papel a la perfección, tan bien como Meg Ryan en *Cuando Harry encontró a Sally*... aunque no con la intención de resultar graciosa.

Estuvieron un minuto abrazados y en silencio. Con un hondo suspiro, Jeffrey se hizo a un lado.

—Tengo hambre —dijo—. ¿Tú no?

Nora apoyó la cabeza en la almohada. No podía dejar de ver su retrato en la pared y, por un instante, se quedó mirando sus propios ojos. Se preguntaba si existiría otra mujer en el mundo igual que ella.

—Sí —respondió finalmente Nora con suavidad—. Yo también tengo hambre.

90

Nora estaba contemplando la brillante tapa de acero inoxidable de los fogones Viking, tan hermosa como si saliera de un sueño, cuando Jeffrey entró en la cocina.

—Tenías razón —dijo—. La ducha me ha sentado muy bien.

—¿Lo ves? Te lo dije, haz caso a Nora.

Él echó un vistazo a la sartén por encima del hombro de ella.

—¿Estás segura de que no hay nada que pueda hacer aquí?

—Nada de nada, cariño. Lo tengo todo bajo control.

Cogió la espátula. Realmente, no podía hacer nada, ¿no era cierto? Ya estaba todo decidido. Mientras él se sentaba, ella le dio una última vuelta a la tortilla.

«Ya no hay vuelta atrás. Tengo que hacerlo. Y tiene que ser esta noche.»

—Ah, olvidaba decirte una cosa —dijo él—. El fotógrafo de aquella revista vendrá el próximo fin de semana. Estará aquí el sábado por la tarde y nos sacará unas fotos para el artículo.

—¿Significa eso que lo has pensado bien y has tomado una decisión?

—¿Sobre contarle al mundo lo afortunado que soy? Sí. Jeffrey Walker y Nora Sinclair son una pareja felizmente casada. En todo caso, me siento más convencido ahora que está a punto de hacerse público.

Ella soltó una risa sofocada.

—¿Qué?

—Parece como si se tratara de vender unas acciones —dijo—. Como si fuese un negocio.

Nora se volvió hacia los fogones y volcó la tortilla de Jeffrey en un plato. Había llegado su hora de comer. Durante un silencioso minuto, se sentó a la mesa junto a él y observó cómo se la comía, bocado tras bocado. Parecía feliz y contento. ¿Y por qué no?

—Cuéntame algo más de la novela —dijo al fin—. ¿Termina con un ahorcamiento?

Él asintió.

—Hasta ahora he hablado de guillotinas, duelos de espada y pelotones de fusilamiento, pero nunca de un buen ahorcamiento a la vieja usanza. —De repente, se llevó las manos al cuello y tosió como si se atragantara, antes de dar rienda suelta a la risa. Nora hizo lo posible por sonreír también ella—. Nora, ya sabes que tenemos que hablar de...

—¿Qué te ocurre?

Jeffrey abrió los ojos despacio.

—Nada —dijo, con la garganta temblorosa. Luego se la aclaró—. ¿Qué estaba diciendo? Ah, sí... tendríamos que hablar de...

Se detuvo de nuevo. Nora miró su rostro con atención. La sustancia estaba causando efecto, pero temía haberse quedado corta con la dosis. «Debería estar peor a estas alturas. Algo va mal.»

—¿Qué estaba diciendo...? —preguntó él, forzando la voz para que sonara calmada. Cuando aún no había terminado de formular la pregunta, comenzó a tambalearse en su silla. Parecía un disco rayado—: Deberíamos hablar de... hablar de... la luna de miel.

Se agarró el estómago, jadeando de dolor, y miró indefenso a los ojos de Nora. Ésta se puso en pie y fue hasta el fregadero, donde llenó un vaso de agua. Vuelta de espaldas, vació rápidamente un polvo en su interior: una considerable sobredosis de prostigmina o, como le gustaba llamarlo a su primer marido, Tom el cardiólogo... «el destructor». Combinada con el fosfato de cloroquinina que Nora había puesto en la tortilla, aceleraría el colapso respiratorio y, al fin, el paro cardíaco mientras su sistema lo iba absorbiendo por completo.

—Toma, bebe esto —dijo a Jeffrey mientras le ofrecía el vaso.

Él tosió y carraspeó.

—¿Qué... qué es esto? —preguntó, incapaz de enfocar bien aquel brebaje efervescente.

—Tú bébetelo —dijo Nora—. Esto se encargará de todo. Plop, plop, ssh, ssh...

91

Quería obtener respuestas, necesitaba conectar los cables correctos, dotar de sentido a las piezas del rompecabezas. De repente, se había convertido en un asunto personal para O'Hara… o el Turista.

El misterioso archivo que había recuperado a la salida de la estación Grand Central.

La lista de nombres, direcciones, cuentas bancarias y capitales.

Un repartidor de pizzas que había intentado matarlo.

Pero ¿quién estaba detrás de todo aquello? ¿El primer vendedor, el chantajista?

¿Su propia gente?

¿Qué querían? ¿Sabían que había copiado el archivo? ¿Lo sospechaban siquiera? ¿O simplemente se guardaban las espaldas por si acaso?

«No confían en mí y yo no confío en ellos. No es algo muy agradable. Pero así funciona el mundo hoy en día.»

En cualquier caso, dedicaba sus ratos libres —después de pasar su gran día con los chicos en el estadio de los Yankees— a trabajar con los nombres del archivo, intentando recomponer las piezas. Sin embargo, tenía que admitir que no era un genio en este tipo de cosas.

A pesar de todo, había llegado hasta aquí. Todos los individuos que aparecían en el archivo guardaban su dinero ilegalmente en paraísos fiscales. Más de un billón de dólares. Se había puesto en contacto con algunos bancos de la lista, pero seguramente ése no era el camino. Había llamado a casa de algunos de los tipos mencionados en ella, pero ése también era un mal sistema: ¿qué esperaba que admitieran?

Era domingo por la noche y estaba leyendo la sección de moda del *New York Times*. No por interés, sino por otros motivos. Por Nora Sinclair. Buscando temas de los que poder hablar con ella.

¡Y ahí estaba! ¡Sí! ¡Bingo!

Tres, cuatro, cinco, nueve, once nombres de «la lista», todos ellos en la misma fiesta para peces gordos que se celebraba en el Waldorf Astoria.

Y por fin lo comprendió. El chantaje, todo el embrollo, el pánico creado... incluso el hecho de que le hubieran llamado a él para asegurarse de que todo iba bien. Y luego, la razón de que alguien lo quisiera muerto, sólo porque tal vez sabía algo. Lo que, tal como iban las cosas, definitivamente era cierto. O'Hara sabía mucho más de lo que hubiera deseado. Sobre los dos casos en los que trabajaba en secreto.

92

«Vamos, vamos. Muévete, O'Hara.»

Susan quería un arresto, y eso significaba que debía darme prisa y que, en principio, no pasaba nada si me saltaba unas cuantas reglas. Al menos, así lo interpreté yo. Por supuesto, a veces oigo sólo lo que quiero oír.

Mientras estaba sentado en una silla frente a Steven Keppler, no pude evitar darme cuenta de unas cuantas cosas. La primera de ellas, que el abogado llevaba un peinado realmente horrible. Demasiada superficie a cubrir para tan poco pelo. En segundo lugar, que el tipo que se ocupaba de los impuestos de Nora estaba nervioso.

Claro que mucha gente se ponía nerviosa cuando se encontraba frente a un agente del FBI, y la mayoría sin razón alguna.

Prescindí de la cháchara superflua y saqué una fotografía de mi chaqueta. Era la impresión de una de las imágenes digitales que había sacado el primer día en Westchester.

—¿Reconoce a esta mujer? —pregunté, sosteniéndola frente a él.

Se inclinó sobre su mesa y respondió con rapidez.

—No, creo que no.

Extendí el brazo para que pudiera verla mejor.

—Mírela un poco más de cerca, por favor.

Cogió la fotografía y, con una habilidad digna de un actor de serie B, hizo como si la estudiara: frunció el ceño, entornó los ojos largo rato y, finalmente, se encogió de hombros de forma exagerada y sacudió la cabeza.

—No, no me resulta familiar —dijo—. Pero es una mujer hermosa.

Steven Keppler me devolvió la fotografía y me rasqué la barbilla.

—Es muy extraño —dije.

—¿El qué?

—Que esta hermosa mujer tuviera en el coche su tarjeta de visita sin conocerle.

Se agitó incómodo en su silla.

—A lo mejor se la dio alguien —dijo.

—Sí, supongo que sí. Pero eso no explicaría por qué me dijo esa mujer que le conocía.

Keppler se llevó una mano a la corbata, al tiempo que se arreglaba los pelos de la calva con la otra. Su nerviosismo alcanzaba niveles desmedidos.

—Déjeme echar otro vistazo a la foto. ¿Puedo?

Se la tendí y observé, con la certeza de que estaba a punto de asistir a otra muestra de pésima actuación. En efecto:

—¡Ah, espere un minuto! Creo que ya sé quién es. —Golpeó la fotografía varias veces con el dedo índice—. ¿Simpson, Singleton…?

—Sinclair —dije.

—Eso es, Olivia Sinclair.

—En realidad se llama Nora.

Sacudió la cabeza.

—No, estoy casi seguro de que se llama Olivia.

Y lo decía un tipo que hacía un minuto aseguraba que no la conocía de nada.

—¿Debo suponer que es una clienta? —pregunté—. Acaba de decir que es una mujer hermosa; me sorprende que no se acordara de ella.

—Hice algún trabajo para ella, sí.

—¿Qué clase de trabajo?

—Agente O'Hara, ya sabe que no puedo hablar de eso.

—Claro que puede.

—Ya sabe lo que quiero decir.

—¿Lo sé? Lo único que sé es que ha afirmado que no reconocía a una de sus clientes, que resulta ser el objeto de mi investigación. En otras palabras, ha mentido a un agente federal.

—¿Tengo que recordarle que está hablando con un abogado?

—¿Tengo que recordarle que puedo volver dentro de una hora con una orden de registro para poner su oficina patas arriba?

Me quedé mirando a Keppler, a la espera de que dejara de responder y se doblegara. En lugar de eso, el tipo demostró tener agallas. De hecho, tomó la ofensiva.

—Es posible que sus absurdas amenazas funcionen en alguna parte —dijo levantando la barbilla—, pero yo protejo la privacidad de mis clientes. Y ahora, márchese.

Me levanté de mi silla.

—Tiene usted razón —dije suspirando hondo—. Tiene derecho a mantener el secreto profesional y yo no me puedo inmiscuir en eso. Le pido disculpas. —Busqué dentro de mi chaqueta—. Mire, aquí tiene mi tarjeta. Si cambia de idea, o si quiere solicitar protección policial, llame a mi despacho.

Su expresión se volvió sombría.

—¿Protección policial? ¿Me está diciendo que esta mujer es peligrosa? ¿Olivia Sinclair? ¿Por qué la están investigando?

—Me temo que no puedo decírselo, señor Keppler. Pero, oiga, estoy seguro de que, si ella le ha confiado sus negocios, debe de estar convencida de que usted nunca diría una palabra sobre sus actividades.

Su voz subió una octava.

—Espere un momento... ¿dónde está ahora Olivia Sinclair? Quiero decir... la están siguiendo, ¿no?

—Ésa es la cuestión —dije—. La seguíamos, pero ahora no sabemos dónde está. Señor Keppler, no le puedo dar detalles sobre este caso, pero le diré una cosa: incluye el asesinato. Y, posiblemente, más de uno.

Aquello era demasiado para las agallas del abogado y su custodia del secreto profesional. Cuando por fin fue capaz de articular palabra, me pidió que volviera a sentarme.

—Será un placer —dije.

93

El tema de Jeffrey había quedado zanjado. Su cuenta corriente casi había sido vaciada y las autoridades no sospechaban nada. El fotógrafo del *New York Times* nunca tendría sus fotografías y la entrevista se había ido al traste. En general, Nora sabía que debía sentirse satisfecha por cómo habían ido las cosas en Boston. Pero, de vuelta a Manhattan y a su loft del SoHo, fue consciente de que todo iba mal.

Pensaba en O'Hara.

Se detuvo un momento antes de coger el móvil y se advirtió a sí misma de que no podía mencionar lo que sabía. Finalmente, marcó un número y pulsó el botón de llamada.

—¿Sí?

Vaya, vaya; era el chico malo en persona.

—¿Es mi amante telefónico? —preguntó Nora.

Él respondió riendo entre dientes:

—¿Mamá? ¿Eres tú?

A pesar de todo, ella se rió.

—Eres un cerdo.

—Me estaba haciendo el gracioso.

—Dígame, señor Craig Reynolds: ¿por qué no me llamó desde Chicago? ¿Demasiado ocupado?

—Lo siento —dijo él—. Estuve muy liado con el seminario.

—Vaya seminario debe de haber sido. ¿Estuviste bien? ¿Les demostraste todo lo que sabes?

—No tienes ni idea. —Nora contuvo la risa. «Tengo más idea de lo que tú crees, John O'Hara»—. Escucha —continuó él—, te compensaré.

—Sí, lo harás. ¿Qué haces esta noche?

—Lo mismo que he estado haciendo toda la tarde: trabajar.

—Creía que para eso te habías ido de viaje.

—Lo creas o no, tengo que redactar un informe sobre el seminario. Estoy hasta las orejas de…

—¡Eso son gilipolleces! —interrumpió Nora—. Te estoy viendo ahora mismo: estás mirando la televisión. Parece un partido de béisbol, si no me equivoco.

Sólo fue capaz de decir dos palabras:

—Pero ¿qué…?

—Mira debajo de tu casa, Craig. ¿Ves el Mercedes rojo? ¿Ves a una hermosa joven en el asiento delantero? Te está haciendo señas. ¿Qué tal, Craig?

Nora vio a O'Hara aparecer en la ventana, tan atónito como dejaba entrever su voz.

—¿Cuánto hace que estás ahí? —preguntó.

—Lo suficiente para saber que me has mentido. ¿Béisbol? ¿Prefieres el béisbol a mí?

—Me estaba tomando un descanso en mitad del informe, eso es todo.

—Sí, seguro. Entonces, ¿puede Craig salir a jugar, o qué?

—¿Por qué no entras tú?

—Prefiero que vayamos a dar una vuelta en coche —dijo ella.

—¿Adónde?

—Es una sorpresa. Ahora, deja tu trabajo a un lado.

—Hablando de trabajo… —la detuvo él.

—¿Qué pasa?

—Me temo que las circunstancias de nuestra relación están empezando a afectarme —dijo—. Técnicamente eres mi clienta, Nora.

—Es un poco tarde para tecnicismos, ¿no te parece? —Él no respondió, así que Nora siguió presionando—. Vamos, Craig, sabes que quieres estar conmigo… y yo quiero estar contigo. Es así de sencillo.

—Ya, pero es que he estado pensando en ello.

—Y yo he estado pensando en ti. No sé por qué, pero no te pareces a ninguna de las personas que he conocido hasta ahora —dijo—. A ti te lo puedo contar todo.

Se hizo una pausa en la conversación.

Él suspiró.

—Una vuelta, ¿eh?

94

Realmente no estaba de humor para dar un paseo a la luz de la luna, pero ahí estaba de todos modos. A solas con Nora Sinclair.

El techo del descapotable estaba bajado y el viento de la noche soplaba fresco y vigoroso. La carretera, las señales... todo se desdibujaba. Nora conducía por la carretera comarcal de Westchester como si fuese su autopista privada, y yo la acompañaba en su paseo.

«¿Qué diablos estoy haciendo?»

La pregunta era ineludible. Lástima que no tuviera la respuesta.

La información que tan generosamente me había proporcionado Steven Keppler, el abogado de horrible peinado, había sido transmitida a Susan. Ésta se la había pasado a los genios informáticos de los ordenadores, quienes se introducirían en la cuenta que Nora tenía en el extranjero y seguirían el rastro de sus depósitos y transferencias. De todos ellos. ¿Quién sabía cuántos podía haber? Pondrían especial atención en todo aquello que estuviera relacionado con un tal Connor Brown, tanto antes como después de su muerte. «Dales veinticuatro horas —había dicho Susan—. Treinta y seis, como máximo.»

Mientras tanto, yo sólo tenía que hacer una cosa: mantenerme alejado de Nora. Y, sin embargo, ahí estaba ella, sentada junto a mí; más hermosa, más seductora y más embriagadora que nunca. ¿Era el último hurra? ¿Era una renuncia? ¿O locura temporal?

¿Había una parte de mí que deseaba que los genios informáticos no encontraran ningún enlace, que no encontraran nada de nada? ¿Que tal vez descubrieran su inocencia? ¿O quería que escapara con un asesinato a sus espaldas?

Me volví hacia ella.

—Lo siento... ¿qué?

Me estaba diciendo algo, pero el rugido del motor del Mercedes, y el aún más fuerte sonido dentro de mi cabeza, no me dejaban oír su voz. Lo intentó de nuevo.

—Te he preguntado si estás contento de haber venido.

—Todavía no lo sé —respondí casi gritando—. Sigo sin saber adónde vamos.

—Ya te he dicho que es una sorpresa.

—No me gustan las sorpresas.

—No —dijo ella—. Lo que no te gusta es no tener el control. Está bien saberlo.

Antes de que pudiera contestar, aceleró y giró bruscamente sin tocar el freno. Los neumáticos rechinaron mientras el coche daba bandazos, a punto de volcar. Nora echó la cabeza hacia atrás y se rió al viento de la noche.

—¿No te sientes vivo? —chilló.

95

Fue necesario un semáforo en rojo para que al fin desacelerase. Después de conducir más de media hora, llegamos al pueblecito de Putnam Lake. El nuestro era el único vehículo que estaba detenido en el cruce. Faltaba poco para las nueve. Recuerdo cada detalle.

—¿Estamos a punto de llegar? —pregunté.

—A punto —dijo—. Esto te va a gustar, Craig. Relájate.

Miré a mi derecha mientras ella jugueteaba con la radio; había un hombre mayor en una gasolinera Mobil, que llevaba una gorra de la Universidad de Connecticut y llenaba el depósito de su Jeep Cherokee. Por un instante, nuestros ojos se cruzaron. Se parecía un poco a mi padre. «Las cosas no siempre son lo que parecen.»

El semáforo cambió a verde y Nora volvió a pisar a fondo.

—¿Tienes prisa?

—Sí. La verdad es que estoy bastante cachonda. Te he echado de menos. ¿Y tú a mí?

Recorrimos varios kilómetros sin decir nada, pues el estruendo de la radio competía con los ocho cilindros. Apenas podía identificar la canción, pero luego la distinguí: *Hotel California*. Por el modo en que Nora conducía, debería haber sido *Life in the Fast Lane*[1].

Volvimos a girar. No podía ver ninguna señal y la carretera era oscura y estrecha. Miré al cielo. La luz de la luna creciente se ocultaba ahora entre árboles enormes. Estábamos en el bosque.

—Creo que descartaré Disneylandia —dije.

Ella se rió.

—Ése será nuestro próximo viaje.

—Pero sabes adónde vamos, ¿no?

—¿Acaso no confías en mí?

—Sólo preguntaba.

—Claro. —Hizo una pausa—. Tenía razón, por cierto.

—¿Sobre qué?

—Realmente te molesta no tener el control.

Un minuto después se acabó el suelo asfaltado, pero nosotros seguimos adelante. Bajo las ruedas no había más que tierra y grava, y el camino se hizo aún más estrecho. El descapotable dio una horrible sacudida y, mientras se zarandeaba, miré a Nora de reojo.

—Falta poco —dijo con su inmutable sonrisa.

En efecto, al cabo de unos diez metros llegamos a un claro. Intenté distinguir la silueta que tenía ante mí: era una especie de casita y, detrás, había un lago o un estanque. Nora se detuvo cerca de la escalera de entrada, donde aparcó.

—¿No es increíblemente romántico?

—¿De quién es esto? —pregunté.

—Mío.

Observé la cabaña. Mis ojos empezaban a adaptarse y, con ayuda de los potentes faros del Mercedes, pude distinguir los largos y gruesos troncos que constituían la estructura. Era rústico pero estaba bien conservado; sin embargo, nunca hubiera dicho que Nora poseía un lugar como aquél.

—¡Sorpresa! —dijo—. Es una bonita sorpresa, ¿no? ¿No te gusta mi casita del lago?

—Claro. ¿Cómo no iba a gustarme?

Apagó el motor y salimos del coche. Sí, era un hermoso lugar, casi perfecto. Pero ¿para qué?

—No he traído el cepillo de dientes.

—No te preocupes, lo tengo todo controlado. Incluso a ti te tengo controlado, Craig.

Pulsó el mando a distancia y el maletero del coche se abrió al instante. Hasta el más mínimo espacio de carga que ofrecía el descapotable estaba aprovechado: no quedaba ni un centímetro cuadrado libre.

—Has venido preparada —dije, mientras miraba una bolsa y una nevera portátil.

«¿Preparada para qué?»

—Llevo todo lo necesario para una fantástica cena tardía. Además de algunas chucherías... incluido, sí señor, un cepillo de dientes de emergencia para ti. Así que, ¿qué esperas?

«Poder marcharme», quise responder.

Cogí la bolsa y la nevera portátil y ambos subimos unos cuantos viejos peldaños de madera. Una vez dentro, sacudí la cabeza y sonreí. Desde el exterior, la cabaña parecía la casa donde podría haber vivido Abraham Lincoln de niño. Por dentro, parecía sacada de una revista de decoración. Debería haberlo adivinado.

—Este sitio perteneció a un antiguo cliente —dijo Nora mientras desempaquetábamos la comida—. Yo sabía que le había gustado la forma en que lo decoré, pero me sorprendió que me lo dejara a mí. —Se acercó y me rodeó con sus brazos. Como siempre, su olor embriagaba mis sentidos y su tacto era aún mejor—. Pero ya basta de hablar del pasado. Hablemos del futuro; como, por ejemplo, sobre qué deberíamos hacer primero: ¿sexo o cena?

—Mmm… es una decisión difícil —dije muy serio.

Por supuesto, se suponía que no lo era. Ella lo sabía y yo también. Lo que ella ignoraba era que lo decía muy en serio. Tarde o temprano, el sexo tenía que terminar.

«No puedes seguir haciendo esto, O'Hara.»

Era más fácil decirlo que hacerlo. Su cuerpo estaba pegado al mío. Las ideas se agolpaban en mi cabeza y la tentación era difícil de resistir.

—Creerás que estoy loco, pero no he comido nada desde esta mañana —dije.

—De acuerdo, estás loco, pero cenaremos primero. Sólo hay un pequeño problema.

—¿De qué se trata?

Se volvió y miró la cocina. Funcionaba con leña, pero allí no había ningún tronco.

—Afuera, en la parte de atrás. Está a unos cinco metros de la cabaña. ¿Podrías hacer los honores?

Cogí una linterna de la estantería que había frente a la puerta de entrada y me dirigí adonde se apilaba la leña. La luz de la linterna no bastaba para iluminarme, estaba muy oscuro. No me asusto fácilmente, pero al oír un crujido entre los arbustos no me acordé precisamente de *Bambi*.

«¿Dónde diablos estará la leña? ¿Por qué tengo que estar aquí fuera?»

Por fin la encontré. Apilé en mis brazos algunos troncos, suficientes para pasar la noche, y me dirigí hacia la cabaña.

De nuevo tuve miedo. Tal vez era el viejo que había visto en la gasolinera del pueblo. Fuera lo que fuese, no pude evitar volver a pensar en mi padre. «Las cosas no siempre son lo que parecen.»

96

Volví cargado de leña y encendimos los fogones. Luego pregunté a Nora qué más podía hacer para ayudar.

—Absolutamente nada —dijo, y me besó en la mejilla—. A partir de ahora yo asumo el mando.

Dejé a Nora en la pequeña cocina y me relajé en el sofá de la salita con lo único que había allí para leer: una revista de pesca publicada hacía cuatro años. Cuando estaba a la mitad de un mortífero artículo sobre la pesca del salmón en Sheen Falls Lodge, Irlanda, Nora gritó: «¡La cena está servida!».

Volví a la cocina y me senté frente a unas ostras salteadas con arroz salvaje y una ensalada con varios tipos de lechuga. Para beber, una botella de Pinot Grigio. Una cena digna de la revista *Gourmet*. Nora levantó su copa y brindó.

—Por una noche memorable.

—Por una noche memorable —repetí.

Entrechocamos las copas y empezamos a comer. Me preguntó qué había estado leyendo y le hablé del artículo sobre el salmón.

—¿Te gusta pescar? —preguntó.

—Me encanta. —Le dije una mentirijilla inocente, que luego me encontré desarrollando con todo detalle. Así era mi relación con Nora—. Deja que te lo explique: cuando al fin sacas a ese enorme pez del agua, al que tanto has esperado, ese momento hace que todo valga la pena.

—¿Adónde te gusta ir?

—Mmm... en esta misma zona se encuentran buenos lagos y ríos. Créeme, puedes coger uno de los gordos por aquí cerca. Pero no hay nada comparable con las islas: Jamaica, Saint Thomas, las Caimán... supongo que habrás estado por allí.

—Pues sí. La verdad es que estuve en las islas Caimán no hace mucho.

—¿De vacaciones?

—Un pequeño viaje de negocios.

—Ah, ¿sí?

—Estuve decorando la casa de la playa de un banquero. Un magnífico lugar junto al mar.

—Muy interesante —dije, asintiendo. Pinché otra ostra—. Por cierto, esto está delicioso.

—Me alegro. —Tendió la mano y la puso encima de la mía—. ¿Te lo estás pasando bien?

—Muy bien.

—Estupendo, porque estaba un poco preocupada... por lo que has dicho antes sobre el hecho de que yo fuese tu clienta.

—Me refería a las circunstancias —dije—. Admitámoslo: de no ser por la muerte de Connor, no estaríamos aquí.

—Eso es cierto, no puedo negarlo. Pero...

Su voz se apagó.

—¿Qué ibas a decir?

—Algo que seguramente no debería.

—No pasa nada —le dije. Miré a nuestro alrededor y sonreí—. Aquí no hay nadie más que nosotros.

Ella me devolvió una media sonrisa.

—No quiero parecer insensible, pero si algo he aprendido en mi profesión es que uno se puede enamorar de varias casas a la vez. ¿Acaso es ingenuo pensar que se puede aplicar lo mismo a las personas?

La miré profundamente a los ojos. ¿Adónde quería ir a parar? ¿Qué estaba intentando decirme?

—¿Se trata de eso, Nora? ¿De amor?

Me sostuvo la mirada.

—Creo que sí —dijo—. Creo que me estoy enamorando de ti. ¿Es eso malo?

Al oírla pronunciar esas palabras, tuve que tragar saliva. Y entonces fue como si todo lo extraño que rodeaba a esa noche explotara en mi interior: de repente, me encontraba mal. ¿Era mi reacción ante lo que ella había dicho?

«Mantente firme, O'Hara.»

Me acordé de lo que había ocurrido la última vez que ella había cocinado para mí. ¿Cómo iba a quejarme ahora de que el marisco estaba en mal estado? Así que no dije nada, con la esperanza de que se me pasara el malestar. Se me tenía que pasar. Pero no fue así.

Y, antes de que me diera cuenta, me quedé sin habla. Ni siquiera podía respirar.

97

Nora estaba sentada mientras miraba cómo O'Hara se caía de la silla sin poder evitarlo y se abría una brecha en el cráneo al caerse al suelo. La sangre brotó al instante por encima de su ojo derecho. Tenía un corte muy feo, aunque parecía no haberse dado cuenta. Era evidente que estaba más preocupado por lo que estaba ocurriendo en su interior. Siempre lo estaban.

Aun así, de todos los hombres —incluidos Jeffrey, Connor y su primer marido, Tom Hollis— éste parecía ser el más duro de roer. La atracción que había sentido por el hombre al que conocía como Craig Reynolds era real, y la química también. Su ingenio, su encanto, su atractivo. Su inteligencia, tan parecida a la de ella. Era el mejor en todos los sentidos y ya le estaba echando de menos; lamentaba que aquello tuviera que terminar de ese modo.

Pero tenía que terminar de ese modo.

Se retorcía y asfixiaba con su propio vómito. Intentó levantarse, pero los pies no le respondían. La dosis no era mortal, sólo se trataba de un aperitivo. Sin embargo, temía haberse excedido.

Se dijo a sí misma que debía decir algo, simular preocupación. Se suponía que era una espectadora inocente que no sabía lo que estaba ocurriendo. Su pánico tenía que parecer real.

—Enseguida te traigo algo. Déjame ayudarte.

Corrió al fregadero y llenó un vaso de agua. Se sacó un sobre del bolsillo y vertió su contenido en el vaso. La superficie se llenó de burbujitas como si fuese champán. Cuando Nora volvió la espalda al fregadero, él ya no estaba.

¿Adónde había ido? No podía llegar muy lejos. Después de dar dos pasos, oyó un portazo cerca de la entrada y luego un pestillo. Se había metido en el cuarto de baño. Nora corrió hasta allí, con el vaso en la mano.

—Cielo, ¿estás bien? —llamó—. ¿Craig?

Podía oír las arcadas del pobre hombre. Por horrible que pareciera, era una buena señal: estaba listo para las burbujas. Si pudiera convencerlo de que le abriera la puerta...

Llamó con suavidad.

—Cielo, tengo una cosa para ti. Hará que te sientas mejor. Sé que no lo crees, pero es cierto.

Al ver que no respondía, volvió a llamar. Como él hacía caso omiso, aporreó la puerta.

—¡Por favor, tienes que creerme!

Al fin, entre arcadas, él le respondió:

—¡Sí, vale!

—En serio, Craig, déjame ayudarte —dijo—. Sólo tienes que beberte esto. Dejará de dolerte.

—¡Ni en broma, joder!

Nora resopló.

«Quieres jugar, ¿eh? Pues juguemos.»

—¿Estás seguro? —preguntó—. ¿Estás seguro de que no quieres abrir la puerta, O'Hara?

Escuchó el silencio que siguió a sus palabras mientras imaginaba su sorpresa. ¡Cuánto le habría gustado poder verle la cara en aquel momento! Al menos, podía azuzarle desde el otro lado de la puerta.

—Es tu verdadero nombre, ¿no? John O'Hara.

El silencio se rompió.

—Sí —gritó lleno de ira—. En realidad, agente John O'Hara, del FBI.

Nora abrió los ojos como platos: sus sospechas se confirmaban. Sin embargo, a pesar de todo, se echó a reír.

—¿De veras? Estoy impresionada. ¿Lo ves? ¡Ya te dije que estabas hecho para algo más interesante que los seguros! Creo que...

Él la cortó con la voz fortalecida.

—Se ha acabado, Nora. Sé demasiado... y voy a vivir para contarlo. Mataste a Connor para conseguir su dinero, igual que hiciste con tu primer marido.

—¡Eres un mentiroso! —dijo ella a voz en grito.

—La mentirosa eres tú, Nora. ¿O te llamas Olivia? Te llames como te llames, ya puedes despedirte de todo el dinero que tienes en las islas Caimán. Pero no te preocupes: en el sitio al que irás, la estancia es gratis.

—¡Yo no voy a ninguna parte, gilipollas! ¡Pero tú sí!

—Eso ya lo veremos. Si me disculpas, tengo que hacer una llamada.

Nora oyó los tres tonos agudos procedentes del cuarto de baño. Estaba telefoneando a la policía. Una vez más, se echó a reír.

—Escúchame, idiota, estamos en medio de la nada. ¡Aquí no tenemos cobertura!

Ahora le tocó a él reírse.

—Eso es lo que tú crees, cielo.

98

Estaba tendido en el suelo, cubierto de sangre, vómitos y otros fluidos de mi cuerpo que sin duda no estaban hechos para ver la luz del día. Pero de pronto me sentía más feliz que un cerdo revolcándose en la mierda. No me importaba sentir dolor en todo el cuerpo, tanto por dentro como por fuera. Estaba vivo.

Y hablando por el móvil.

—Teléfono de emergencias…

Los satélites me habían captado. La ayuda llegaría en cuestión de minutos. Todo lo que tenía que hacer era decirles dónde diablos estaba. Le hablé a la operadora.

—Soy el agente O'Hara del FBI y estoy…

«¡Me están disparando!»

Oí la detonación y vi cómo se astillaba la madera de la puerta del cuarto de baño. Una bala rozó mi oreja e hizo pedazos la baldosa de la pared que había detrás de mí. Ocurrió en un instante, pero me pareció como si sucediera a cámara lenta.

Hasta que llegó el segundo disparo. Estaba viviendo una agonía. Había tenido suerte la primera vez, pero no tuve tanta la segunda: la bala me dio en el hombro y lo atravesó. Mis ojos se posaron en el agujero de mi camisa, mientras la sangre empezaba a brotar.

—Mierda, me ha dado.

El teléfono se me cayó de las manos y me quedé inmóvil durante medio segundo. De haber sido uno entero, estaría muerto. Sin embargo, mi instinto venció y giré hacia mi izquierda, lejos de la puerta y de la línea de fuego.

El tercer disparo de Nora atravesó la puerta y despedazó la baldosa de la pared donde había estado un segundo antes. Me habría alcanzado en el pecho.

—¿Qué te parece, O'Hara? —gritó—. ¡Ésta es mi póliza de seguros!

No contesté: hablar era dar pie a otro disparo. Esperé a que Nora dijera algo más, pero no lo hizo. El único sonido era la vocecilla amortiguada de la operadora de emergencias que llegaba a través de mi teléfono, tirado en el suelo a unos centímetros de mí.

—¿Señor? ¿Está usted ahí? ¿Qué ocurre?

O algo por el estilo, no podría asegurarlo. Y tampoco me importaba. Lo único que importaba en ese momento no era precisamente el teléfono.

Despacio, doblé la pierna izquierda hacia mí y levanté el dobladillo de los pantalones. No había traído mi cepillo de dientes para pasar la noche, pero sí había cogido otra cosa. Desabroché la funda de mi pistola y saqué la Beretta de nueve milímetros. Si a Nora se le ocurría irrumpir, estaría preparado. Sostuve la pistola con ambas manos y esperé.

«¿Dónde estás, Nora, amor mío?»

99

La cabaña y hasta mi móvil estaban en silencio. En emergencias tenían mi nombre y, aunque no había llegado a decirles dónde estaba, podrían encontrarme vía satélite. Siempre que la operadora hiciera bien su trabajo. Alertaría al supervisor, el supervisor alertaría al departamento, éste captaría las coordenadas emitidas por el GPS de mi móvil y enviarían a la unidad de policía más cercana. Todo muy sencillo. Sólo tenía que asegurarme de seguir respirando cuando llegaran.

Lo que llevaba a la siguiente pregunta: ¿por qué no había devuelto los disparos a Nora?

Conocía la respuesta, pero no sabía qué hacer con ella.

Traté de levantarme del suelo del cuarto de baño sin hacer ruido. El dolor espantoso que sentía en el hombro no me ayudaba. Fui de puntillas hacia la puerta y me desplomé contra la pared. Con una mano sostenía la pistola mientras con la otra buscaba el pestillo en el tirador. Lo giré despacio.

Respiré hondo y pestañeé varias veces. No sabía si Nora aún estaba al otro lado de la puerta, pero tenía que averiguarlo. Mi única ventaja era que se abría hacia fuera.

Tres.

Dos.

Uno.

Con las fuerzas que me quedaban, le di una patada a la puerta y ésta se abrió de golpe.

Salí disparado a ras de suelo. Con el arma desenfundada, movía los brazos a derecha e izquierda atento a cualquier movimiento. Apunté a una lámpara. Luego estuve a punto de disparar contra mi propio reflejo, en el espejo de la entrada.

Ni rastro de Nora.

Caminando pegado a uno de los lados del recibidor, me dirigí a la cocina.

—No eres la única con un arma —grité—. No quiero matarte.

No daba señales de vida.

Llegué a la puerta del salón. Me asomé un segundo para mirar.

Ningún movimiento. Ni rastro de Nora.

La cocina estaba a unos pasos de distancia. Me pareció oír algo. Un crujido, unas pisadas... Estaba ahí, esperándome.

Abrí la boca para decir algo, pero no me salió ni una palabra. Estaba mareado y me apoyé en la pared para intentar sostenerme. Mis rodillas parecían de goma.

Todavía podía escuchar el crujido. ¿Se estaba acercando? Levanté el brazo y apunté con el arma. El cañón temblaba. Más crujidos. Sonaban cada vez más fuertes.

«¡Dios, O'Hara!»

Entonces lo comprendí. El crujido era un chisporroteo, y me di cuenta gracias a un desagradable olor. Algo se estaba quemando.

Avancé hasta el marco de la puerta de la cocina. Eché un vistazo rápido. Vi una cacerola en el fuego y el humo que salía de ella. El arroz derramado se chamuscaba en los fogones y se consumía.

Tomé aire y di un salto: acababa de oír una puerta que se cerraba, afuera. ¿Intentaba Nora escaparse?

Salí de la cabaña a trompicones cuando el motor del Mercedes comenzaba a rugir. Di un paso en falso al pisar la escalera de madera y me caí hacia delante, aterrizando sobre un costado. El golpe me impidió respirar y sentí un dolor increíble.

Nora puso el vehículo en marcha mientras yo intentaba levantarme. Por un instante, miró por encima de su hombro y nuestros ojos se encontraron.

—¡Nora, detente!

—Sí, claro, O'Hara. ¿En nombre del amor?

Levanté el brazo, pero temblaba demasiado. Apunté a la parte de atrás del descapotable, en la medida en que la luz de la luna me lo permitía.

—¡Nora! —volví a gritar.

Estaba a la entrada del claro, a punto de desaparecer por el camino de tierra. Finalmente apreté el gatillo; lo apreté otra vez y luego otra vez más, la de la buena suerte.

Entonces todo se volvió oscuro.

100

El arroz que se quemaba en la cocina no era nada comparado con las sales de olor.

Cuando sacudí la cabeza y abrí los ojos, me encontré en el suelo mirando a dos policías. El mayor me estaba aplicando un torniquete improvisado en el hombro, mientras que el más joven —de unos veintidós años— me contemplaba incrédulo. No hacía falta saber leer la mente para adivinar lo que estaba pensando.

«¿Qué demonios te ha pasado, amigo?»

También yo tenía una pregunta, y era más importante.

—¿La habéis cogido? —pregunté arrastrando las palabras.

—No —respondió el de más edad—. Aunque tampoco estamos seguros de a quién buscábamos exactamente. Lo único que tenemos es un nombre, no sabemos nada de nada sobre su aspecto ni el vehículo que conduce.

Poco a poco, les di los detalles: una descripción completa de Nora y del Mercedes descapotable y su dirección en Briarcliff Manor. O al menos la de Connor Brown. De cualquier modo, era improbable que volviera allí. No se atrevería a hacerlo, ¿verdad?

El policía joven cogió la radio y transmitió la información. También preguntó qué pasaba con la ambulancia; mi ambulancia.

—Ya debería estar aquí —dijo.

—Nunca he sido una prioridad —bromeé.

Mientras tanto, su compañero terminó con el torniquete.

—Ya está, esto aguantará hasta que lleguen los de la ambulancia.

Le di las gracias; se las di a los dos. De repente, se me ocurrió que parecían padre e hijo. Se lo pregunté y, en efecto, lo eran: los agentes Will y Mitch Cravens, respectivamente. Si existía un ejemplo mejor de lo idílica que puede ser la vida en un pueblecito, nunca lo había visto hasta entonces.

Empecé a incorporarme.

—Hey, hey, hey… —exclamaron al unísono.

Lo único que tenía que hacer era quedarme tumbado y descansar, me dijeron.

—Necesito mi teléfono.

—¿Dónde está? —preguntó Mitch Cravens—. Iré a buscarlo.

—En algún lugar del cuarto de baño de la entrada. También tendrás que cerrar los fogones de la cocina —dije.

Mitch hizo un gesto a su padre con la cabeza.

—Enseguida vuelvo.

Cuando se dirigía hacia el interior de la vivienda, recordé que Nora me había dicho que la cabaña era suya y que se la había dejado un antiguo cliente.

—Oiga, Will, hasta es posible que conozca a Nora —dije—. La cabaña es suya, se la regaló un cliente al fallecer.

—¿Es eso lo que le dijo? —Por el modo en que me había hecho la pregunta, supe lo que vendría luego—. ¿Mencionó el nombre de su supuesto cliente? —volvió a preguntar.

—No. Pero tenía las llaves.

Will sacudió la cabeza.

—Este sitio pertenece a un tipo llamado Dave Hale. Haya sido o no cliente de esa mujer, le aseguro que está vivito y coleando.

—¿Es rico, por casualidad?

Se encogió de hombros.

—Supongo. Sólo le he visto un par de veces. Vive en Manhattan. ¿Por qué? ¿Cree que está en peligro?

—Ayer, puede que lo estuviera —dije—. Pero creo que hoy puede considerarse a salvo.

Mitch regresó del interior de la cabaña con mi teléfono en la mano.

—Lo encontré.

Lo cogí y lo abrí de una sacudida. Estaba a punto de llamar a Susan cuando sonó. Se me había adelantado.

—¿Sí?

—Has jodido a la chica equivocada —afirmó la voz—. Has metido la pata hasta el fondo, O'Hara.

Me equivocaba: no era Susan.

No parecía histérica; al contrario, estaba muy tranquila. Demasiado tranquila. Y, por primera vez, tuve miedo de Nora Sinclair.

—Ahora seguiré haciéndote daño, pero en tu casa, O'Hara... en tu verdadera casa —dijo—. ¿Sabes pronunciar «Riverside»?

Clic.

El teléfono se me cayó de las manos. Cuando me puse en pie con las piernas temblorosas, los dos policías acudieron en mi ayuda.

—¿Qué pasa? —preguntó Mitch.

—Mi familia —dije—. Va a por mi familia.

101

Lo entendieron de inmediato. Cualquier policía lo habría hecho, pero los agentes Will y Mitch Cravens, padre e hijo, lo entendían un poco mejor. Ya no podíamos quedarnos a esperar la ambulancia. Prefería desangrarme hasta morir que pasar un minuto más en medio del bosque.

Me senté en el asiento de atrás de su coche patrulla. Con los reflejos propios de un hombre joven, Mitch condujo con las sirenas resonando y Will llamó por radio para que la policía de Riverside se presentara en la casa cuanto antes. Al mismo tiempo, llamé desde mi móvil.

—Vamos, vamos, vamos —murmuré mientras escuchaba los tonos de llamada.

Sonaba, sonaba y sonaba.

—¡Mierda! ¡Nadie contesta!

Al final saltó el contestador y dejé un mensaje desesperado a mi ex mujer, avisándole de que se marchasen a la casa de los vecinos y esperasen allí a la policía.

Los pensamientos más lúgubres y espantosos cruzaban mi mente a toda velocidad. Tal vez Nora ya estuviera allí. ¿Cómo conocía la existencia de esa casa?

Will dejó la radio y se volvió hacia mí.

—La policía de Riverside llegará a su casa en unos minutos. —Señaló mi teléfono con un gesto—. ¿No ha habido suerte con la llamada?

—No —dije.

—¿No tienen un teléfono móvil?

—Sí, ahora iba a intentarlo.

Pulsé el botón de marcado rápido, pero saltó de inmediato el buzón de voz. Dejé el mismo mensaje, con la misma introducción funesta. Parecía una película. «Soy John. ¡Si tú y los chicos estáis en la casa, salid ahora mismo! Si vais de camino allí, deteneos.»

Eché la cabeza hacia atrás y solté un grito de frustración. El torniquete parecía retener mi adrenalina. Volvía a sentirme mareado. Intenté tranquilizarme y no pensar en lo peor, pero era imposible.

—¡Más deprisa, chicos!

Ya íbamos a más de cien. Habíamos cruzado el límite de Connecticut e íbamos directos a Riverside por el sur. Estaba totalmente desesperado cuando se me ocurrió una idea: llamar a Nora.

Tal vez fuera eso lo que ella esperaba. Tal vez (ojalá) su amenaza no fuera más que eso, una amenaza, y su única intención fuera aterrorizarme para que continuara el juego. La llamaría y se reiría con maldad. Riverside no era más que un cebo. Estaba a kilómetros de distancia en la otra dirección.

«Ojalá.»

Marqué el número. Lo dejé sonar diez veces. Ni Nora, ni el buzón de voz.

De repente, la radio irrumpió con sus interferencias. Estábamos entrando en el área de un agente de Riverside que se encontraba en el exterior de la casa. Las puertas estaban cerradas y había algunas luces encendidas; por lo que él podía ver, allí no había nadie.

Miré mi reloj. Eran las nueve y diez. Tenían que estar: los chicos se iban a dormir a las nueve. Will pulsó el transmisor para poder hablar.

—¿No hay señales de que hayan forzado la entrada?

—Negativo —oímos.

—¿Habéis mirado en las casas vecinas? —preguntó Mitch mientras aminoraba para tomar una curva cerrada.

Los cuatro neumáticos chirriaron al mismo tiempo.

—Seguramente se habrá ido con los Picotte, en la acera de enfrente —añadí—. Mike y Margi Picotte. Son amigos nuestros.

—Ahora vamos —dijo el policía—. ¿Estáis muy lejos, chicos?

—A diez minutos —dijo Will.

—Agente O'Hara, ¿está usted ahí? —preguntó el hombre.

—Sí, aquí estoy —respondí.

—Me gustaría echar abajo una de las puertas de la casa. ¿Le parece bien? Sólo para asegurarnos de que no haya nadie dentro.

—Por supuesto —dije—. Utilice un hacha si es necesario.

—Entendido.

Su voz se cortó con más ruido de interferencias. Fuera del coche patrulla, las sirenas aullaban al viento de la noche. En el interior, el silencio. Dos policías de un pequeño pueblo, Will y Mitch Cravens, y yo.

Miré a Mitch a los ojos a través del espejo retrovisor.

—Lo sé, lo sé —dijo—. Más rápido.

102

Mitch aceleró y recorrió en cinco minutos lo que habría llevado diez. Al llegar frente a mi casa, dio un frenazo y el automóvil derrapó quince metros. La calle estaba iluminada por las luces de los coches patrulla, destellos azules y rojos revoloteando por todas partes y desvaneciéndose en la oscuridad de la noche. Los vecinos se amontonaban para mirar desde sus parcelas de césped, preguntándose qué ocurría en casa de los O'Hara.

Por el momento, poca cosa.

Me precipité a través de la puerta abierta y encontré a cuatro policías hablando en el recibidor. Acababan de registrar todas las habitaciones.

—Nada —me dijo uno de ellos.

Fui a la cocina. Había algunos platos en el fregadero y un rollo de film transparente sobre la encimera. «Habían terminado de cenar.» Comprobé el teléfono que había junto al frigorífico. La luz de los mensajes parpadeaba, pero sólo había uno: el mío.

Todos los policías, incluidos Will y Mitch, se habían reunido en la habitación contigua. Fui con ellos.

—Necesitamos un plan —dije—. Yo no tengo ninguno. Ahora mismo no estoy en mi mejor momento.

Un agente bajito y con el pelo oscuro llamado Nicolo tomó las riendas. Era muy eficiente y dijo que ya habían emitido un comunicado público sobre el Mercedes rojo de Nora en un área que cubría tres estados. Los de seguridad del aeropuerto también habían sido informados. Me estaba diciendo que quería utilizar la casa como centro de operaciones cuando me di cuenta de una cosa: el Mercedes rojo, un coche, el garaje... No había mirado si todavía estaba el monovolumen.

Apenas había dado dos pasos cuando oí a mis espaldas un gran suspiro de alivio colectivo. Me volví para saber qué habían visto.

De pie, en la entrada de la cocina, estaban Max y John júnior, seguidos de su madre. Cada uno de ellos llevaba un helado en la mano. Habían ido al centro a comprarlos. Se quedaron con la boca abierta al ver el despliegue policial. Pero al verme a mí, maltrecho, la abrieron el doble, si es que eso era posible.

Corrí a abrazarlos. En aquel momento estaba tan abstraído que ni siquiera oí el teléfono. Mitch Cravens sí lo oyó. Fue hacia él y, cuando estaba a punto de contestar, su padre le detuvo. Will Cravens se llevó el dedo índice a la boca para indicarle que guardase silencio. Luego apretó el botón de manos libres.

—Vaya, tengo una buena audiencia —dijo la voz de Nora.

Todos los que estaban en la habitación volvieron la cabeza. Efectivamente, Nora tenía una audiencia entregada que la escuchaba con absoluta e inquebrantable atención, especialmente yo. Pero no era conmigo con quien quería hablar en esta ocasión.

—Sé que está ahí, señora O'Hara —dijo con el mismo tono calmado—. Sólo quería que supiera una cosa. Me he estado follando a su marido. Que tenga una feliz noche.

Nora colgó.

La habitación se sumió en un silencio mortal mientras yo miraba a mi mujer a los ojos. En realidad, mi ex mujer desde hacía dos años. Ella sacudió la cabeza.

—¿Y aún te preguntas por qué nos divorciamos, cabrón?

QUINTA PARTE

La huida

103

Eso fue todo. Así de sencillo. El final.

—Hey, Fitzgerald, no te había reconocido sin tu inseparable mochila —dijo el Turista.

—Muy gracioso, O'Hara. Aún no te he dado las gracias por salvarme el pellejo en Grand Central. Te lo agradezco mucho. Creo que me las podría haber arreglado sola, pero tal vez no.

El Turista se había reunido con la chica de la mochila en un restaurante del aeropuerto de LaGuardia. El chantajista, el vendedor, llegaría en cualquier momento. Si todo salía bien.

—Esto es una locura, ¿eh? ¿Crees que aparecerá? Me refiero al vendedor —preguntó ella.

O'Hara bebió un sorbo de su Coca-Cola extragrande del McDonald's.

—Sí, si quiere su dinero, y me apuesto lo que sea a que lo quiere. Tiene dos millones de razones para dejarse ver.

Fitzgerald frunció el ceño y sacudió la cabeza.

—Supongamos que el vendedor aparece. ¿Cómo sabemos que dejará todo lo que tiene? ¿Que nos dará todas las copias y no intentará engañarnos?

—¿Quieres decir como lo que hicimos nosotros a la salida de Grand Central? O más bien debería decir a su emisario.

—Oye, O'Hara, él es el malo, ¿recuerdas?

—Creo que lo apunté en algún sitio. Él es el malo, él es el malo... —O'Hara empezó a hablar por el auricular—. Está entrando. Sabemos quién es. Esta vez ha venido en persona.

Fitzgerald todavía no le veía.

—¿Y por qué ha venido? ¿No ha pensado que podría ser una trampa?

Un hombre de treinta y pocos años con traje azul, gafas de sol de aviador y maletín se sentó a su mesa. Fue directo al grano.

—Así pues, ¿tenéis mi dinero esta vez?

O'Hara negó con la cabeza.

—No. Nada de dinero. Hemos infestado el restaurante. Te estamos haciendo fotos para el *USA Today* y la revista *Time*. «Las noticias de la cárcel.»

—Estás cometiendo un grave error, amigo mío. Estás bien jodido —dijo el tipo del traje mientras hacía ademán de levantarse.

O'Hara le obligó a sentarse otra vez.

—Obviamente, nosotros no pensamos lo mismo. Y, ahora, escúchame, porque te diré cuál es el trato. No recibirás ningún dinero por el archivo que robaste e intentaste vendernos otra vez. Pero puedes salir de ésta. Por supuesto, dejarás el maletín y las copias que hayas hecho. Sabemos quién eres, agente Viseltear. Si vuelves a complicarnos la vida, o si algo de todo esto sale algún día a la luz, acabaremos contigo. Para siempre. Éste es el trato. No está mal, ¿eh? —O'Hara miró largo y tendido al tipo del traje, Viseltear, que era analista de la base militar de Quantico, además de ladrón—. ¿Me sigues? ¿Lo has entendido?

Viseltear asintió lentamente.

—No deseáis que comparezca en un tribunal —dijo—. No podéis permitir que esto acabe en un juicio.

O'Hara se encogió de hombros.

—Si vuelves a complicarnos la vida, acabaremos contigo. Es lo único que necesito que entiendas. —Le dio un puñetazo a Viseltear en plena mandíbula. Casi le tiró al suelo—. Igual que tú intentaste acabar conmigo con tu repartidor de pizzas en Pleasantville. Y ahora lárgate de aquí. Y deja el maletín.

Sin dejar de frotarse la barbilla, Viseltear se levantó de la mesa y se alejó tambaleándose; todo había terminado.

Aunque no del todo, se corrigió O'Hara, puesto que sabía demasiado sobre lo que había ocurrido, ¿no era así? Había husmeado en el maletín, mirado el contenido de la memoria Flash y leído el artículo de la sección de moda del *Times*. Había sumado dos más dos hasta llegar casi al billón y medio.

Pero quizá, y sólo quizá, pudiera sacar algún partido de aquello. O quizá no.

«Las cosas no siempre son lo que parecen.»

104

—Hola, O'Hara.

—Susan, me alegro de verte.

—¿A pesar de las circunstancias?

—Siempre, sean cuales sean.

Nos dirigíamos hacia el despacho de Frank Walsh, en la duodécima planta del edificio del FBI del centro de Manhattan. Susan y yo trabajábamos bajo la supervisión de Walsh, aunque solíamos hacerlo en secciones separadas; Frank Walsh controlaba varios departamentos de la oficina de Nueva York.

—Hola, Susan. Hola, John —dijo, y nos mostró la dentadura cuando llegamos a su despacho.

Walsh siempre sonríe, habla mucho y estrecha la mano de la gente, pero eso no significa que sea tonto. Después de todo, es mi jefe y el de Susan.

Trasladamos la reunión a la sala de juntas.

—Me encantaría charlar un rato con vosotros, artistas del enredo, pero hoy ando mal de tiempo. Tal vez podamos cenar una noche en el Neary's. Susan, tú no puedes entrar, lo siento.

—Claro —dijo Susan.

Ella no piensa que Walsh sea tan listo como yo creo, pero le tolera.

—Bueno, vayamos al grano —dijo Walsh mientras él y yo entrábamos en la sala contigua—. La vista empezará de un momento a otro.

En la habitación se respiraba cierto aire incómodo, tenso y acusador. El tipo de ambiente que de entrada anunciaba alto y claro, sin necesidad de que se pronunciara una sola palabra: «La has jodido, O'Hara».

Me senté en la solitaria silla que había frente a la comisión disciplinaria. Desde la noche de la desaparición de Nora, había pasado del hospital al banquillo de los acusados, con un intervalo de una semana para recuperarme de mi herida en el hombro. Por no mencionar el trabajillo que había terminado en el aeropuerto de LaGuardia. Empezaba a suponer que la comisión había esperado a que me recuperara antes de darme la patada en el culo.

Frank Walsh decidió empezar por un breve repaso de mi currículum. La comisión escuchaba atentamente mientras, delante de Frank, un magnetófono grababa cada palabra.

—Agente John Michael O'Hara: anteriormente capitán del ejército de Estados Unidos, antiguo miembro del Departamento de Policía de Nueva York, donde recibió dos condecoraciones; en la actualidad, agente especial de la brigada antiterrorista del FBI, concretamente de la sección de operaciones financieras terroristas, asignado para llevar a cabo numerosas misiones secretas.

—¿Frank? —dijo una voz. Era un hombre mayor que estaba sentado en el extremo derecho de la mesa. Además de su participación en el comité disciplinario, su trabajo cotidiano se desarrollaba en la unidad de asesinos en serie. Se llamaba Edward Vointman—. ¿Podrías hacer el favor de explicar ante todo la implicación del agente O'Hara en la investigación del caso Sinclair?

Sonreí entre dientes. La interpelación de Vointman era la forma políticamente correcta de preguntar lo que en realidad quería saber: «¿Por qué diablos no se me informó de ello?»

Walsh frunció el ceño. En casi todas las compañías, y especialmente en una agencia gubernamental, la mano derecha nunca sabe lo que hace la izquierda. Sin embargo, dada la situación, la falta de comunicación era sospechosa: la mano derecha ignoraba lo que estaba haciendo uno de sus propios dedos.

Walsh extendió el brazo y detuvo la grabadora. Junto con la cinta, se interrumpió su rigidez.

—Ésta es la historia, Ed —comenzó—. El cuerpo especial contra el terrorismo de Nueva York ha estado trabajando con el equipo financiero de la división antiterrorista regular y con las fuerzas nacionales de seguridad para controlar el dinero con el que se trafica dentro y fuera del país. —Vointman abrió la boca como si fuese a decir algo, lo más probable: «¿Qué significa controlar?», pero Walsh le interrumpió—. No puedo decirte nada más al respecto, Ed, así que no te molestes. —Se aclaró la garganta—. En cualquier caso, se nos encendió la luz de alarma al enterarnos de la cuantiosa transferencia que se hizo desde la cuenta de un tal Connor Brown, en Westchester, hace un tiempo.

»A raíz de las sucesivas investigaciones, descubrimos una curiosa coincidencia: la prometida de aquel tipo, Nora Sinclair, había estado casada con un médico de Nueva York que murió de la misma forma que Brown y, además, era cardiólogo. Las buenas noticias eran que seguramente no se trataba de una terrorista. Las malas, que era probable que estuviera involucrada en ambas muertes.

Una vez más, Vointman abrió la boca, pues su anterior pregunta era fundamental. Como jefe de sección de la unidad de asesinos en serie, el caso debería haber derivado hacia él.

Al igual que antes, Walsh le cortó.

—Ésta es la cuestión, Ed —dijo—: no podíamos pasarlo a tu grupo sin asegurarnos al cien por cien de que esa mujer, Nora, no estaba actuando como cebo para otra persona o, por improbable que pueda parecer, que era una agente. Para resumir esta larguísima historia: acudimos a O'Hara porque tiene una amplia experiencia con ambas situaciones. Durante cuatro años trabajó como agente secreto en el Departamento de Policía de Nueva York y su perfil encajaba. Incluso había estado trabajando al mismo tiempo en una misión relacionada con la nuestra. En otras palabras, tenía el perfil adecuado y, al menos eso creíamos, sabía usar la cabeza. —Se volvió para mirarme con expresión glacial—. Por supuesto, pensábamos en la que tiene por encima de la cintura. —Walsh volvió a extender la mano y encendió la grabadora—. Pero ya no estoy de acuerdo con eso —dijo.

A partir de ahí, todo fue cuesta abajo. Durante la siguiente hora, tuve que responder a preguntas sobre los aspectos de mi investigación de Nora Sinclair. Cada decisión que tomé y todas las que no había tomado, especialmente estas últimas. La comisión fue implacable. Me convertí en su piñata humana, y todos se aseguraron de asestar sus golpes.

Una vez terminado, Walsh dio las gracias a todo el mundo y los asistentes abandonaron la sala. Di por sentado que también yo podía marcharme. Sin embargo, me ordenó que me quedara donde estaba.

105

El resto de la comisión disciplinaria se había marchado y sólo quedábamos nosotros tres: Walsh, la grabadora y yo. Todo estaba muy silencioso. Durante veinte segundos, quizá treinta, se limitó a mirarme.

—¿Se supone que debo decir algo? —pregunté.

Negó con la cabeza.

—No.

—¿Se supone que usted debe decir algo?

—Seguramente no. Pero de todas formas voy a hacerte una pregunta. —Se recostó en su silla y cruzó los brazos delante del pecho. Tenía los ojos clavados en los míos—. Voy a recibir una llamada de arriba, ¿verdad?

Era un hombre muy extraño.

—¿Qué le hace pensar eso?

—Digamos que es un presentimiento —dijo con un lento cabeceo—. Eres demasiado listo para ser tan estúpido.

—Supongo que he recibido cumplidos peores.

No hizo caso de mi sarcasmo.

—Te han pillado en bragas, y nunca mejor dicho, pero algo me dice que todavía tienes las espaldas cubiertas.

No contesté enseguida. Quería ver si continuaba hablando y tal vez me revelaba la fuente de su «presentimiento». Pero no fue así.

—Estoy impresionado, Frank.

—No lo estés —dijo—. Lo llevas todo escrito en la cara.

—Recuérdeme que nunca juegue al póquer con usted.

—Aún puedo hacer que esto sea extremadamente duro para ti.

—Soy consciente de ello.

—Nada puede cambiar lo que hiciste, hasta qué punto la cagaste.

—De eso también soy muy consciente.

Cerró su carpeta.

—Puedes irte. —Me puse en pie—. Ah, otra cosa, O'Hara.

—¿Qué? —pregunté.

—Lo sé todo sobre tu otra misión. Lo supe desde el principio. Estoy en el ajo. Sé que eres el Turista.

106

Cuando entré en el despacho de Susan unos minutos más tarde, ésta estaba de pie junto a la ventana contemplando la llovizna de aquella tarde nublada. No era difícil darse cuenta del simbolismo dc su postura, de espaldas a mí.

—¿Cómo ha ido de mal? —preguntó sin darse la vuelta.

—Mucho, la verdad.

—¿Del uno al diez?

—Dieciocho o diecinueve.

—No, en serio.

—Un nueve, quizá —dije—. No sabré nada hasta dentro de una semana.

—¿Y hasta entonces?

—Me encadenarán las piernas a la mesa de mi despacho.

—En realidad, deberían encadenarte otra cosa.

—Para tu información, es la segunda broma sobre mi polla que me hacen hoy.

—¿Y qué esperabas?

—No lo sé, pero me gustaría no tener que conversar con tu espalda.

Susan se volvió. Era una mujer dura de roer y casi siempre implacable, pero en aquel momento nadie lo hubiera dicho, a juzgar por la expresión de su rostro. Su preocupación y decepción eran evidentes.

—Me has hecho quedar mal, John.

—Lo sé —dije enseguida.

Demasiado deprisa.

—No, quiero decir realmente mal.

Bajé la mirada durante largo rato.

—Lo siento —dije en voz baja.

—Mierda, sabías que, para empezar, trabajar en esto a través de mi departamento ya suponía violar las reglas.

No respondí. Conociendo a Susan como la conocía, sabía que intentaba sacar a la superficie toda su ira, frustración y desengaño. Imaginé que necesitaría soltar un buen grito antes de poder moverse.

—¡Maldita sea, John, no entiendo cómo has podido ser tan jodidamente idiota!

Ahí estaba.

Cuando los cimientos del edificio dejaron de temblar, recobró la calma y la compostura habituales en ella. Había una asesina en serie que todavía andaba suelta y era necesario atraparla. Por desgracia, los informes presentados se mostraban poco optimistas: Nora parecía haberse evaporado.

—¿Y nuestra gente de las islas Caimán? —pregunté.

—Nada —dijo Susan—. Ni en el Caribe, ni en Briarcliff Manor, ni en su apartamento de la ciudad ni en los puntos intermedios; nadie la ha visto en ningún sitio.

—Dios, ¿dónde estará?

—Es la pregunta del millón. —Susan bajó la mirada hacia un trozo de papel que había en su mesa y donde estaba garabateada la suma de dinero congelado en la cuenta de Nora—. O, más bien, la pregunta de los dieciocho millones cuatrocientos veintiséis mil dólares.

Era una cifra asombrosa.

—Lo que me recuerda una cosa —dije—. ¿Qué hay del abogado financiero, Keppler?

—¿Al que pusiste contra las cuerdas?

—Prefiero decir que me lo camelé.

—Sea como sea, Nora no se ha puesto en contacto con él.

—Tal vez podría hacerle otra visita a ese tipo y…

Me interrumpió.

—Estás encadenado a tu despacho, ¿recuerdas? Y quién sabe lo que va a ocurrirte después. —Dibujó una leve sonrisa—. Aunque, mirándolo desde el lado positivo, si te suspenden temporalmente quizá puedas pasar más tiempo con tus hijos.

—No lo sé —dije—. Dependerá de que su madre me deje.

Susan volvió a girarse y miró por la ventana.

—¿Sabes? Si fueras tan buen marido como padre, nunca nos habríamos separado.

107

Siempre fui un desastre a la hora de no hacer nada. Y ahora era lo que se esperaba que hiciera durante un período indefinido. Después de pasar dos días encadenado a mi mesa, ya me había vuelto loco. Había papeleo que rellenar, pero no lo hacía. Sólo era capaz de contemplar el sombrío y grisáceo centro de Nueva York a través de la ventana del despacho. Y hacerme preguntas.

«¿Dónde diablos está?»

Los informes presentados eran cortos y poco favorables: no había señales de Nora en ninguna parte. Ni rastro. ¿Cómo diablos podía haber desaparecido?

La rutina era exasperante. Sonaba el teléfono de mi despacho, escuchaba los últimos datos y colgaba. El sentimiento de frustración me consumía. Llevaba un cartel muy claro colgado a la espalda: «¡Peligro! Material sometido a alta presión».

El teléfono sonó otra vez. Descolgué y me preparé para más de lo mismo.

—O'Hara —dije. El silencio por respuesta—. ¿Diga? —Nada—. ¿Hay alguien ahí?

—Te he echado de menos —dijo en voz baja. Me levanté de un salto—. Bueno, ¿es que no vas a decir nada? —preguntó Nora—. Y tú a mí, ¿me has echado de menos? ¿Ni siquiera en la cama? ¿Ni siquiera eso?

Estuve a punto de contestar, y ya había abierto la boca para soltarle una violenta perorata... pero me contuve. Necesitaba que Nora siguiera hablando. Pulsé la tecla de grabar de mi teléfono, seguido del botón para localizar la llamada. Respiré hondo.

—¿Cómo estás, Nora?

Se rió.

—Oh, vamos, grítame al menos. Sabía que no eras de los que se dejan atrapar.

—¿Te refieres a Craig Reynolds?

—No irás a esconderte detrás del Agente de Seguros, ¿verdad?

—Ese hombre no era real. Nada de todo eso lo era, Nora.

—Pero te gustaría que lo hubiera sido. Ahora mismo, estás hecho un lío. No sabes si lo que quieres es follarme o matarme.

—Eso lo tengo bastante claro —dije.

—Es tu orgullo herido el que habla —dijo—. Y hablando de heridas, ¿cómo te encuentras? La última noche no tenías muy buen aspecto.

—Gracias a ti.

—Te diré una cosa, O'Hara. Duele saber que nunca volveremos a vernos.

—Yo no estaría tan seguro de eso —mascullé entre dientes—. Créeme: te encontraré.

—Qué palabra tan graciosa, ¿verdad? «Creer.» Me imagino que últimamente tu mujer no la pronuncia demasiado. Vaya, odio pensar que tu matrimonio se haya roto por mi culpa.

—Puedes quedarte tranquila, llegaste un poco tarde para eso. Hace dos años que estamos divorciados.

—¿De veras? Así que estás disponible, O'Hara…

Miré mi reloj. Llevábamos más de un minuto hablando. «Continúa así, O'Hara.» Cambié de tema.

—¿Cómo te las arreglas sin dinero? —pregunté.

Se rió de mí.

—Hay mucho más allí donde lo obtuve. Está por todas partes.

—¿Sólo se trata de eso? ¿De dinero?

—Lo dices como si fuese algo malo. Una chica tiene que preocuparse por su futuro, ¿no es así?

—Lo que tú hiciste va algo más allá de un plan de jubilación.

—Está bien, puede que también busque un poco de diversión. Estamos enfadadas, O'Hara. La mayoría de las mujeres estamos furiosas con los hombres. Despierta y verás que se te quema el desayuno, cielo.

Empezaba a parecer alterada. Quizás hubiera metido el dedo en la llaga. Un tanto en mi casillero.

—¿Qué tienes contra los hombres, Nora?

—¿Tienes una hora? Mejor varias.

—Las tengo. Tengo todo el tiempo que necesites.

—Pero me temo que yo no —dijo—. Es hora de irse.

—¡Espera!

—No puedo esperar, O'Hara. Nos veremos en tus sueños.

¡Clic!

Giré la muñeca y clavé la mirada en la manecilla grande de mi reloj. «Por favor», murmuré. Llamé a los técnicos.

—¡Decidme que la habéis localizado!

El silencio inicial me desgarró los oídos.

—Lo siento —me dijeron—. La hemos perdido.

Cogí el teléfono, base incluida, y lo estrellé contra la pared. Se rompió en pedazos.

«Nos veremos en tus sueños.»

108

El cretino de pelo gris que vino a la mañana siguiente a instalarme un teléfono nuevo miró las piezas esparcidas del anterior. Luego me miró a mí con expresión comprensiva, propia del que ha visto de todo.

—Se cayó de la mesa, ¿eh?

—Cosas más extrañas ocurren —dije—. Puede creerme.

Minutos más tarde, el teléfono nuevo ya funcionaba. Al menos había una cosa que lo hacía. Yo permanecía encadenado a mi despacho atormentado por el aburrimiento, por no hablar de las dudas sobre mí mismo y el sentimiento de culpabilidad, que me salían por las orejas.

El teléfono nuevo sonó.

Lo primero que pensé fue que Nora deseaba mantener otra conversación, que buscaba la ocasión de dar otra vuelta de tuerca. Pero, al pensarlo mejor, comprendí que cada palabra de su llamada anterior indicaba que no habría una segunda oportunidad.

Descolgué. En efecto, no era Nora. Era la otra mujer que también me la tenía jurada. Huelga decir que Susan y yo no estábamos precisamente en muy buenas relaciones. Aun así, manteníamos nuestra profesionalidad.

—¿Se sabe algo del laboratorio de audio? —pregunté.

La grabación de mi conversación con Nora estaba siendo analizada, a la búsqueda de posibles ruidos de fondo que sugirieran al menos una localización general, ya que no podía ser específica. El sonido del mar, un idioma extranjero que hablara un transeúnte... Que no se oyera no quería decir que no estuviera ahí.

—Sí, he recibido el informe —dijo Susan—. No han captado nada.

Técnicamente eran malas noticias, pero el modo en que me las comunicó, como si fuesen irrelevantes, me dio a entender otra cosa: Susan sabía algo.

—¿Qué sucede? —pregunté.

—¿Que qué sucede? Sigues siendo increíble y jodidamente estúpido, John. Si aún pudieras herirme, me habrías roto el corazón de nuevo.

Me ocultaba algo.

—Eso ya lo sé, Susan. Pero hay algo más.

Soltó una risita ante mi afinada intuición.

—¿Cuánto tardas en llegar a mi despacho?

109

Veinte minutos más tarde, Susan y yo salíamos a toda velocidad por el norte de la ciudad de Nueva York, y después de una hora y cincuenta minutos de carretera entrábamos en los terrenos del centro psiquiátrico Pine Woods de Lafayetteville, pertenecientes al estado de Nueva York.

—Esto te resultará interesante —dijo Susan cuando salíamos de mi coche y nos dirigíamos al edificio principal—. Conocerás a la mamá de Nora, O'Hara. Vive aquí.

Le dediqué una media sonrisa. Hubiera jurado que Susan disfrutaba con aquello.

Poco después nos encontrábamos sentados en una pequeña sala de juntas de la última planta del centro psiquiátrico. Frente a nosotros estaba la enfermera jefe de la división de los internos más problemáticos.

No podía asegurar si aquella corpulenta mujer estaba asustada o sólo nerviosa. En cualquier caso, parecía extremadamente incómoda. Hablar con un par de agentes del FBI causa ese efecto sobre algunas personas.

—Agente O'Hara, le presento a Emily Barrows —dijo Susan, que ya había contactado antes con el personal de Pine Woods.

Me dirigí hacia la mujer y le tendí la mano.

—Es un placer —dije.

—Creo que Emily puede proporcionarnos información muy valiosa sobre Nora —dijo Susan.

Estaba más expectante que un niño la víspera de Navidad. Ni una sola vez aparté los ojos de aquella mujer, que llevaba pantalones blancos y una sencilla blusa del mismo color, y el cabello peinado hacia atrás y recogido con horquillas. Práctica y funcional desde la cabeza hasta la suela de goma de sus zapatos.

—Pues bien —comenzó con la voz temblorosa—, uno de nuestros pacientes de Pine Woods es una mujer llamada Olivia Sinclair. —Eso ya lo sabía—. Nora es la hija de Olivia —dijo Emily—. Al menos estoy casi segura de ello. Sin embargo, no tengo ninguna prueba para asegurarlo.

—Yo sí —dijo Susan—. Después de hablar con usted por teléfono, Emily, consulté los archivos de la cárcel.

Miré a Susan con una ceja levantada.

—¿De la cárcel?

—Olivia Sinclair fue sentenciada a cadena perpetua cuando Nora tenía seis años —dijo.

—¿Por qué?

—Por asesinato —dijo Susan.

—Me tomas el pelo.

Susan negó con la cabeza.

—Y no sólo eso, O'Hara. Mató a su marido. Y la hija de la pareja, Nora, estaba presente cuando ocurrió. —Susan continuó—. Unos años después de ser arrestada, Olivia Sinclair perdió el contacto con la realidad y la trasladaron a Pine Woods. Mientras tanto, Nora fue de un hogar de acogida a otro. La cambiaron tantas veces que nunca se consiguió obtener un historial unificado sobre ella. —Susan miró a Emily, que ahora parecía completamente perdida—. Lo siento —le dijo Susan—. Tenemos buenas razones para creer que Nora mató a su primer marido hace un par de años. Basándonos en eso, y en todo lo ocurrido últimamente, tenemos razones aún mejores para creer que también mató a su segundo marido.

—Ella y Connor Brown sólo estaban prometidos —le recordé a Susan.

—Estoy hablando de Jeffrey Walker.

Ahora estaba más perdido que Emily.

—¿Jeffrey Walker?

—Ya sabes, el que escribe esas absurdas novelas históricas. O al menos las escribía.

—Sí, sé quién es. ¿Quieres decir que Nora y él estaban...?

—Casados.

—Dios —dije, mientras las piezas empezaban a encajar—. La prensa dijo que había muerto de un ataque al corazón. Y déjame adivinar —dije—: vivía en Boston.

Susan se tocó la nariz con un dedo.

—Lo que nos lleva de nuevo hasta Emily —dijo, y se volvió hacia la enfermera—. Adelante, dígale lo que sabe. Esto es bueno, O'Hara.

Emily asintió y nos pidió que la siguiéramos.

—Se lo enseñaré —dijo—. Vayamos a ver a Olivia.

110

Cruzamos el pasillo del hospital para conocer a Olivia, la madre de Nora. Durante todos aquellos años había utilizado su nombre de soltera, Conover, lo que nos había dificultado su búsqueda.

—Un día estoy hablando con Nora sobre el escritor Jeffrey Walker y al siguiente leo en el periódico que ha muerto —dijo Emily mientras caminábamos. Susan y yo nos limitábamos a escuchar—. Por supuesto, no pensé que hubiera ninguna conexión. Ni siquiera sabía que Nora tenía problemas hasta que lo vi en televisión. —Emily se detuvo en el vestíbulo. Era evidente que necesitaba decirnos algo antes de entrar en la habitación de Olivia—. Hace unas semanas, un mes quizá, leí por casualidad una nota que Olivia le había pasado a Nora. La nota contenía un secreto que nos dejó a todos de piedra. Pero también nos decía mucho sobre Olivia, y tal vez sobre Nora al mismo tiempo. Lo verán dentro de un minuto. —Emily reanudó la marcha. Pasó de largo ante unas cuantas puertas, se detuvo y asió el pomo de una de ellas—. Ésta es la habitación de Olivia.

Cuando la enfermera abrió la puerta, vi a una mujer muy anciana recostada en la cama. Estaba leyendo una novela y no levantó los ojos del libro cuando los tres entramos en su habitación.

—Hola, Olivia. Éstas son las personas de las que le hablé —dijo Emily con voz alta y clara.

Olivia levantó la mirada.

—Ah, hola —dijo—. Me gusta leer.

—Sí, a Olivia le gusta leer. —Emily asintió y esbozó una sonrisa con la comisura de los labios. Luego se volvió para dirigirse a Susan y a mí—. Durante mucho tiempo, Olivia nos ha tenido engañados sobre su verdadero estado. Utilizaba toda clase de trucos para hacernos creer que estaba mucho peor de lo que realmente está. Una vez, cuando Nora estaba aquí, simuló un ataque de epilepsia porque su hija iba a confesarle algo que no debía, y Olivia sabía que grabamos todas las visitas de los pacientes. Olivia es una excelente actriz. ¿No es cierto, querida?

Olivia nos miraba a Susan y a mí, pero había escuchado lo que decía la enfermera.

—Supongo que sí.

—En fin, de todos modos estamos dispuestos a permitir que Olivia se quede aquí, en Pine Woods. Y ella ha accedido a colaborar con ustedes.

Olivia asintió, aún con la mirada puesta en Susan y en mí.

—Voy a colaborar —dijo en un susurro—. ¿Acaso tengo elección?

Llegado este punto, Olivia dejó la novela y se levantó de la cama. Mientras se dirigía al armario, Emily siguió hablando.

—Cada vez que Nora venía de visita, le traía una novela a su madre, aunque creía que en realidad Olivia no era capaz de leer.

Olivia buscó dentro del armario y luego sacó una caja de cartón llena de libros, que también incluía algunos sobres y envoltorios.

—Hace un par de semanas, Nora dejó de venir, pero entonces empezaron a llegar paquetes a nombre de Olivia. Eran de Nora. En uno de ellos incluso había una nota —dijo Emily.

Estaba emocionado. ¡Paquetes! Seguramente, sería cuestión de seguir el rastro de su procedencia. ¿Había sido Nora lo bastante tonta como para incluir la dirección del remitente? Eso habría sido demasiado bonito para ser cierto. Y en efecto, lo era. Emily nos explicó que no había nada en los paquetes qué revelara ningún dato sobre el paradero de Nora.

—Ningún remitente. Ningún matasellos o marca en especial. —Se volvió hacia Olivia—. Por favor, dele al agente O'Hara la nota que recibió.

La cogí, la desdoblé y leí en voz alta.

—«Querida mamá, siento no poder visitarte. Espero que te guste el libro. Te quiero mucho, tu hija, Nora.»

Volví a leer la nota y luego sacudí la cabeza.

—¿Qué tiene esto de especial?

Susan me lo aclaró:

—Todo. A pesar de lo cuidadosa que ha sido Nora, no lo ha sido lo suficiente.

Miró a Emily.

Yo miré a Emily.

Al fin, Emily explicó lo que obviamente ya le había dicho a Susan.

—Observe el papel más de cerca, agente O'Hara. Aproxímelo a la luz —dijo—. ¿Lo ve? En la esquina inferior derecha.

Acerqué el papel a la ventana y miré atentamente.

—Dios santo.

El papel tenía una cenefa.

Miré a las tres mujeres… y entonces vi que Olivia Sinclair se había echado a llorar.

—Es tan buena hija… Tan cariñosa…

111

Nora se paseaba por la terraza privada bajo el sol de la tarde, con sólo la parte inferior de un biquini azul pálido y una brillante sonrisa. Bebió un sorbo de una botella de Evian y luego la presionó contra su mejilla. Nunca se cansaría de contemplar la playa de Baie Longue, con su deslumbrante arena blanca y el modo en que ésta parecía desvanecerse en las aguas color turquesa del Caribe. Ni ella misma habría elegido mejor las texturas y los colores.

La Samanna, en la isla de Saint-Martin, disfrutaba de merecida fama como complejo turístico exclusivo y aislado. Lo que más le interesaba a Nora era estar aislada. Durante el día, tras sus gafas de sol Chanel, era una acaudalada mujer de la alta sociedad que holgazaneaba junto a la piscina. Durante la noche... En fin, después del modo en que ella y Jordan hacían subir la temperatura del dormitorio, la cena siempre era cortesía del servicio de habitaciones.

De hecho, durante varios días no salieron de su refugio, como una pareja de luna de miel. Afortunadamente, el servicio de habitaciones de La Samanna también disponía de un buen menú para el desayuno y la comida.

—Cariño, ¿qué prefieres hoy, Duval-Leroy o Dom Perignon? —gritó Jordan desde el dormitorio.

Decisiones, siempre decisiones...

—Elige tú por los dos, cielo —dijo Nora.

Jordan Mauch, magnate del negocio inmobiliario de Dallas, había nacido para decidir. La decisión que le había hecho ganar más dinero fue la de apostar antes que nadie por Scottsdale, Arizona, como el próximo Palm Beach oeste. En cuanto a la última, había afectado a su vida personal. ¡Qué gran idea había tenido al contratar a Nora Sinclair para decorar su nueva casa de las afueras de Austin, y recompensarla luego con un viaje al Caribe!

Volvió a llamarla desde el interior del dormitorio tras encargar la comida.

—Cariño, ¿te das cuenta de que estás ahí fuera medio desnuda?

Nora replicó, medio en broma:

—Intento borrar las marcas de mi bronceado. —Escuchó cómo él se reía—. Además, estamos en la parte francesa de la isla, cielo —dijo.

Unos días antes, ella y Jordan habían puesto rumbo a la playa virgen de Orient Point, pasando por Grand Case. De haber podido elegir, Nora se hubiera desnudado y quedado allí mismo, sin hacer nada de nada. Pero Jordan no. Ésta era una costumbre local de la que él no tenía ninguna intención de participar. Nora ni siquiera intentó proponérselo: ya había comprendido que los hombres muy ricos con cuentas en paraísos fiscales nunca se quitaban la ropa en público. Sin lugar a dudas, tendría algo que ver con la protección de sus atributos.

Nora volvió al interior del chalé y se cubrió con una de las suaves y blancas batas del hotel. Sintió el tacto sedoso contra su piel. Se metió en la cama junto a Jordan y se arrimó a su ancho pecho.

Pero había un problema: no podía quitarse a John O'-Hara de la cabeza. Su olor, su sabor, el modo en que parecía haberse metido dentro de ella como ningún hombre que hubiera conocido hasta entonces...

Y eso le irritaba. No quería tener esos pensamientos, no quería estar entre los brazos de Jordan Mauch o de cualquier otro y encontrarse pensando en O'Hara. Era demasiado doloroso. «¿Qué demonios me está pasando? Yo nunca me enamoro.»

—La Tierra llamando a Nora... —dijo Jordan.

Al instante, ésta cambió su expresión abstraída.

—Lo siento, cielo —dijo—. Sólo estaba pensando en lo perfecto que es todo.

Él sonrió.

—Otro día en el paraíso.

Mientras se besaban, fueron interrumpidos por alguien que llamaba a la puerta. La comida estaba lista. Jordan se levantó de la cama y abrió.

—Gracias —dijo mientras los camareros del servicio de habitaciones arrastraban su larga mesa.

Llevaban su habitual calzado náutico con pantalones cortos, camisas de lino y grandes sombreros de paja.

De repente, se quitaron los sombreros.

—Hola, Nora. Ya te dije que volveríamos a vernos —dijo O'Hara.

—¡Ni te atrevas a hablar con ella! —interrumpió Susan. Empuñaba su pistola y apuntaba a Nora, que estaba en la cama—. ¡Quedas arrestada, zorra!

Se volvió hacia Jordan Mauch.

—Y usted... usted es el hombre más afortunado del mundo.

112

Aquella tarde sucedió un hecho agradable e inesperado: tenía tiempo libre e iba a pasarlo con Susan. Sabiamente, decidimos ver qué tal estaba la larga, amplia y resplandeciente playa de arena blanca de La Samanna. Incluso se distinguían los restos de un antiguo naufragio, un poco más abajo de la costa.

—¿Estás seguro de que podemos fiarnos de la gente de aquí? —le pregunté a Susan mientras absorbíamos algunos rayos de sol.

—Te comportas como si fueran unos patosos ineptos —dijo ella.

Me refería a la *gendarmerie*, la policía de Saint-Martin, que se encargaba de la custodia de Nora hasta que terminara el papeleo para su extradición a Nueva York.

—A lo mejor es cosa mía —dije—, pero resulta difícil tener fe en unos policías que visten pantalón corto. Y ni siquiera son unos pantalones normales. ¿Les has echado un vistazo? Eran tan ceñidos que podría adivinar la religión de cada uno.

Susan me miró con una expresión de incredulidad que ya había visto muchas otras veces.

—Cállate y tómate tu bebida, John.

Tenía razón. Como siempre.

Nuestro trabajo allí había terminado. Nora se encontraba bajo custodia y el caso estaba cerrado. Incluso habíamos llamado a casa a John júnior y a Max para ver qué tal les iba con sus abuelos, los padres de Susan, que todavía me tenían aprecio, a pesar de todo.

Aunque fuese sólo un rato, Susan y yo nos merecíamos un descanso. El uno junto al otro, sentados en las confortables tumbonas de aquel complejo turístico increíblemente lujoso, mientras contemplábamos cómo la puesta de sol se recortaba contra un cielo de un precioso color anaranjado. Diablos, hasta nos habíamos dado un baño juntos. Extendí el brazo con la que sujetaba mi *mai-tai*.

—A la salud de la enfermera Emily Barrows.

Susan brindó con su piña colada. Me recosté en la tumbona y solté un profundo suspiro. Me sentía satisfecho y aliviado a partes iguales. Pero también sentía una punzada de algo más, algo que no podía especificar pero que me resultaba incómodo... Llamémoslo culpabilidad.

Miré a Susan, que estaba increíblemente hermosa y serena. Le había hecho mucho daño y me sentía fatal por ello. Se merecía algo mejor. Le cogí la mano y se la apreté con suavidad.

—Lo siento muchísimo.

Ella me devolvió el apretón.

—Lo sé —dijo en voz baja.

Y eso fue todo. Un final feliz como nunca lo haya habido. Con un *mai-tai* en una mano y la primera mujer a la que realmente había amado en la otra. Y Nora Sinclair a punto de cumplir cadena perpetua por los asesinatos que había cometido.

Por supuesto, debería haber tenido más datos.

113

El viernes siguiente, me encontraba en el despacho de Susan, en Nueva York, adonde me había convocado. Acababa de hablar por teléfono con Frank Walsh.

—O'Hara, ni siquiera sé cómo decirte esto.

—Directamente, supongo. Me lo he buscado, ¿no es así?

—No es eso, John. Es que… han desestimado el caso contra Nora Sinclair.

La noticia fue como un puñetazo en la nariz. Seco, doloroso e inesperado. Me llevó varios segundos poder construir una frase.

—¿Qué significa que han desestimado el caso?

Susan me miraba sin pestañear desde el otro lado de la mesa. La decepción se reflejaba en sus ojos, pero sabía controlar su enfado.

No como yo, que me puse a caminar arriba y abajo mientras profería todas las amenazas que pasaban por mi cabeza, empezando por ir al *New York Times*.

—Siéntate, John —dijo.

No podía sentarme.

—No lo entiendo. ¿Cómo han podido? Aquella mujer ha matado a sangre fría.

—Sé lo que ha hecho. Es una serpiente despreciable, una psicópata.

—Entonces, ¿por qué la dejamos marchar?

—Es complicado.

—¿Complicado? Y una mierda. Es inaceptable.

—No diré que no —afirmó Susan con un tono comedido—. Y si gritar y desahogarte va a hacer que te sientas mejor, adelante. Pero cuando termines, nada habrá cambiado. La decisión se ha tomado desde arriba.

Odiaba que Susan tuviera razón. Como la vez que me dijo que estaba demasiado ocupado conmigo mismo para salvar nuestro matrimonio. Sabía dar en el blanco.

Me senté y respiré hondo.

—De acuerdo, ¿por qué?

—En el fondo, ya sabías que pasaría esto.

Otra vez tenía razón. Era consciente de que los cargos presentados contra Nora podían representar un serio problema para «los muchachos», cosa que me contrariaba pero al mismo tiempo me hacía gracia. Mi comportamiento saldría a la luz durante el juicio y a los altos mandos del departamento no les debía de complacer demasiado la perspectiva de verse humillados. Con todo, hubieran pasado por el aro, de haber sido aquél el único problema.

Comprendí que había más, mucho más. Diablos, me había involucrado en aquel asunto mientras trabajaba en secreto como el Turista. El maletín formaba parte de ello. La lista de nombres y cuentas que contenía, también.

Mis escarceos con la acusada no eran nada en comparación con una cuestión más delicada y potencialmente más embarazosa. Si se llegaba a hacer pública algún día, claro.

Frank Walsh había hecho alusión a ello durante mi vista disciplinaria: el control del dinero con el que se trafica dentro y fuera del país. Evidentemente, dicho control no se ejercía mediante inspecciones voluntarias en el banco local. Si se llevaba a cabo era con acuerdos privados entre los cuerpos de seguridad nacional, el departamento y varios bancos internacionales. ¿El motivo? Si había algo más peligroso que un grupo terrorista, era un grupo terrorista con un sólido apoyo financiero. En principio, suponía que la lógica era simple: si se detiene su dinero, se los detiene a ellos. Y aún mejor es encontrar su dinero... para encontrarlos a ellos.

La única norma era que no había ninguna. Lo que equivale a decir que gran parte de todo aquello era, en una palabra, ilegal. Nadie podía considerarse a salvo o por encima de recriminaciones. Desde los casinos a las organizaciones benéficas y desde las grandes compañías a los pequeños comerciantes. Ningún lugar ni nadie en el mundo. Los hacíamos pedazos a todos. Si se movía dinero, nosotros vigilábamos. Y si el dinero se movía en aparente secretismo, vigilábamos de cerca. De repente, las cuentas privadas estaban en el punto de mira. Y aquí entraban Connor Brown y Nora Sinclair.

—Así que se trata de eso, ¿no? —dije a Susan.

—¿Qué más puedo decirte? Nora representa para ellos la opción menos mala. —Sonrió con complicidad—. Quiero decir, ¿qué es la muerte de un puñado de tipos ricos comparado con salvar el mundo, la democracia o lo que sea? La van a dejar libre, O'Hara. Por lo que sé, tal vez ya lo hayan hecho.

114

Nora condujo el Mercedes a toda prisa por la parte baja de Manhattan, hasta que se aseguró de que nadie la seguía. Ni la prensa, ni la policía. Nadie. Luego aceleró por la decrépita montaña rusa conocida como la autopista de West Side y puso rumbo al norte, camino de Westchester. Necesitaba pasar un tiempo a solas.

Enseguida se sintió a sus anchas, conduciendo el descapotable a más de ciento cuarenta. Dios, estaba libre, y la sensación era fantástica. Era lo mejor que le había ocurrido. Se quedaría unos días en la casa de Connor, luego vendería los muebles y, después, planearía su próximo movimiento.

Le hacía gracia pensar que tal vez le hubiera llegado el momento de sentar la cabeza: casarse de verdad con alguien y tener uno o dos niños. La idea le hizo reír, pero no la descartaba. Cosas más extrañas le habían pasado… como, por ejemplo, salir de la cárcel.

Antes de que se diera cuenta, el Mercedes se había detenido frente a la casa de Connor; la escena del crimen, ni más ni menos. Qué sensación tan extraña y deliciosa: era completamente libre, había escapado a las acusaciones de asesinato. Y, de hecho, sus pocos días en la prisión, en la famosa isla Riker junto al aeropuerto de LaGuardia, lo hacían todo aún más especial. Realmente extraordinario.

Nora salió del coche y le pareció oír un ruido, lo cual le recordó a Craig, o más bien a O'Hara. ¿Qué había sido todo aquello? Aún no lo sabía, pero había sentido una atracción intensa, real y muy emocional.

Pero ahora ya había superado lo de Craig, ¿no era así?

«Ya lo has superado.»

Al entrar, Nora comprobó que la casa estaba húmeda y polvorienta, aunque su estado no era alarmante. De todas formas, sólo tendría que quedarse un tiempo. Podría soportar algunas privaciones.

Se dirigió a la cocina y abrió la puerta del frigorífico, un Traulsen. ¡Oh, Dios, qué desastre! Estaba llena de verduras y quesos en descomposición. Cogió una botella de Evian que estaba delante de todo y cerró la puerta de la nevera rápidamente, antes de que le dieran náuseas.

«Qué cosa tan asquerosa, por favor.»

Limpió la botella con un trapo, la abrió y se bebió casi la mitad. ¿Y ahora, qué? ¿Un baño caliente, tal vez? ¿Unos largos en la piscina? ¿Una sauna?

De repente, Nora se sujetó el estómago y se sintió incapaz de sostenerse en pie. «Me arde el estómago», pensó mientras su mirada erraba por la cocina... aunque allí no había nadie.

El dolor se expandió hasta su garganta; le costaba respirar. Tenía ganas de vomitar, pero tampoco podía hacerlo. Se desplomó, incapaz de detener su propia caída.

Podría haberse golpeado la cara con las baldosas del suelo, pero ni siquiera le importaba. Lo único que contaba era aquel fuego increíble que la consumía desde el interior. Se le nubló la visión. El peor de los dolores que había sentido en toda su vida se estaba apoderando de su cuerpo, la estaba poseyendo.

Entonces Nora oyó algo… unos pasos que se aproximaban a la cocina.

En la casa había alguien más.

115

Nora necesitaba desesperadamente averiguar quién estaba ahí. ¿Quién era? No podía ver muy bien, todo estaba borroso. Tenía la sensación de que el cuerpo se le estaba desintegrando.

—¿O'Hara? —llamó—. ¿Eres tú, O'Hara?

Alguien entró en la cocina. No era O'Hara. ¿Quién, entonces? Una mujer alta y rubia, cuyo aspecto le resultaba vagamente familiar. «¿Qué?» Finalmente, se detuvo junto a Nora.

—¿Quién eres? —susurró Nora al tiempo que un terrible ardor abrasaba su garganta y su pecho.

La mujer extendió el brazo... y se quitó la cabeza. ¡No! Era el cabello... se había quitado una peluca.

—¿Mejor así, Nora? —preguntó—. ¿Me reconoces ahora?

Llevaba el pelo corto, que era de una tonalidad rubia rojiza... y entonces Nora supo quién era.

—¡Tú! —jadeó.

—Sí, yo.

Elizabeth Brown. Lizzie, la hermana de Connor.

—Te he seguido durante mucho tiempo, Nora. Sólo para asegurarme de lo que hacías. ¡Asesina! Ni siquiera estaba segura de que me recordaras —dijo—. A veces no causo gran impresión.

—Ayúdame —susurró Nora. Aquel horrible calor se había instalado en su cabeza, en su rostro, en todas partes, y era espantoso, el peor dolor que uno pudiera imaginarse—. Por favor, ayúdame —suplicó—. Por favor, Lizzie…

Nora dejó de ver el rostro de la hermana de Connor, pero oía sus palabras.

—Ni en sueños, Nora. Irás directa al infierno.

116

Alguien había llamado a la comisaría de policía de Briarcliff Manor y había dejado un misterioso mensaje: «He atrapado a la asesina de Connor Brown. Ahora está en casa de Brown, vengan a buscarla».

La policía se puso en contacto conmigo en Nueva York y me planté en Westchester en un tiempo récord, tras cuarenta minutos de temeraria conducción a través de la ciudad, luego por la carretera de Saw Mill y, finalmente, por la traicionera carretera 9.

Había media docena de vehículos de la policía local y estatal aparcados en tropel en la entrada circular de la casa de Connor Brown. También había una ambulancia del Westchester Medical Center. Respiré hondo, solté el aire lentamente y me apresuré a entrar. Dios, estaba temblando como un flan.

Tuve que enseñarle mi placa al policía que estaba de guardia en el vestíbulo.

—Están en la cocina. Es ahí...

—Sé dónde está —dije.

Me di cuenta de que no estaba preparado para aquello en cuanto atravesé la sala de estar y el comedor camino de la cocina. Todo lo que había allí me resultaba familiar y tal vez lo hacía más difícil, aunque no estoy seguro de ello. A pesar de que me encontraba allí, en cierto modo estaba en otra parte, como si me viera a mí mismo en una terrible pesadilla.

Los médicos forenses ya se habían puesto manos a la obra, lo que significaba que los detectives habían terminado. Reconocí a Stringer y a Shaw, de la oficina de White Plains. Había trabajado con ellos cuando montamos el chanchullo del seguro para intentar atrapar a Nora.

Su cuerpo todavía estaba ahí, tumbado junto a la encimera. Cerca de ella había una botella de agua rota, cuyos pedazos se esparcían por el suelo. Un fotógrafo de la policía empezó a tomar instantáneas, y sus *flashes* me parecieron explosiones.

—Vaya, alguien se la tenía jurada. —Shaw se acercó y se detuvo junto a mí—. La han envenenado. ¿Alguna idea brillante?

Negué con la cabeza. No tenía nada que se pareciera en lo más mínimo a una idea brillante.

—No, ninguna. Pero algo me dice que no vamos a esforzarnos demasiado para intentar resolver este caso.

—Ha recibido su merecido, ¿no es eso?

—Algo así. Aunque es una forma terrible de morir.

Me aparté de Shaw para evitar darle un empujón, quizás incluso de reventarle los faros del coche, algo que no se merecía. Fui a ver a Nora.

Me deshice del fotógrafo.

—Déjeme un minuto.

Me agaché, me preparé lo mejor que pude y miré su rostro. Había sufrido mucho al final, eso era evidente, pero aún seguía siendo hermosa, aún seguía siendo Nora. Incluso reconocí la blusa de lino blanco que llevaba, y su pulsera de diamantes favorita alrededor de la muñeca.

No sé lo que tenía que sentir en aquel momento, pero estaba increíblemente triste por ella y tenía un nudo en la garganta. También estaba un poco triste por mí mismo, por Susan y por nuestros hijos. ¿Cómo diablos había ocurrido todo aquello? No sé cuánto rato me quedé mirando el cuerpo de Nora, pero cuando por fin me volví para levantarme me di cuenta de que la cocina se había quedado en silencio y todo el mundo me miraba.

Inapropiado, lo sabía. «Debería ser mi segundo nombre.»

117

Regresé a Manhattan aquella misma tarde. El volumen de la radio estaba bastante alto, pero no me importaba demasiado. Mi mente estaba en otra parte. Sabía exactamente lo que deseaba hacer en aquel momento; lo que necesitaba hacer. La muerte de Nora me había aclarado varias cosas. Incluso estaba seguro de que nunca la había amado: nos habíamos utilizado el uno al otro y el resultado había sido terrible.

De vuelta a mi oficina, sólo me quedé el tiempo suficiente para coger un informe: había otro despacho por el que tenía que pasarme enseguida. Al final de la escalera, donde estaban los peces gordos.

—Le verá ahora —dijo la secretaria de Frank Walsh.

Entré y tomé asiento delante del imponente escritorio de roble de Walsh.

—John, ¿a qué debo este placer?

—Necesito hablar con usted sobre ciertos asuntos. Nora Sinclair ha muerto.

Walsh pareció sorprendido y me pregunté si era sincero. Pocas cosas le afectaban, y seguramente por eso había sobrevivido tantos años en el departamento de Manhattan.

—Eso simplifica las cosas, supongo —dijo—. ¿Estás bien?

—Estoy bien, Frank.

Se tensó los delgados y nudosos dedos.

—Pero no demasiado, ¿me equivoco? ¿Qué ocurre?

—Quiero una excedencia. Pagada, Frank. He estado trabajando demasiado. Con turnos dobles y esas cosas.

Vaya, al menos aún había algo capaz de sorprender a Frank Walsh.

—Uauh —dijo al fin—. Antes de que deniegue tu petición, John, ¿hay alguna otra cosa que desees decirme?

Negué con la cabeza.

—Hice una copia —dije.

Entonces le mostré el informe.

—¿Quieres decirme qué hay ahí?

—Lo mismo que había en un maletín bastante viajero, Frank. También llevaba algo de ropa, pero supongo que estaba ahí sólo como relleno, o quizá por si lo abría la persona equivocada.

Walsh sacudió la cabeza.

—Y, al parecer, lo abrió la persona equivocada.

—O tal vez la adecuada. Susan dijo que todo esto tenía algo que ver con salvar al mundo, con controlar los fondos de los terroristas que entran y salen del país y con vigilar las cuentas ilegales en paraísos fiscales. Así es como dimos con Nora, accidentalmente. Hizo una transferencia importante, de una sola vez, y la cogimos.

Walsh volvió a sacudir la cabeza y sonrió. Era aquella sonrisa aduladora lo que le delataba; insincera y bastante nerviosa.

—Eso es lo que ocurrió, John.

—Algo parecido —dije—, pero no exactamente. Susan se creyó su historia, Frank, pero yo tengo algunas dudas. ¿Y si, mientras siguen el rastro de los fondos terroristas, el

FBI y el cuerpo de seguridad nacional violaran algunas leyes aquí y allá? Seguramente, el público lo comprendería... —Frank Walsh ya no sonreía, sino que escuchaba con gran atención—. Así que, en efecto, miré el interior del maletín. Cuando lo hice, se me ocurrió que podría necesitar un empujoncito algún día, y que tal vez lo que había dentro podría ayudarme. Puro interés. No tenía ni puñetera idea. Abra el sobre marrón, Frank, y eche un vistazo. Prepárese porque va a alucinar. O tal vez no.

Suspiró profundamente, pero luego lo abrió.

Lo que encontró dentro era más o menos del tamaño de un dedo índice. Era una pequeña memoria Flash, uno de esos dispositivos de almacenamiento externos USB que se pueden acoplar a cualquier ordenador. Cuesta unos 99 dólares en una tienda de informática. Aquél era mi copia del original.

—También hay una lista en el informe. Pero es gracioso: no son fondos terroristas, Frank.

—¿No? —preguntó Walsh, y sacudió tranquilamente la cabeza—. ¿Y qué es, John?

Tuve que sonreír.

—¿Sabe? No estoy muy seguro, y empezaré por decir que no soy un fanático de ningún partido político. A lo largo de los años me han gustado algunos presidentes, tanto de un bando como del otro. ¿Sabe en qué me convierte eso? En un agnóstico.

—¿Qué hay en la lista, John?

—Yo creo que hay lo siguiente: alguien en el departamento ha estado siguiendo la pista del dinero que entraba y salía de varias cuentas en el extranjero. Gente que intentaba ocultar dinero, un montón de dinero, casi un billón y medio de dólares. Y me atrevería a decir, Frank, que todos los de la lista son contribuyentes o «amigos» del partido de la oposición. ¿Qué le parece?

Habría sido muy comprometedor, tanto para el departamento como para el partido que está en el poder, que eso hubiera salido a la luz durante el juicio de Nora Sinclair. Se habría considerado contrario a la ley, y sobre todo a la ética. Peor incluso que tirarse a Nora Sinclair, de lo que estoy profundamente avergonzado, por cierto.

Al levantarme, me di cuenta de que las piernas me temblaban un poco. Por alguna extraña razón, tendí la mano a Frank Walsh y nos dimos un apretón, quizá porque ambos sabíamos que le estaba diciendo adiós.

—Excedencia pagada —dijo Frank—. Es tuya, John. Te la mereces.

Entonces salí por la puerta camino de mi casa... en Riverside, junto a Max, John júnior y Susan, si ella me aceptaba. Y, a decir verdad, durante todo el camino hacia Connecticut recé por que lo hiciera.

Y Susan, mi maravillosa e increíble Susan, lo hizo al fin.